JN311885

入《い》らずの森

宇佐美まこと

祥伝社文庫

目次

プロローグ

それは常闇《とこやみ》から浮かび上がった。
茫洋《ぼうよう》たる海の中をたゆたうように空《うつ》ろな仮眠はとぎれ、つながり、また続く。
小さな萌《きざ》しがそれを揺り動かす。
まぼろしの世界の中のたったひとつの生々《なまなま》しいもの——飢餓。
それは飢えていた。
森の底——土の中。
湿潤で寒々しいその場所で、それははっきりと覚醒する。
岸を打つ波のような原初のリズムにしばらく身をまかせた後、それは動きだす。
模糊《もこ》とした形象《かたち》のまま森の底を這《は》い進む。
霧が屍衣《しえ》のようにそれを覆《おお》っている。
やがて明るく開けた場所に到達する。
振動が伝わってきた。何かが近寄ってくる。生体が生み出す一定のリズムを感じ取って、それは頭をもたげた。

時がきたのだ。それは身を凝《こご》らせる。

何かがすぐそばにやって来た。


明るい林の中で少女は立ち止まった。金色に染めた髪の毛に木漏《こも》れ日が降り注ぐ。

何十本もの榾木《ほだぎ》がお互いに寄りかかるように組まれたその間。

何かが腐乱する直前の、甘く爛《ただ》れた匂いが漂っている。

少女は時折腰をかがめては、そこに生《は》えたシイタケを摘《つ》み取って、手元のカゴに入れている。ひそかに寄せた眉根《まゆね》、きっと固く結んだ口元が、彼女の不機嫌さを表わしている。

それでも機械的に指がシイタケをもぎ取る。

乱暴にシイタケをもぎ取ったその反動で、少女の指が榾木の表面に貼り付いていた物体に触れた。固まった皮膚のような肌色をしたその破片は、ぱりんと砕けて下に落ちた。


記憶の波が押し寄せる。

甘く温かく腐乱した餌《えさ》の匂い……それにまとわりついて離れることのない匂い。

体の内奥《ないおう》で滞《とどこお》っていたものが煮えたぎり、流れ出す。

少女はふっと顔を上げた。

辺りの様子を窺《うかが》っているようだ。鼻をひくつかせる。

「何、この匂い？」

少女はますます不機嫌な表情になる。


それは再びひりつくような飢えを感じる。


「杏奈《あんな》！」

榾木の連なりの向こうで老婆が身を起こした。

「何をぐずぐずしとんじゃ！」

少女はカゴを持ち直すと歩きだした。

甘いような酸《す》いような、死体を思わせる腐臭がふわりと立ち昇る。

それきり森の中は静まり返った。

第一章　幻夢

1

「起立！」

教頭の号令に、全校生徒と教職員が立ち上がった。パイプ椅子がゴトゴトと音をたてる。

「校歌斉唱！」

後藤《ごとう》教頭は生徒たちが姿勢を正すのを静かに待っている。

舞台の袖《そで》に置かれた古いアップライトピアノが前奏を奏《かな》で始めた。弾《ひ》いているのは音楽教師の得永《とくなが》だ。白髪まじりの髪をくるくる巻き上げてまとめた得永の頭がリズムを取るように軽く動くのを、体育教師の金沢圭介《かなざわけいすけ》は生徒の頭越しに見つめた。

明快で活力に満ちた前奏曲だ。これを聞くと圭介は、初めてこの学校に来てこの校歌を歌った時のことを思い出す。そして、それは圭介の胸の奥にいつも甘い疼《うず》きを呼び起こす。きっと自分はこの校歌を一生忘れないだろうな、と圭介は思った。
生徒たちが大きく息を吸い込んで、校歌を歌い始めた。

伊予《いよ》の高嶺《たかね》を　吹きわたる
自由の風に　久遠《くおん》の光
早船川《はやふねがわ》は　淀むことなし
励みつとめよ　朝夕に
ああ　我ら打ちたてん　暁《あけ》の旗
輝ける伝統　尾峨《おが》中学校

山紫水明《さんしすいめい》　尾根はるか
真理の扉　開かむとする
若き力が　ここに集《つど》いて
世界の使命　果たさんと
ああ　我ら眉上げて見はるかす
限りなき理想　尾峨中学校

校歌を歌い終わり全員が着席すると、江角《えすみ》校長が登壇した。

四月、新学期の始業式。たった十八人の全校生徒が、神妙な面持《おもも》ちで校長の話に聞き入った。詩吟《しぎん》が趣味の校長の声はよく通る。

尾峨中学校は来年三月で廃校が決まっている。平成の大合併により尾峨町が、山裾《やますそ》のS市と合併したからだ。在校生は、来春からはバスで十二キロ離れた旧S市の中学校へ通うことになっている。三年生も、高校に進学すればどのみちそこにある高校へ通わなければならないのだ。

都会育ちの圭介が三年前、初めて教職に就いたのがこの山の中の小さな中学校だった。教師というのは安定した職業だし、純朴な生徒たちを含めこの土地の人々や自然も気に入っている。

だが――。

圭介は、ちらりと自分の横に並んだ同僚教師の顔を盗み見た。くたびれた背広やスーツに身を包んだ人のよい彼らの表情は、時に圭介の心を萎《な》えさせる。男が四人、女が三人。これが今、圭介が属している社会の大きさだ。

自分から望んだこととはいえ東京からこんな山深い過疎の町に来たこと、その学校が廃校になってしまうことは、圭介の鬱屈《うっくつ》した思いに拍車をかける。だんだん自分が世界の隅に追いやられているのではないか、小ぢんまりとまとまった面白味《おもしろみ》のない人間になってしまっているのではないか、と思ってしまうのだ。その焦燥感、小さな苛立《いらだ》ちは、時折圭介の中でむくりと頭をもたげる。

ここに来た当初、潑剌《はつらつ》とした尾峨中の校歌を聞きながら、その曲調とはうらはらに、「田舎教師」という器《うつわ》に自分を押し込めるために、金沢圭介という人間の骨格をポキリポキリと折っていったような気がしたのだった。

圭介は今年度、三年生を受け持つことに決まった。三年生は全員で六人しかいない。来年三月の卒業式の後、廃校式も行なわれることになっている。その時、『尾峨中学校廃校誌』なるものが配布される。教師や同窓生も寄稿する予定だが、在校生も学年ごとにテーマを決めて尾峨中に対する思いを綴《つづ》った文章を載せることになった。

始業式の前のホームルームでその話し合いがもたれた。初めて三年生の担任になって緊張している圭介の心情が伝わるのか、活発な意見は出てこない。廊下沿いに並んだ他の学年は早々にテーマが決まったようで、八人の二年生、四人しかいない一年生らがぞろぞろと教室から出ていくのが見えた。

学年が違っても、兄弟だったり幼馴染《おさななじ》みだったりする一、二年生は、廊下側の窓から三年生の教室を遠慮なしに覗《のぞ》いていく。一年生は「残される校舎の使い道」、二年生は「尾峨中卒の有名人」というテーマを選んだことが伝わってきて、三年生はますます黙り込んでしまった。

なぜなんだろう。その時、圭介の口からぽろりと「校歌について調べたらどうだろう」という言葉が漏《も》れたのだった。

圭介は、大きな額に入れられて舞台の脇に掲げられている校歌の歌詞に見入った。「尾峨中学校校歌」という文字の下には、「作詞　枡見源一郎《ますみげんいちろう》　作曲　三好《みよし》アツ」とある。三年生に二人しかいない女子のうちの一人、佐々木亜美《ささきあみ》だけが「校歌」というテーマを支持してくれた。特に新たな提案もなく、勤勉でしっかりした亜美にまかせておけば間違いないという空気に押されて、そのまま「校歌」ということに決まってしまった。その後の話し合いで、校歌を作ってくれたこの二人のことを調べ、どういういきさつで校歌が出来たのか文章にまとめることになった。

圭介の視線はそのまま自分のクラスの生徒の顔をなぞる。佐々木亜美、クラス委員の山本夏樹《やまもとなつき》と、その従兄弟《いとこ》の山本祥吾《しょうご》。眼鏡をかけた長身の高内昌之《たかうちまさゆき》。小太りの神田真也《かんだしんや》。最後にもう一人の女子生徒、吉田《よしだ》杏奈の顔の上で圭介の視線は止まった。

あいかわらず輝くばかりの金髪だ。うっすらと化粧を施した顔や短いスカートは、完全に周囲の生徒から浮いている。昨年の二学期に東京から転校してきた杏奈のこんなスタイルに、生徒たちや教師、また地区の人々もだいぶ慣れてはきたところだ。

この子を初めて目の前にした時、江角校長は、その金髪と耳にいくつも付いたピアスを

見て、

「ほう!!」

と感嘆の声を上げた。廃校とともに定年退職する江角は、長年僻地《へきち》教育に取り組んできた教育者だ。

「そりゃあ、何で染めるんかね?」

杏奈はちょっと拍子抜けした顔をした。叱《しか》りつけられるのを覚悟していたのだろう。教頭を含め周囲の教師たちが狼狽《ろうばい》するのを、圭介は遠くから見ていた。二十九歳で、この学校で一番若い彼は、いつでも一歩引いた形で学校運営にかかわってきた。

「見事な色やなあ!」

さらに畳みかけるように江角が言う。

「元の色に戻しなさい」

たまりかねた教頭が口出しすると、杏奈はぷいと横を向いた。杏奈は虚勢を張っているのだ。二年生の担任から圭介たち他の教師には、彼女の両親が離婚し、尾峨に住む祖母の許《もと》にたった一人で預けられるようになった家庭の事情が説明されていた。しかし杏奈は、前の学校の制服を含め、その奇抜な格好を改めようとはしなかった。とうとう業《ごう》を煮やした教頭と担任が校長のところへ連れてきたというわけだ。

「黒よりそっちのほうがいいんか」

校長の問いかけに、杏奈は顎《あご》だけ動かして頷《うなず》いた。

「ちゃんと返事をしなさい。口はついとるんじゃろ?」

それだけは厳しく江角は言い、杏奈は小さな声で「はい」と答えた。

「理由は?」

それには答えない。

「とにかく校則に違反しとる。中学生は中学生らしく――」

後藤教頭が生徒手帳を取り出して、校則のページを開けようとするのを江角は手で制した。

「何にでも理由ちゅうもんがある。今、口頭で答えられんのなら、文章にして提出しなさい。その理由が妥当なもんなら、特別措置ということで認めんこともない」

「校長!」

教頭の声を江角は無視した。

そんなやりとりがあって、杏奈は原稿用紙何枚かの文章を校長に提出した。今も国語を教えている江角はよくこの手を使う。活字離れの進んでいる子供たちに、自分の心情を文章にして提出させるのは重要だとつねづね考えているのだろう。何度か書き直しをさせた挙句《あげく》に、杏奈の訴えは通った。「杏奈がその気になるまでは、現状のままで様子をみる」ということになったのだ。

東京では、こういう目立つ格好をして粋《いき》がっている女子中高生をよく見かけた。杏奈を見ていると、圭介は自分が背を向けてきた過去を思い出しそうになる。まだ忘れ去るには早い生々《なまなま》しい感情が、堰《せき》を切って溢《あふ》れそうになるのだ。なぜ、自分はここにいるのだろう。なぜ、この子を自分が受け持つことになったのだろう。そこに何らかの意味を見出そうとしている自分の愚かさにふと気がつく。意味などあるわけがない。

それでも金髪の少女と校歌とは、圭介の気分を落ち着かなくさせるのだった。

愛媛と高知の県境にあるこの尾峨の地は、平家《へいけ》の落人《おちうど》が築いた隠れ里といわれている。今でこそ道がよくなり不便を感じることは少ないが、その昔は山肌にへばりつくようにして拓《ひら》けた村落だったという。この学校に赴任することが決まった時、圭介の母は眉をひそめて言ったものだ。

「まあ、よりによって尾峨の中学校へだなんて……。あの地区には昔からよくない噂《うわさ》があるって聞いたけどねえ」

そう言った後、母は自分が口にしたことを恥じたように黙り込んだ。

愛媛は母の出身地である。横浜《よこはま》で生まれ育ち、大学からは東京で一人暮らしをしていた圭介だが、そういうことで愛媛には馴染みが深かった。けれども尾峨に関するそんな噂は初めて聞いた。

母の叔母にあたる人が旧S市に住んでいて、その老婆はもっと明快な言葉で嫌悪感を示した。

「気がおかしなるもんが多いと聞くぞな、あの尾峨では」

曲がった指を立てて、大叔母は声を落とした。

「平家の呪《のろ》いさね。あそこの森の中では平家人が大勢死んだそうじゃからの。地面が血の味を憶《おぼ》えとるんじゃ」

祟《たた》りじゃ、と老婆は言い切った。かつて、それまで普通にふるまっていた人物が突然、精神錯乱を起こして自殺したり、人に危害を加えたりする事件が多々あったのだという。この現象が注目され、医学的な研究の対象にされたことも過去にあったらしいが、何の成果もあげられなかったのだと大叔母は前置きした後、こう続けた。

「平家の墓はの、世を忍ぶために人目につかん山の中や藪《やぶ》の中に造られとって、墓石はいっさい建ててないんじゃと。知らんうちにその墓を踏みつけてしもうて、祟られたに違いないよ」

壇ノ浦《だんのうら》の戦いに敗れた平家の落人が住み着いたといわれる場所は、全国に百カ所以上あるという。また壇ノ浦で、平清盛《たいらのきよもり》の妻、二位尼《にいのあま》に抱かれて入水《じゅすい》したといわれている安徳《あんとく》天皇は、実は生き延びていて、これらの隠棲《いんせい》の地で密《ひそ》かに暮らしていたのだという伝説も根強く残っているらしい。

悲劇のうちに滅亡した平家の伝説というのはおよそこのようなもので、大叔母の言《げん》はそれと祟りとを結びつけた俗っぽい噂話なのだろうと、圭介は結論づけたのだった。

それでも時折、昨年亡くなった大叔母の言葉が耳の奥に甦《よみがえ》ることがある。

「森の中に埋《うず》められた平家の亡者《もうじゃ》が這《は》い出してきて人にとり憑《つ》くのじゃと、ワシの婆《ばば》さまは言うとった。気をおつけな、圭ちゃん。人は死んでも念は残るのじゃぞな」

生徒たちが下校した後、職員室に戻った圭介は、キャビネットから『尾峨中学校五十周年記念誌』を取り出し、自分の机に座って読みふけった。しかし、校歌に関しては簡単な記述しかなかった。それでも作詞、作曲者の素性《すじょう》くらいはわかった。作詞者の枡見源一郎はQ郡尾峨町と呼ばれていたこの地区に在住していた植物学者、作曲者の三好アツは校歌が出来た当時の音楽教師とあった。

校歌が出来たのは昭和二十二年。教育基本法が公布されて六三制が実施された年だ。この年、国民学校高等科と青年学校普通科が廃止されて、新制中学校に編入された。新発足の学校であったせいで教員、施設備品、教材などが不足していたのみならず、校舎も間に合わず、小学校の校舎の一部に間借りする状態だったとある。

そのような大変な時期に、このような立派な校歌が出来たということは瞠目《どうもく》に値する。読み進むと、初代校長となった木嶋文明《きじまふみあき》が、こういう時だからこそ子供たちの心が一つになるよすがとなるものが必要だと、校歌の制定を急いだということだった。残念ながら、校歌について書かれてあるのはそこまでだった。

松岡隆夫《まつおかたかお》は縁側に座って目の前の景色を眺めていた。尾峨町に来て初めての春だ。山里の春は、まさに爆発するようにやって来た。山の雪が消え、日照時間が長くなり始めると、まず風が違ってくる。鱗片《りんぺん》が粘ったヤニで覆《おお》われていた木々の硬い冬芽《とうが》は、いつの間にかぐっとふくらんでくる。若葉が顔を覗かせたと思うやいなや、黄色四弁《しべん》の花が長くよじれたようなマンサクが咲き、ヤマザクラ、エドヒガンのピンクの花が咲く。そうなると、鳥たちの脳下垂体が著《いちじる》しく刺激され、春を告げる歌を歌い始めるのだ。うかうかしてはいられない。これから畑仕事も忙しくなる。隆夫はもう一度胸いっぱいに春の空気を吸い込み、幸せな気分を味わった。六十の定年まで二年を残して会社の早期退職制度に応募したのは、やはり正解だった。縁もゆかりもないこの土地へIターンでやって来るに当たっては、妻の弓子《ゆみこ》は相当に尻込みをしたのだったが、ここの土地柄にほれ込んだ隆夫は我を押し通した。

広島の大型スーパーに勤めていた隆夫は、辞《や》める数年前から都会での生活に見切りをつけ、静かに老後を過ごせる場所を探していた。市町村の農業委員会や農地開発公社などに当たってはみたが、適当な場所が見つからなかった。それと並行して、中、四国の農村での交流会だとか援農体験などにも行ってみた。そしてこの地で行なわれた炭焼き体験会に参加した時、たまたま集落の中の空《あ》き家が畑付きで売りに出ていることを知った。そうなるともう、いてもたってもいられなくなった。

最初、広島を離れたくない弓子はこの家を見に来ようともしなかった。

けれども隆夫の勝算は、この家にこそあった。黒光りがする柱や梁《はり》は立派なものだった。それなりの手を入れれば、古民家には新築のプレハブ住宅などが到底及ばない風格がある。ゆったりとしたキッチンに日当たりのよいリビング――そういったものに弓子が憧《あこが》れているのを、隆夫はよく知っていた。

瀬戸内海に注ぎ込む石手川《いしてがわ》、その支流である早船川が流れる谷底《たにぞこ》平野には水田が広がっている。農家が山麓線に沿って点在しているのは、背後の流水を飲料水として利用するのに便利であったことと、平坦地をなるべく水田に当てようとする意図があったからだろう。そういう立地のおかげで、素晴らしい眺望が広がっている。広々とした一軒家に住むことなど諦《あきら》めかけていた弓子には、充分魅力的だった。家のリフォーム計画とこの立地条件とで、弓子の心はしだいに動いていった。

隆夫は立ち上がって、家の前に広がる畑の方へ歩いていった。こうして畑仕事をしていると、通りがかりの人がいろいろと教えてくれる。今も教えてもらったとおり、製材所で樹の皮を発酵させたバーク堆肥《たいひ》を買ってきて鋤《す》き込む作業をしているところだ。せっかく自分で作るのだから無農薬にこだわりたい。これだけの土地があれば、食べきれないほどの野菜が採れるに違いない。そのうえ谷底の水田も、世話してくれる人があって一反を借りられることになった。

一畝《うね》を耕し終えると、もう汗が噴き出してきた。畑作は昨秋から始めたのだが、最初は土地を耕すということすら満足にできなかった。都会の生活でなまった体はすぐに悲鳴を上げ、筋肉痛にさいなまれた。

鍬《くわ》をつっかい棒にしてタオルで首を拭《ぬぐ》っていると、畑より一段下の道を中学生の女の子が通っていった。今日は始業式なので、学校がひけるのが早かったのだろう。隆夫は、その少女がスタスタと道を下って行くのを見送った。

この下の集落に住む吉田杏奈というその子を最初に見た時は、肝《きも》を潰《つぶ》した。肩まである髪を、光り輝くばかりの金色に染め上げていたからだ。過疎地の中学校に、こんな突拍子もない格好をした生徒がいるとは思いもしなかった。聞けば、隆夫たちと同時期に東京から転校してきたのだという。それで一応の合点はいったが、尾峨中に通いだしてもあのけばけばしいスタイルを改めようとしない。卒業まで後わずかということを考慮して、都会風のおしゃれな制服を着続けるのを容認しているのはいいとしても、なぜあの金髪を学校が放置しているのか、隆夫は納得がいかなかった。あの吉田杏奈という子を見るたびに、緑豊かなこの地に迷い込んだ毒虫を見るような気がして苦々しい気持ちになる。

気を取り直して、万能鍬を再び振り上げた。今夜は水利組合の会合がある。

過疎の町の小さな集落なのに、ここにはたくさんの組合や寄り合いがある。水利組合、精米組合、納税組合、生産組合。その他にも行政単位の集落や組もあるし、隣組《となりぐみ》という名の冠婚葬祭のみの単位集合体があったりもする。都会で暮らしてきた者には煩雑《はんざつ》きわまりないが、ここを終《つい》の住処《すみか》と決めたからには、隆夫はなるべくそれに馴染もうと努めていた。

けれども弓子は今のところ、この地の濃い人間関係には深入りしようとはしない。もともとあっさりした性格の弓子だから、無理をして相手に合わすということがない。それで弾《はじ》き出されるのなら、それはそれでかまわないというスタンスなのだ。

掘り返された黒い土から豊饒《ほうじょう》の匂いが立ち昇ってくる。背後に迫る山の木立ちの中で、冬鳥のマヒワの群れが渡りを前にしてやかましく鳴いていた。

高い敷居をまたぎ、ひんやりとした暗い家の中に足を踏み入れる。頭上には、黒光りした太い梁が何本も渡されている。杏奈は、ぶすっとした表情のまま土間の続きの通路を奥へ進んだ。

まったく、この家はどうしてこんなに無駄に大きいんだろう。ここでひと冬を過ごしてみて、この寒さは家の大きさにあるのだということに気がついた。ストーブをいくら焚《た》いても温かい空気は上へ上へと逃げていく。根太《ねだ》天井と呼ばれる上階の根太と床板の床組み構造がそのまま剝《む》き出しになっている造りのせいで、天井板にはいくらでも隙間《すきま》が開いているのだ。

きっと昔は大家族が暮らしていたのだろうが、杏奈が来るまでは、祖母のタキエがたった一人で住んでいた。通路に沿って、「本ざしき」「ざしき」「よじょう」「おくのま」などと名付けられた畳敷きの部屋が連なっている。杏奈は、その並びとは反対側にある部屋の戸を引いた。靴を脱ぎ散らかして上がり込む。もともとは父の姉、つまり伯母が使っていた部屋が今は杏奈の部屋になっている。その部屋と茶の間、タキエが寝起きする仏間とが、台所の近くに固まっている。これだけ大きな家なのに、実質使っているのはこの三部屋だけなのだった。

杏奈はだぶっとしたスウェットの上下に着替えると、前髪をゴムで手早く括《くく》ってまとめた。襖《ふすま》を開けて茶の間に出ていく。茶の間の向こうの祖母の居室は開け放たれているが、誰もいない。おおかた下の斜面にある段畑《だんばた》にでも行っているのだろう。杏奈はつっかけを履《は》いて土間に下り、適当に昼ごはんをみつくろって茶の間でそれを食べた。

十一年前に夫を亡くして以来、一人暮らしを続けてきたタキエは、頑迷で狷介《けんかい》な人物だ。両親と離れて祖母と暮らすことになった孫娘を不憫《ふびん》がったり、甘やかしたりはしなかった。杏奈はたくあんをぱりりりと嚙《か》んだ。

たぶん、お婆ちゃんとあたしは似ているんだわ、と杏奈は思う。だから、二人ともパパとうまくいかない。

　杏奈の父親は高校進学と同時にこの家を出た。以後しだいに足は遠のき、タキエ一人になった後には寄り付きもしなくなった。国会議員の秘書となり、自身も政治家になることを望んでいる父は、辺境の地にしがみついている老母を疎《うと》んじていた。父親が亡くなった時に、東京へ母を引き取ろうと説得したのにタキエが頑として首を縦に振らなかったことから、どうも二人の間がこじれたようだ。

　タキエの性格からして、父の言いなりに東京へ移り住んだりはしないだろうと杏奈でさえ思う。だが、父はどうしてもこの土地と縁を切りたかったのだ。それほど、父は尾峨を嫌っていた。父の左の耳の聴力がやや劣っているのは、ここで暮らしている頃、暴力を振るわれたからだと聞いたことがある。親しくしていた同級生がいきなり殴りかかってきたのだと。

「そういうとこなんだ。尾峨では時折、おかしな輩《やから》が出てくる。まともな人間の住むとこじゃない」

　父は自分の故郷のことを、吐き捨てるように言った。

　だから、両親が離婚するに当たってどちらと暮らすかと問われた際、四国のお婆ちゃんのところへ行くと言った時の父の顔は忘れられない。杏奈の口から出た言葉が理解不能の異国の言語ででもあるように、一瞬きょとんとした。すぐさまいつものように感情に押し流され、怒鳴り散らし始めたのだったが。あの表情を見ただけでも溜飲《りゅういん》が下がるというものだった。子供を自分の付属品か何かのように思っているのだから。

正直に言うと、父にも母にもついて行きたくないという気持ちが高じて、思わず疎遠にしている祖母の名前を出してしまっただけだったのだが、杏奈も頑固で一徹な性格だった。とうとう意地を通してここまで来てしまった。タキエは拒《こば》むでもなく、歓迎するでもなく、恬淡《てんたん》と杏奈を受け入れた。こうして、似た者どうしの一風変わった共同生活が始まったというわけだ。

土間の向こうの引き戸がガラガラと開いて、タキエがのっそりと入ってきた。竹で編んだカゴの中に泥つきの春玉葱《はるたまねぎ》がどっさり入っている。野良着の泥をはたいて落とすと、首を伸ばして卓袱台《ちゃぶだい》の上をちらりと見た。

「何じゃ、そんな貧しいもんで昼をすましとんか。ワシも昼にするから玉子焼きでもこしらえてやろ。杏奈、卵、取ってこい」

「うん」

杏奈は箸《はし》を置いて立ち上がった。

傲岸《ごうがん》で自己中心的なこの祖母は、有無を言わせぬ物言いをする。孫娘が来たからといって自分の生活スタイルを変えることもない。この家の主はタキエだ。それははっきりしている。自ずと力関係も決まってくる。「居させてもらい、食べさせてもらっているからタキエに従う」という明白な事実が、その部分においては杏奈を素直にさせていた。ろくに家にいもしないのに、帰ってきた時だけ威厳を保とうとする父と、体裁《ていさい》ばかり気にする母。その二人が作り上げた、張子《はりこ》のような嘘っぽい家庭とは大違いだ。

杏奈は裏庭へ出ると、鶏小屋《とりごや》へ向かって歩いた。前面に金網が張られた鶏小屋の中では十数羽の鶏《にわとり》が放し飼いにされている。杏奈は落とし錠を開いて鶏小屋に入った。

あすみ――。心の中で、東京でつるんで遊んでいた親友に呼びかける。あんた、卵なんて、パックに入って売ってるもんだと思ってるだろ。でも、ここじゃあ、鶏のご機嫌しだいなんだよ。杏奈は小さく笑った。あたしが鶏小屋の中に入って鶏糞《けいふん》を踏みながら、鶏から卵を取り上げたり、榾木《ほだぎ》からシイタケをもいだりしてるとこなんて想像できないよね。派手にキメて、オールで遊んでた頃が、嘘みたく昔に思えるよ。あんた、カッコつけてまだシンナーやったりしてるんだろうね。

あすみ。東京の空気はシンナーと同じくらいあたしらの脳みそをダメにするんだ。ここは退屈で、携帯の電波も届きにくいし、同級生たちはバカじゃないかと思うくらいガキっぽくて話になんないけど、空気はほんとの空気だよ。それ、ここに来て初めてわかった。

杏奈から受け取った卵で、タキエは手早く玉子焼きを作っている。真っ黒になったフライパンの上で手際よく菜箸が動く。杏奈はそんな祖母の後ろ姿をぼんやりと眺めた。

杏奈の金色の髪を初めて見た時、タキエは、

「薄汚い色や！」

と吐き捨てるように言った。東京の中学校でも、さすがにここまで鮮やかに染めている子はいなかった。教師からは再三注意され、母親まで呼びつけられたが、杏奈はこれを改めようとはしなかった。

母の和美《かずみ》は眉をひそめて、「困ったわね」と一言言ったきりだった。彼女が「困った」のは、杏奈が悪くなっていくことに心を痛めたからではなく、金髪が、杏奈がそういうグループに入ったことを周囲にアピールしてしまったからである。

父と母と両方の眼差《まなざ》しが自分の方を向いていないという事実は、少しずつ杏奈を絶望させていった。それは緩慢な死とも呼べるものだった。中学のクラスにも溶け込めなかった。集団の中で感じる孤独はさらに深く杏奈を切り刻んだ。自分の周りからどんどん色が消え、自分もそのモノクロームの世界に取り込まれていくような気がした。

「ねえ、髪、染めようよ。一緒に」

そんな時、あすみが声を掛けてきたのだった。あすみはクラスの中では浮いた存在だった。彼女が放つとげとげしく醒《さ》めた匂いを、誰もが避けていた。杏奈もその一人だった。あすみやあすみが校外で付き合っている遊び仲間は、杏奈からすれば別世界の住人だった。なぜあすみが杏奈に声を掛けてきたのかはわからない。杏奈が身の内にしまい込んだブラックホールのような孤独と絶望を、動物的な勘で嗅《か》ぎつけたのかもしれない。

何度かその誘いを無視した後に杏奈は、あすみをまじまじと見た。そして答えた。「いいよ」と。

それからはもうなし崩しだった。

金髪は、色の溢れた街の風景やめまぐるしく流れていく人込みの中にしっくりと馴染んでいた。杏奈もあすみも、この髪の色が人の目を引きつけることをよく知っており、悦に入っていたのだ。なのに、この土地の圧倒的な緑と土と空の青の中では、タキエが言うように、みすぼらしく見えるのはなぜだろう。

でも、やめることはできない。これはあたしの目印なんだもの。

「これは、あたしの目印なんです」

江角校長にもそう言った。肩をそびやかして。

「目印？　誰に見つけてもらおうとしとるんかね？　お父さんかお母さんに？」

そう校長に尋ねられた。

「違います」

杏奈は憮然《ぶぜん》と答えた。あんな人たちなんかどうだっていい。だから、校長に提出するように言われた作文には父や母のことはいっさい書かなかった。「金髪は私に似合っていると思う」と書いたが突き返された。「東京にいる友だちとつながっているため」という理由もダメだと言われた。やけくそになって「金色は私を守ってくれる色。その必要がなくなったら、自分でもとの色に戻す」と書いたらOKが出た。

バカじゃないの、あの校長。きっとすることがなさすぎて思考能力が衰えているのだ。あたしもこんな所に長くいると、だんだんダサくてトロい、バカ女になってしまうに違いない。杏奈はそう思った。中学さえ卒業すれば、もうこんな所に用はない。さっさと東京に戻ろう。ただし、父や母のところに帰るのではない。自分で働いて生きていくのだ。

タキエが無造作に、杏奈の前の皿に玉子焼きをポイと載せた。柔らかで温かな湯気が立ち昇ってくる。今日、鶏が卵を産んでくれてよかったとふと思い、そんな自分を笑った。

2

車の後部座席に座った亜美と杏奈は、微妙な距離を置いて黙り込んでいる。助手席の祥吾も口数が少なく、車内には重苦しい空気が満ちていた。ルームミラーでちらりと後ろを見た祥吾はまともに杏奈と視線が合い、小柄な体をさらに縮めた。

今日は授業が終わってから生徒たちと、『尾峨町史』を調べに市役所の尾峨支所を訪ねることにしていた。圭介の車には三年生全員は乗れないので、この三人だけを連れていくことにしたのだ。

幸い、支所までは車で十五分ほどしかかからない。あらかじめ支所には電話をかけて頼んであったので、職員はにこにこ笑いながら立ち上がった。それから、杏奈の髪の色に慣れていない職員は、ぎょっとしたように最後尾を歩いてくる彼女を見つめた。

「ご苦労さんですな、先生」

十六年前に編まれた『尾峨町史』は古びている。人数分だけ持ってきてくれた『町史』を、すぐに祥吾と亜美は手に取った。杏奈は椅子に座りはしたが、両手をポケットに突っ込んだままだ。

「ありがとうございます。助かります」

職員が「ごゆっくり」と去っていくと、圭介もけっこう厚いその本を手に取った。まじめな亜美は手提《さ》げ袋からノートと筆記用具を取り出して机の上に置いた。しばらく三人は『町史』を黙って読んだ。杏奈は窓の外に目をやってあくびを噛み殺している。

「あ、あった。ここ、ここ」

祥吾が本の半《なか》ばを指差した。圭介と亜美もページ数を確かめてページを繰《く》る。圭介に促《うなが》されて杏奈も『町史』を手に取るが、黄ばんだページを見てあからさまに嫌な顔をした。

「郷土関連の人々」という項目で、枡見源一郎に関して短く言及してあった。

「京都帝国大学の農学部を卒業し、中央の上級官吏として愛媛の地に赴任した。その後、四国山地の植物の多様性に惹《ひ》かれて職を辞し、昭和十二年頃、尾峨町大字豊繁《おおあざとよしげ》の辺りに居を構えて植物や菌類の採集と、これらの同定に専心した。博学であったが、少しも飾ることのない人柄で、町民と親しく交わり、新制中学校として発足したばかりの尾峨中学校の校歌も作詞した。植物の研究上、南方熊楠とも交流があったといわれている」とある。

早速、亜美はこの部分をノートに書き写し始めた。

「先生、ナンポウクマクスって何？　これ人の名前？」

と、祥吾が尋ねてくる。

「南方熊楠《みなかたくまぐす》だよ。人の名前だ。明治、大正、昭和初期と在野で植物学の研究をした偉い人なんだ。そうかあ、この枡見さんと同時代の人なんだなあ。同じ植物学をやってたんだから、接触はあったんだろうな。先生も熊楠のことはざっとしか知らないけど、相当博学な人だったらしいよ。植物学、民俗学、生態学、人類学、考古学なんかに通じ、二十カ国近い外国の言葉を操《あやつ》ることができた人らしい」

「へーえ、すっげえ！」

祥吾は単純に驚嘆の声を上げる。そんな同級生を、杏奈は軽蔑《けいべつ》したような眼差しでちらりと見やった。圭介も横浜で生まれ育ったから、杏奈の心情が少しはわかるような気がした。杏奈の容姿を見れば、東京でどんな生活をしていたか容易に推測できる。彼女が過ごした都会での刺激的で毒をはらんだ日常からすれば、ここでの暮らしはいかにも生ぬるく単調で、同年輩の子は幼く見えるに違いない。

「学校に帰ったら、インターネットで調べてみるといいよ」

技術の授業でパソコンの操作を教えている圭介は、ことあるごとにパソコンを利用するように生徒たちに勧めている。尾峨中のような生徒数の少ない学校では、教師は教科外免許というものを取得して、一人が複数の教科を教えるのだ。音楽教師の得永は家庭科も教えているし、圭介も保健体育と技術を教えている。

「尾峨に伝わる平家伝説」という項目が目にとまった。亜美はノートに何かを写し取り、あとの二人もパラパラとページをめくっている。圭介は平家伝説についての記述を読み取り、読み進めた。この地に伝わる落人伝説についての文献を、きちんと読むのは初めてだった。

寿永《じゆえい》四年（一一八五）、壇ノ浦の合戦で敗れた平氏一門のうち、平国盛《くにもり》、維盛《これもり》、資盛《すけもり》らが、婦女子を混じえた従者とともに尾峨の地に逃れてきた。源平《げんぺい》合戦の敗者として身を隠して生活していたのであるが、源氏による平氏残党狩りが厳しく、とうとう尾峨の地にまでその追っ手が及んできた。平氏の落ち武者がこの地に逃げ込んできた時、土着の民から食糧を掠奪《りやくだつ》し、集落の豪族たちを屈服させたりしたものだから、彼らが密告したという話も残っているようだ。山の木立ちの間に源氏の白旗が見えた時、ほとんどの平氏の一族は、敵に生け捕られて恥辱を受けるよりはと、自害する道を選んだ。

しかし、数人の女官らは、村はずれのお堂に隠れていたのを見つけられ、引きずり出されて斬り殺された。お堂が建っていた場所には現在穂積《ほづみ》神社が建てられて、平氏の霊を祀《まつ》っているのだ。穂積神社の境内にあるヒスイ石という平たい岩の上で、女官たちが斬られたのだという言い伝えも添えられてあった。その岩は、惨《むご》い殺され方をした女官の鮮血で彩《いろど》られ、しばらくは赤い色が消えなかったという。ヒスイ石とは、「血吸い石」がなまったものであるらしい。

それでも、平氏の血が絶えないようにと自害を思い留《とど》まった若者が、集落の片隅で暮らして子孫を残していった。こういう悲劇的な歴史を踏まえて、長い間、源氏の御旗《みはた》である白色はいっさいタブーとされてきたのだと、記述は締め括られていた。

ここへ赴任してきてから二度とも、穂積神社の秋祭りには圭介も参加した。林立する真っ赤な奉納幟《のぼり》に違和感を覚えたものだった。あれは平家の御旗の色だったのだ。幟のみならず、御幣《ごへい》までもが赤色だった。こうした歴史を知らずとも、それらから血の色を連想してしまうのは圭介がよそから来た者だからだろうか。

「先生、ここを見てください」

横から亜美が、『町史』のあるページを開いて身を寄せてきた。亜美が開けているのは、「町の歴史」という項目だ。まず、明治維新の頃からの町の沿革が簡単に載っていた。早船川流域に広がった十に余る集落が、明治二十二年の町村制施行によって、河井《かわい》村、上津《かみつ》田《だ》村、下津田《しもつだ》村、土岐《とき》村とに統合され、大正時代に町制が施行された際に、新しく尾峨町が誕生したとある。その後に、町で起こった主要な出来事が年代順に載っていた。亜美が指差しているのは昭和三年の箇所だ。

「尾峨町は、高知県との県境にあるが、四国山地を挟んでいることもあり、人的、物的な交流はあまりなかった。しかし、この年、高知県側の山村、鞍負村《くらおい》から凶悪犯が尾峨町に逃げ込んでくるという事件が発生した。自身の家族三人と、婚約者とを殺害した大沢正《おおさわただし》という犯人は、山狩りの末、尾峨町の猟師の一人によって射殺された」との記述が見える。

「へえ……昔も自分の家族を殺しちゃったりする事件があったんだね」

と言うと、杏奈がバカにしたように鼻を鳴らした。我ながら、的《まと》のはずれた情けないコメントだと思った。やっぱり教師なんて向いていないのだ——久しく忘れていた根本的な疑問が、また頭の中をよぎった。

「まあ、とにかくここは校歌には関係ないな」

さっきの職員が別の資料を取りにやって来た。

「なあ、おいちゃん。この高知の殺人犯がこっちに逃げてきたって話、知っとる?」

祥吾はこの職員と顔見知りらしく、気安く声をかけた。電器店の息子である祥吾は物怖《ものお》じせずに大人ともしゃべる。おとなしいように見えるが、割合、人なつっこいところもあるのだ。

「ああ、これなあ。これ、けっこう有名な話なんやで」

職員はごま塩頭をごしごしと掻《か》いた。

「気がおかしいなった男が、自分の親兄弟を殺した上に、許婚《いいなずけ》をさらって山の中へ逃げ込んだんやて。結局、その女の人も殺されてしまっとったんやけど、それがまた惨い殺され方でなあ」

話好きなのか、職員は八十年も前の話を見てきたようにしゃべる。

「その当時、講談や錦絵《にしきえ》の題材にもなったらしいよ」

「ふうん」

「犯罪史なんかの本にも載っとると思うで。山越えしてきて尾峨町の山林に隠れとったところを、シシ撃ちの猟師が見つけてな。こう、ズドンと——」

職員は猟銃を構えるふりをした。この男こそ、講談師になればよかったのではないだろうか。人は自分の資質に適《かな》った職に就いているとはいえないということだ。


水利組合の総会は、会計報告の後、すでに決まっていたらしい今年度の役員の承認などを行ない、簡単に終わった。

それからすぐに酒宴になった。今年から水田を耕すことになり、水利組合に新加入させてもらった隆夫は、清酒を二升持ってきて挨拶《あいさつ》をした。このしきたりは、水田を貸してくれた山城《やましろ》という七十年配の老人の忠告に従ったのだ。山城を紹介してくれたのは、炭焼き体験会で世話になった中尾《なかお》という老人だった。中尾は水田をやっていないので、今日はここへは来ていない。こうやって人から人のつながりを頼って、知恵を借りながら営農を勉強していくしかない。

昨今、定年退職者の増加とともに田舎暮らしがブームになってきている。同時に、受け入れる側も体制が整ってきて、市町村役場や農業委員会などに農業新規参入者の受け入れ窓口が出来たりもしている。補助金、営農指導と至れり尽くせりの場所もあるが、このS市はまだそこまではいっていない。就農相談センターなどというものもまだない。

そういう事情もあり、何の縁故もない人間が「農業がやりたい」といきなり引っ越してきたということで、昨夏以来、隆夫は注目の的だった。初めて出席したこの水利組合の会合でも隆夫は、「何で今みたいな時に農業をやるんだ」と質問攻めに遭《あ》った。

好き勝手に忠告やら推測やらを口にする人々の扱いには、毎回苦労させられる。集落の寄り合いや炭焼き体験会などでも同じような目に遭っている隆夫は、丁寧に、「早期退職をして、いくらかまとまった退職金を手にはしたが、もう土地建物に注ぎ込んでしまって手元には残っていない」「自給自足をして生活費を抑えてはいるが、そういう事情でたいして余裕はない」「だから、年金がもらえるようになるまでは、畑作と炭焼きとで少しでも現金収入を得たい」と自分の目標を説明した。

隆夫からひととおり話を聞き出して納得したのか、老人たちは自分たちの話題に戻った。お定まりの過疎や高齢化、跡継ぎがいないというような暗い話だ。そうなると、隆夫は黙って耳を傾けるしかない。

隆夫のそばに同年輩ぐらいの男が寄ってきて、宮岡辰巳《みやおかたつみ》と名乗った。年が似通っていることもあって、隆夫も喜んで酒を注がれた。この土地の酒宴は、どこでも湯呑み茶碗での冷酒だ。あまり酒の強くない隆夫は閉口するが、これも地域に溶け込むためだと無理して飲む。宮岡は、自分の水田は隆夫が借りた水田に隣接しているのだと言った。

「それじゃあ、いろいろと教えてください。なにぶん、素人《しろうと》なもんで。よろしくお願いします」

と頭を下げた。もう頭はふらふらしている。宮岡は、そんな隆夫の茶碗にまた一升瓶から酒を注ぎ足す。この男は今年の組合の理事の一人に選ばれているし、若いということで老人たちからは「タツさん、タツさん」と呼ばれて頼られているようだ。うまく付き合っておくのがよいだろう。

「松岡さん、あんた、畑のほうは無農薬でやっとるそうやけんど、田んぼのほうはそうはいかんよ。田んぼはつながっとるからな。病気や害虫が出たら、皆オダブツや。広い平野じゃないけんな。壺の底で固まっとるような田んぼやからな」

「そうですか。農薬の使い方もまったくわからんのですが、なるべく控えて低農薬でやりたいと思ってるんです。たった一枚きりですから、除草剤も使わずに草取りして……」

言い終わる前に宮岡は、フンッと鼻を鳴らした。

「そらあ、夫婦で食べる米ならクズ米でも何でもよかろうが、うちらには等級というもんがあるけん、そこをちょっと考えてもらわんとな」

そう言うと宮岡は、うまくもなさそうにグイッと酒をあおった。

年寄りたちが一様に眠たそうな表情を浮かべ始めた午後十時過ぎ、会はお開きになった。稲作をやっている農家は、水田に近い山麓の緩傾斜地《かんけいしゃち》に住んでいる。もともと住民は水田耕作のかたわら、製炭業に従事する者が多かった。そのせいで、各農家の背後には、薪炭《しんたん》採取林である居林《いばやし》が広がっている。今はもちろん燃料を薪《たきぎ》に依存することもなく、居林は荒れているのが実情だ。が、炭のほうは家庭用燃料以外の使い道が見直されて、カシ、シイ、コナラなどの天然広葉樹林に恵まれたこの尾峨の地でも、炭焼きを再び始める人もぽつぽつ出てきた。その炭焼き体験会に参加したおかげで、ここに土地を見つけることができたのだから、何が幸いするかわからない。人のつながりと同じように、出会いとは不思議なものだ。

隆夫は皆と別れて、山道をゆっくりと上がっていった。今日は月が明るいので、ふらつく足元も危なげない。少しばかり上って下を見下ろす。早船川沿いの水田は、形がやや歪《いびつ》だし、田と田の間に段差があったりもする。山々の間にぽっかりと開けたそんな谷底平野が、満月の光に照らし出されている。こういう地形のことを水田卓越山村《すいでんたくえつさんそん》というらしい。その美しい光景に、いっときうっとりと見入った挙句、隆夫はまた歩きだした。

こういう所に居を構えられた幸運に、心の中でまた感謝した。


圭介は教員住宅の前に車を停めた。

ここで暮らすのもあと一年だ。この尾峨中へ赴任してきて三年。東京での生活とのあまりの落差にふさぎがちだった三年前を思い出す。

ここの集落はどこでもそうだが、家のすぐそばまで木立ちが迫っている。夕闇がその下から這い出してきている。学校のすぐそばの教員住宅は四軒建っているが、住人は圭介一人だ。校長でさえ車で国道沿いの町から通ってきている。

圭介はゆっくりと平屋建ての家に近づいた。玄関の鍵は、ずっと前に掛けるのをやめてしまった。この山里では戸締まりをする家は少ない。その習いに染まるように、圭介も田舎の中学教師という今の境遇に自分自身を馴致《じゅんち》させてきた。

電灯のスイッチを押すと、家の中に橙《だいだい》色の光が満ちた。いつも持ち歩いているショルダーバッグを畳の上にどさりと落とし、ミニコンポのスイッチを入れた。クラシック音楽が大きな音で流れ出してくる。チャイコフスキーの『ピアノ協奏曲第一番変ロ短調』だ。

四本のホルンによる前奏に続いて、力強く踏みならすようにピアノの主題が入ってくる。

この地で暮らすことの特典は、大音響で音楽が聴けることだろうか。圭介の両親の馴れ初《なそ》めが、クラシックのコンサートで隣り合って座ったということもあってか、圭介も幼い頃からクラシック音楽に親しんできた。

　クラシック音楽は、東京で競技生活を送っていた時にも大いに役に立ってくれた。単調な練習が続く時に気分を奮《ふる》い立たせてくれたり、レース直前に集中力を高めてくれたり、レース後には昂《たかぶ》った気持ちを鎮《しず》めてくれたりもした。

　圭介は陸上の中距離、特に千五百メートルを得意とする選手だった。大学時代には学生記録を次々と塗り替えた。社会人になっても、強いチームに入って競技生活を積んできた。マラソンや短距離と違い、地味な中距離選手はあまり世間に知られることはなかったが、オリンピックの強化選手に選ばれるほどの有望な選手だった。けれども、オリンピックの選考会を兼ねたレースで他の選手と接触事故を起こし、アキレス腱《けん》を切った。手術と長いリハビリの後、それでも競技生活だけは続けようとした圭介だったが、故障した箇所はもう元のようにはしなやかに動かなかった。失意と落胆、焦燥、そして絶望――。クラシック音楽も圭介の心を慰撫《いぶ》してくれることはなかった。それが二十五歳の時。

　競技生活に見切りをつけた圭介は、学生の時に取得していた教員免許を生かして中学教師になった。東京やその周辺ではなく、母親の出身地である愛媛の教員採用試験を受けたのは、自分の気持ちにきっぱりと区切りをつけるためだった。けれども今思えば、競技生活を続ける仲間やライバルたちと距離を置くためだったように思う。自分は卑屈になっていたのだ。わざと人との交流の少ない山の中学校を望んだのもそのせいだ。

アスリートとしてのキャリアに終止符を打った時、その経験を生かして指導者になるという道もあったのだ。が、後進を育てるという度量の大きさが自分にはなかった。挫折《ざせつ》した自分を直視できなかったし、周りから同情の眼差しを向けられるのはたまらなかった。華々しいアスリート時代の何もかもから遠ざかっていたかった。

だから——田舎教師になった。それなのにこの三年間、自分は教師に向いていないと思い続けてきた。

きっと、そんな不純な動機で教師という職を選んだからいつまでも迷いがあるのだろう。特にこの四月、三年生の担任になってから、その迷いを強く自覚するようになった。教え子の一人、吉田杏奈。あの子は圭介に心を開かない。誰に対してもそうなのだから、特に圭介に嫌悪感を持っているというわけではないだろう。しかし、おのれの指導力不足を痛感せずにはいられない。

激しい舞曲調の個性的な第三楽章が始まった。

圭介は窓を大きく開け放った。山間部の日暮れは早い。太陽は山の向こうに姿を消し、街灯も何もない辺りは闇の中に沈みつつある。

静かすぎる——あまりにも。

3

「おい、吉田、遅れるな」

列のしんがりを歩く杏奈の足は遅い。圭介の声にも、そしらぬ顔をしている。

「杏ちゃん、早く、早く」

亜美が杏奈の手を取ろうとするのを、杏奈は「いい」と低く答えて手を引っ込めた。亜美は気にするふうもなく、すっと先に立った。

「ああ、しんど。もういかん。これならまだ運動場走っとるほうがええわ」

山道の途中で立ち止まって、真也が肩で息をした。圭介は思わず笑った。今は体育の授業中なのだ。体育の授業をする代わりに、今日は「山歩き」をしている。これは、圭介の前任者である体育教師から受け継いだもので、山の学校ならではのものだ。これでけっこう足腰が鍛えられる。圭介自身、腐葉土に覆われたふかふかした土の上を歩くのに未だに苦労している。

文句を言いながらも、太った体のわりに真也も山を歩くコツはつかんでいる。彼の家も代々林業に従事しているのだ。夏樹と昌之は体育帽の取り合いをしながら、犬コロのようにじゃれ合っている。昌之のほうがずいぶん背が高いので、夏樹は圧倒的に不利だ。二人は列の先になり後になりして、息をはずませながらゲラゲラ笑った。そんな二人を避けるように、杏奈の足はますます遅くなる。体育の時間内に戻れるか、圭介はハラハラしながら列を整えた。

圭介は山道には不案内なので、「山歩き」の時には地元の老人、山田哲弘《やまだてつひろ》にいつも先導を頼んでいた。哲弘は七十をいくつか出たくらいの年齢だが、長年農林業に携《たずさ》わっていただけあって、中学生がついて行けないくらい軽い身のこなしで山道を行く。

「あ、あれ、サルノコシカケ！」

祥吾が森の中を指差した。大きな木の根方に、小さなテーブルのように突き出た白茶色のキノコが見えた。

「ああ、そうじゃ。よう見つけたなあ。あれがサルノコシカケや。ほんでもあれがついたら、あの木ももういかんな。そのうち幹折《みきお》れしてしまうやろ」

「へ？　なんで？」

「菌類の菌糸が、木の幹や大枝の中に入ってしまうとな、木質を分解していくんや。そやけど、この菌の働きも森の中では重要なんやぞ」

哲弘はまた元の山道に戻り、生徒たちと圭介もその後をついて歩きだした。

「もしもや、台風で倒れた木や、季節ごとに積もる落ち葉、それから動物の死体なんかが、ぜんぜん分解されずに残っとったら大事《おおごと》やろ。菌類はそういう有機物の分解者なんや。目には見えんけど、縁の下の力持ちゆうわけやな」

「へーえ、山田のじっちゃん、見かけによらん物知りやな」

眼鏡を押し上げながら昌之がそう言った。彼は考え深そうな外見とはうらはらに、何でもずけずけと口にしてしまうのだ。

哲弘は気を悪くした様子もなく朗《ほが》らかに笑った。小麦色の肌に白い歯。それに筋肉質の体格は、年よりずっと若々しく見える。

哲弘の博学ぶりには圭介もいつも舌を巻く。長年にわたり林業に携わり、森や山のこと、動植物のことに通じているうえに、何にでも興味を持って探求する。すこぶるつきの読書家でもある。日本の中山間地《ちゆうさんかんち》には、農山村に残る力を生かす「野の教師」がたくさんいるのだ。

圭介は尾峨中に赴任した当初、教員住宅の準備が整うまでしばらくの間、哲弘がやっている民宿に滞在させてもらっていた。それでこの哲弘とも、彼の九十八になる父親の安雄《やすお》とも気安く付き合わせてもらっている。安雄もその年に似合わず、まだかくしゃくとしている。

哲弘の経営する民宿は、数年前からグリーン・ツーリズムの流れに乗って始めた農林漁家《のうりんぎよか》民宿だ。山林の手入れ、畑仕事、炭焼き体験の他に、山の中での自然観察教室を開いたりしているので、その博学ぶりにはますます磨きがかかっている。山歩きの案内を頼むには最適だった。前任者から惰性《だせい》で受け継いだこの「山歩き」を今も続けているのは、哲弘という「野の教師」の人間性に惹かれたということも大きい。三年前、人との交流を嫌って田舎の学校を選んだ圭介の心境に、この山歩きという行為がぴったりと添うたということもあるかもしれない。夢破れて都落ちしてきた平家の人々と同じだな、と圭介は心の中で苦笑する。

とにかく圭介は、むっとする草いきれの中、濃《こま》やかな緑の中、清々《すがすが》しい風の中に身を置くことを好んだ。とうとう昨年には高価な登山靴まで買った。

あれやこれやと忙しい哲弘にせがんでは、しだいに山の奥深くにまで足を踏み入れるようになった。石鎚《いしづち》山系は日本アルプスなどに較べて標高は低いが、森は深い。森林限界というものがないせいで、ウラジロガシ、モミ、ツガ、ブナ、ダケカンバ、シコクシラベと豊かな林相の森が広範囲に広がっている。愛媛から高知へと続くこの樹海は、人を寄せつけないたたずまいがある。登山道、まして遊歩道などというものもなく、たまに道をあやまった登山者が迷い込んで遭難することもあるという。それよりももっとまれなことだが、自殺志願者が望んで入り込むこともあるらしい。これらの人々の発見されない遺体がまだかなりの数、森の中に眠っているという噂も耳にした。

哲弘も不用意にこの森に足を踏み入れることはない。地元の人々が燃料や森の恵みを手に入れるために安易に歩き回る里山と、こうした千古の森との間には、明確な境界線があるように見受けられる。圭介は、平家の墓が人知れず埋もれていると言った大叔母の言葉を思い出し、哲弘に問うてみた。

「そんなんじゃあないよ」

哲弘は穏やかな笑みを浮かべた。そして、「ただ、ここは不入森《いらずのもり》やけんな」とだけ言った。

不入森のいわれを教えてくれたのは哲弘の父、安雄だった。この広大な原始の森の中には、かつて独自の習俗を持った山の民が住んでいた。

「その人らはな、山の中を移動しながら暮らしとった」

山の森の中には、里人には見えない山の民の道があったという。その人たちは地域の共同体に馴染まず、定住することもなく、深い森の中で生きていた漂泊民だったらしい。

「いろいろな噂はあったが、ここにおった人らは悪いこともせんかったなあ。どっちかというと穏やかな人らじゃった。ほでも村のもんは一定の距離を置いて付き合いよった。やっぱり生きる場所が違《ちご》たからやろな」

そういう山の民が暮らす領域であった石鎚山系の森は、里人からすれば、ある意味異界であったのだろう。哲弘をはじめとして町の人たちが、今でもその境界を守っているのは平家の祟りではなくそういう理由であったのだと、圭介は得心したのだった。

森や山と同様、山峡に住まいする人々の暮らしも深いものがあるのだ。義務教育を受けることもなく、納税もせず、徴兵制からも漏れていた彼らは、しだいに国家権力によって定住させられていった。

「尾峨でも何家族かは受け入れたと思うで。あの人らのことを嫌がる人もだいぶおった。やっぱりちょっと違う雰囲気をしとったよな。それで野山を飛ぶように歩くんや」

　平家の人々や山の民、そういった人々がかつて暮らした森は、今や沈黙の中にある不入森として人を拒み、四季の営みだけが繰り返される森に還ったのだ。そう思うと、やはり哲弘のように、人が通ることを許された領域だけを守っていることは正しいことのように思われた。

　はるか下に学校を見下ろす稜線に出て、休憩にした。哲弘は請《こ》われるまま中学生当時の話を始めた。彼は新制中学が生まれたちょうどその時、尾峨中学校に通っていたという。校歌の作曲をした三好アツ先生に音楽を習っていたのだ。熱意を持って教えていた若かりし頃の三好先生の話をした後、話題は枡見源一郎のことに移った。

「枡見先生はな、豊繁集落の家の離れに間借りして、森の中で植物採集をようしとった。あの頃は、変わりもんの先生としか思わんかったけど、立派な学者さんやったんやなあ」

「変わり者だったんですか?」

「子供の目にはそう見えたなあ。黒縁のまん丸の眼鏡かけて、ボロを着て。住んどった離れもあばら家で。足の踏み場もないほど、採集してきた植物やらキノコ類やらでいっぱいで」

「キノコ？」

「うん。あの先生、植物の中でも菌類が専門やったみたいや。あと粘菌とか。人があんまり研究せんような、訳のわからんもんを採集しよったから、それで変人て言われよったんかもな」

「ネンキンて何？」

昌之が尋ねる。

「粘菌ていうのはな、森の中の土や朽《く》ち木や落ち葉の中なんかで生活しとる原生生物なんや。これの面白いところはやな、摂食活動をしとる時は、変形体と呼ばれる網目状のアメーバみたいな形で、移動しながら細菌とか微生物を食べるんや。そんで、さあ繁殖するとなったら、突然キノコになって頭に胞子を作って飛ばすのや。つまり、最初は動物で、あとで植物になるわけやな」

「へーえ」

昌之と祥吾が感心したような声を出す。すっかり哲弘の話に引き込まれてしまった様子の祥吾の脇腹を、夏樹が指でつついている。一つのことに気を取られると集中してしまう祥吾とは違い、夏樹は落ち着きがない。それでも夏樹がクラス委員をしているのは、彼が人の気を惹くのがうまく、リーダーシップがあるからだ。塾に通うでもなく、全員が同じ高校に進学する生徒たちの間では成績というのはあまり重要な要素ではないのかもしれない。

「ああ、そうか。それで南方熊楠と交流があったんですね。何せ熊楠は、粘菌に関する著名な研究者だったから」

圭介がそう言うと、哲弘はうんうんと頷いた。

「で、三好先生と枡見先生はそれからどうなったん?」

亜美がノートに何やら書き込みながら訊《き》く。校歌を調べることを積極的に支持したのは自分だからと、やる気のない男子をあてにせずに、『廃校誌』に載せる原稿をまとめようとしているのだ。サラサラと落ちてくる髪の毛を何度も耳に掛けながら、熱心に鉛筆を走らせている。亜美の家は家族経営の小さなマーケットをやっている。いつも店番をしている彼女の母は豪放磊落《ごうほうらいらく》という感じなのに、亜美は几帳面《きちょうめん》で繊細だ。

「うーん、三好先生は三年ほど尾峨で教えた後、別の中学へ替わっていかれたんや。それと枡見先生は、あの当時もう年やったからな。病気がちになって、自分の出身地である大分へ帰る心づもりやったらしいが、急に体調を崩されてしもうてな。とうとう尾峨で亡くなられたんや。一生独身やったから、大分から実の弟さんが来て、ご遺骨を持って帰られたそうじゃ」

圭介は哲弘に、三好先生の写った卒業写真を捜してくれるように頼んだ。

「先生、これ何？　蕾《つぼみ》？　それとも実？」

夏樹が木の枝を手折《たお》って持ってきた。エゴノキの小枝に、緑色のボール状のものがいくつも付いている。

「ははあ」

横からその枝を覗き込んだ哲弘が笑う。

「何ですか？　これ」

夏樹から取り上げた枝を、圭介は哲弘に差し出した。哲弘は長さ一センチに満たない楕《だ》円《えん》形の実のようなものを一つちぎって、手の中でくるくる回した。

「ほれ、ここ見てみ」

哲弘の指差す場所に小さな孔《あな》が開いていた。他の男子生徒たちも頭をくっつけるようにして、その緑の球に目を凝《こ》らした。杏奈は男子たちの子供っぽいしぐさを見下すように離れて立ち、亜美も所在なげに立って、耳だけをこちらに向けている。

「この孔はな、虫の幼虫が這い出してきた痕《あと》なんや。成虫がな、ここへ――」

と言って、哲弘は葉の付け根を指差した。

「産卵する。ハエやハチ、アブラムシやダニなんかの虫や。その幼虫の刺激で植物が異様にふくらんできたんが、この虫こぶ」

「虫こぶぅ？」

真也が素っ頓狂な声を上げた。

「気をつけて見てみ。森の木の花や実や葉っぱのおかしな所がふくらんどるのは、たいていそれや」

「ああ、何か見たことある――それ。葉っぱがふくらんどるの、病気かと思うとった」

「でも、こんなふうに実か蕾か区別がつかんもんはわからんよなあ」

「気持ちわるー」

口々にそう言う男子たちの向こうで、亜美までもが口をへの字に曲げたのを見て圭介は苦笑した。やはり男子生徒のほうがどうしても幼い気がするのは否《いな》めない。東京から来た杏奈からすれば、なおさらだろう。

「何が気持ち悪いんじゃ。この虫こぶはな、フシというて、昔から人間のために役立ってきたんやぞ。医薬品や染料や皮なめしに使ってきたんや。虫こぶには植物体に含まれるタンニンがぎゅっと凝縮されとるんや」

そう言うと、哲弘は「苦味があるから嚙んでみろ」と虫こぶを男子たちに差し出した。四人の男子生徒は「お前が嚙め」と背中を押し合い、ぎゃあぎゃあとうるさく騒いだ。杏奈はもはや別の世界の生き物を見るように、男子たちを見ていた。

尾根の下から強い風が吹き上げてきた。風になぶられた金の髪が杏奈の顔の周りで踊る。その杏奈の表情が、あまりに拠《よ》りどころがなさげで頼りなく見えたので、圭介ははっとした。が、目を凝らした次の瞬間には、もういつものだるそうな大人びた顔に戻っていた。


圭介が職員室に戻ると、待ちかねていたように得永が寄ってきた。

「金沢先生、少しだけわかりましたよ。三好アツ先生と校歌のこと」

「えっ、本当ですか？」

「とゆうても、たいしたことじゃないんですけどね」

得永は顔をくしゃっとするようにして笑った。この子供っぽい笑い方が、彼女の特徴だ。三年生が「校歌」をテーマに選んだと知った彼女は、市の教育委員会に勤務している夫に頼んで、三好アツ先生のその後の消息を調べてくれたのだ。歌いやすく、それでいて潑剌とした曲をつけたのが新任の女性教師だったと知り、同じ音楽教師ということもあって彼女の興味を惹いたらしい。

「三好アツ先生は、尾峨中で教えられた後、松山《まつやま》の余土《よど》中学校という所に替わられていますね。そこを結婚退職されたのが、昭和二十六年」

「その後は？」

「残念ながら……」

得永は首を振った。

「でもね、ちょっとした事件があったんですよ。校歌が出来てすぐの時に……」

得永は、また奥まった瞳をくるっと回した。額《ひたい》に垂れかかった銀髪とは何ともアンバランスだ。その時、後藤教頭がつかつかと二人のそばに寄ってきた。

「得永先生、金沢先生、ちょっと――」

それだけ言うと、くるりと背を向けて職員室を出ていこうとする。得永はちらりと圭介の方を見て、ペロリと舌を出した。圭介には何のことやらわからない。仕方なく教頭と得永の後に続いた。

教頭は隣の空き教室で待っていた。ぎすぎすと痩《や》せ、奥まった瞳で人を射すくめるように見るこの教頭の前に座ると、圭介も生徒と同じように落ち着かない気分になる。

「得永先生が今言われようとしとったのは、木嶋校長先生の事件のことでしょう?」

圭介が生徒用の椅子に座るやいなや、教頭はそう切り出した。

「ええ――まあ」

バツが悪そうに得永はうつむいた。

「木嶋校長の事件――?」

「校歌のことを調べられるということでしたから、いずれこのことが知れるとは思うとりました。まず、私のほうから説明しておこうと思いましてね」

「はあ」

「得永先生は、どんなふうに聞かれました？」

そう教頭から水を向けられると、得永はしどろもどろになった。

「いえ、あのですね……。つまり、木嶋校長先生が村の人と口論になって、その相手を穂積神社の石段から突き落としてしまって……」

　圭介は「えっ？」となって、得永の方を見た。

「そして、その方は不幸にも亡くなられてしもうたんでしたね」

　後藤が後を引き取った。

「えっ？　死んじゃったんですか？」

そう言ってしまってから、圭介は顔を赤らめた。これでは中学生と変わらない。

「打ち所が悪かったんですよ。なんせ石段の途中から脇に飛び出してしまって、下の岩の上に頭から落ちたそうですから」

　圭介は頭の中に穂積神社の見取り図を描いた。折れ曲がった石段の横は切り立った崖になっていて、その崖の下にヒスイ石が横たわっている。教頭はあれがかつて血吸い石と呼ばれていたことを知らないのだろうか。平家の女官たちの血を吸った忌《い》まわしい岩だと。

「もちろん、木嶋校長は逮捕され、校長の職も追われたんです」

　黙り込んでしまった圭介に、教頭はそう言った。

「それは……」

当然だよな、と圭介は心の中で呟《つぶや》いた。

「もちろん許されることじゃあありませんがね。そんでも、校長先生にもご事情がおありだったということです」

「事情って?」

得永が体を乗り出した。持ち前の好奇心が首をもたげてきたらしい。

「木嶋校長先生は、戦争で一人息子さんを亡くされたんです。それに、奥さんは結核を患《わずら》われて実家で療養中ということで、校長はお一人で尾峨町に赴任してこられていたんです。当時、結核はまだ死病と呼ばれていましたからね」

「でも、それと村の人との口論とどんな関係があるんです?」

「つまり、校長は気を病んでおられたんじゃないかと思います」

圭介も得永も言葉を失った。

「あれは不幸な事故だったんですよ」

そう言った後で後藤教頭は、校歌のことを調べるに当たっては充分そのことに留意するように、と付け加えた。要するに、事件のことはなるべく子供たちに触れさせないように、上手に迂回《うかい》して情報を伝えるように、ということなのだ。圭介は、ようやくそれに気がついた。

　宮岡辰巳は、三日月鎌《みかづきがま》と呼ばれる鎌を使って薙《な》ぐように下草を刈っていた。植林した杉林の足元の、雑草や細い笹は伸び放題になっていた。祖父や父が植えた杉林を受け継いで、こうして手入れをしてはいるものの、国産材の値は上がらず、きつい労働の甲斐《かい》のなさを思わずにはいられない。宮岡は、下草の中に鎌を放り出すと腰を伸ばした。刈り取られたばかりの雑草の切り口から、青臭い草いきれが立ち昇ってくる。彼は斜面に腰を下ろし、麦藁《むぎわら》帽子を取って流れ落ちる汗を拭った。

　気持ちのよい風が吹き抜けていったが、宮岡の気分はすぐれなかった。斜面の下に広がる谷底平野の水田で、農作業をする人の姿が小さく見えた。その中に松岡隆夫の姿を認めて、宮岡は眉間《みけん》に皺《しわ》を寄せた。あの男が買った行友《ゆきとも》集落にある家は、宮岡の従兄弟が所有していた家だった。従兄弟の父親、すなわち宮岡の叔父に当たる一家と、宮岡の一家とは仲が悪かった。祖父が亡くなった時の遺産相続でもめて以来、代々いがみ合っているのだった。

　もともと祖父の名義だったあの家を、祖父が亡くなる直前に、叔父が自分の名義に書き換えさせていたことが原因だった。あまりなやり方に、長男である宮岡の父は怒った。手が掛かるうえに金にならない山林を相続するより、優良な材をふんだんに使って建てた祖父の家のほうがはるかに価値があった。父や叔父が亡くなった後も、宮岡と従兄弟とは、同じ町内にいながら口を利《き》くことはなかった。遺産相続の遺恨だけでなく、叔父とそっくりな性情の従兄弟もいけすかない男だった。

その従兄弟も結局は尾峨から出ていった。

こんな田舎ではたいした働き口もないのだ。狡猾《こうかつ》で姦佞《かんねい》な叔父が、祖父に取り入って手に入れたあの家も打ち捨てられた。山林よりも無価値なものになり下がったのだ。この地区にはそんな家屋がたくさんある。よその町で事業に失敗した従兄弟が、あの家を売って少しでも現金を手に入れようとしていると風の噂で聞いて、宮岡はせせら笑ったものだった。

過疎の土地のあんな古い家が売れるものか。そして事業に失敗して金に困っているという従兄弟の境遇を密かに喜んだ。まさに因果応報ではないか。打ち捨てた家からまだ金を取ろうとしている従兄弟の浅ましさには呆《あき》れ返る。

なのに――。

宮岡はまた、苦々しい思いで水田を見下ろした。

あの松岡というバカな男が、あの家を買い取って移り住んできた。従兄弟はその金で負債を清算することができたらしい。なぜあの家なんだ。集落のあちこちに似たような空き家が残っているというのに。叔父や従兄弟に対して抱いていた憤怒《ふんぬ》や憎しみを久しく忘れていた。だが、今やそれはそっくりあの松岡という男に向けられていた。

老後を田舎暮らしで、などと甘い考えで農業に手を染めているのも気に入らない。行き詰まった従兄弟の人生を立て直すのに力を貸しただけでなく、人が住むようになったせいであの祖父の家が息を吹き返し、宮岡に忌々《いまいま》しい遺産相続の騒動を思い出させるのだ。松岡夫婦があの家に出入りするのを見るたび、当時の腹の煮えくり返る思いを追体験してしまう。

もうあんなことは忘れて穏やかに年老いていけると思っていたのに、宮岡にとってあの時呑み込んだ悔しさや無念をぶつける生身の人間が目の前に現われたようなものだ。知らず知らずのうちに、宮岡は膝《ひざ》の上で拳《こぶし》をぎゅっと握っていた。背中を杉の木にもたせかけ、彼は水田の中で作業をする松岡をいつまでも見下ろしていた。

4

菅田《すげた》ルリ子は、ベッドサイドのテーブルの上に花瓶を置いた。黄色いフリージアの花が甘く香っている。

「お母さん、いい匂いでしょう?」

ベッドに横たわった母の淳子《あつこ》は薄く目を開けたが、天井をぼんやり見上げたままルリ子の方を見もしない。今年八十三になる淳子は、病院のベッドの上で眠ったり起きたりの繰り返しだ。少しばかり認知症の気《け》はあったが、体のほうは丈夫で、ついこの前までルリ子と二人で暮らしていたのだ。

それが家で倒れて以来、ここへ入院している。心臓が弱っているらしいのだが、医師も積極的に治療を施そうとはしない。ルリ子ももう覚悟を決めた。そう何度も思う。しかし、まだ心は揺れている。充分に生き抜いてきた母親に、これ以上、何を望むというのだ。

「お母さん?」

淳子はまた目を閉じてしまった。ルリ子は諦めてパイプ椅子に腰を下ろすと、花瓶のそばにあるCDプレイヤーに手を伸ばした。スイッチを入れる。ゆったりとした音楽が流れ出す。無理して個室に入れてもらってよかった。こうして母の好きな音楽を聴かせてあげることもできるし。ルリ子はそう思った。たぶん、母はもう住み慣れた家へ帰ることはないだろう。それなら、少しでも静かで心安らぐ場所で最期を迎えさせてやりたかった。

控えめにドアがノックされ、看護師の清川《きよかわ》が入ってきた。

「どうですか? 菅田さん」

穏やかに笑いながらベッドに近寄ってくると、淳子の脈を取り、点滴の具合を確かめた。

「あら、懐かしい曲」

小柄な清川は体もよく動くが、気働きもする。

「なんていう曲でしたっけ？　これ」

「『家路《いえじ》』っていう曲。歌詞も付いているんだけど、これはメロディだけなの。母がこれ好きで、家でしょっちゅう聴いていたものだから」

「ああ、そうだわ。『家路』だ。私も歌ったことがある。学生の時に」

「清川さんの学生時代なんて、この間じゃないの」

ルリ子は笑った。まだ二十代の清川とルリ子とでは、親子ほども年が離れている。とうとうこの年まで独身を通したルリ子は、こうして父や母を見送るのが務めだと思う心境になっていた。父は六年前に脳出血で呆気《あっけ》なく逝《い》ってしまったので、母だけは自分の気が済むまで充分に看取《みと》ってやりたいと思うのだ。

「でも菅田さん、偉いですよね。毎日こうしてお母さまのそばにいらっしゃって」

若い清川に「偉い」などと言われてルリ子は苦笑する。

「これくらいしか私にはできないもの」

「お疲れなんじゃないですか？　少し休まれたらいいのに。そんなにずっと付き添われなくていいんですよ。そのために私たちがいるんですから」

「ええ、ありがとう。でも、いつ何があるかわからないでしょう？　母ももうこの年だから。私がいない時に急に悪くなって亡くなったりしたら、後で悔やむと思うの」

「でも無理なさらないでくださいね。お兄さまやそのご家族の方に少し手伝ってもらったらいかがですか？」

「兄たちは都内で暮らしているから――」

「ここ、さいたま市ですよ。来ようと思えばすぐ来られるじゃないですか」

そう言ってしまってから清川は、さすがに差し出がましい口を利いたと思ったのか、首をすくめた。

「ごめんなさい」

「いいの。ありがとう、清川さん」

清川は淳子の手をそっと毛布の下に滑り込ませると出ていった。

兄夫婦は二度ほど他人行儀に見舞いに来たきりだ。東京の大学に通っている二人の娘は顔を見せもしない。この前、兄たちが来た時には、

「もし母さんが死んだら……」

などと母の枕元で言うので、思わずカッとした。

「お母さんは意識がないわけじゃないのよ。今は眠っているだけで、目も見えるし、耳も聴こえるの。目を覚ましている時は、ちゃんと私と話もしてくれるんだから」

そう言いながら、廊下に二人を押し出すようにして連れ出した。兄嫁は露骨に嫌な顔をした。

「もし母さんが死んだら、今の家はお前にやるよ」

エレベーターホールの前の休憩所のソファに腰を下ろすなり、兄はその続きを口にした。

「お前の住む所がなくなるもんな」

そう言われて怒りに体が震えた。兄の啓一《けいいち》が都内にマンションを買う時には、親から相当の援助をしてもらっているはずだし、父が亡くなった時にも相続分はきっちり受け取った。今残っているのはさいたま市内の三十坪の土地に建つ、築四十年をとうに越えた木造住宅だけだ。中古で買ったこの家で、父と母は啓一とルリ子を育ててくれたのだった。

「そんな話は今はしたくない」

頑《かたく》なにそう言うと、

「今だからしとかなくちゃダメなんじゃないか。母さんが死んでからゴタゴタしないように」

「そんなことより母さんの最期をどう看取ってあげるかってことでしょ!?　兄さんには親子の情ってものがないの？　お母さんはいつだって兄さんのことを気にかけていたし、頼りにしてもいたのよ」

そう声を荒らげると、「そんなに感情的になるなよ」と啓一は、妻の加代《かよ》をちらりと見た。加代は能面のように無表情だ。今さら他人の自分が口を挟んで嫌われるのはごめんだと思っているに違いない。

とにかくこれ以上、その話はしたくないとルリ子は突っぱねた。啓一は、医療費が負担になるようならそう言ってくれと言い、加代を促してそそくさと帰っていった。

「今は完全看護なんだから、お前もそう根《こん》を詰めて付き添いなんかしなくていいんだよ」

と帰り際に言ったのは、ルリ子の体を気遣ってのことではなく、専業主婦の加代が看護の手伝いに来ない言い訳だろう。ルリ子は深々とため息をついた。

淳子の額にそっと手を当てて、

「じゃあ、お母さん、また来るね」

と言った。驚いたことに、淳子はパッと目を見開いて、

「ああ、待ってるよ」

と答えた。その声が元気な時の母そのもののように明瞭に聞こえたので、ルリ子ははっとして淳子の耳に口を近づけた。

「何?　お母さん、もう一度言って」

そう繰り返したが、淳子は再び口を開こうとはしなかった。

5

　山城のエビのように曲がった腰が、ここでの労働の過酷さを物語っている。その山城は今、田んぼの畦《あぜ》に立ち、息子が耕耘機《こううんき》を使って土を起こすのをじっと見ている。耕耘機は歩行型のもので、後部に付いた単車のハンドルのようなバーを握って歩きながら操作するのだ。山城の息子は今は街で暮らしているのだが、農作業が忙しい時だけ帰ってきて手伝っている。高齢化した農山村では当たり前の風景だ。みるみるうちに隆夫が借りた一反の田んぼは、すっかり耕されてしまった。

「耕起《こうき》」とはよく言ったもので、ひと冬眠っていた田を揺り起こす作業だ。二年休んでいたこの田も春の田起こしだけはしていたらしいが、土は固かった。畑の要領で鍬で耕そうとした隆夫だったが、とても歯が立たなかった。地表から十五センチくらいまでの土を掻き混ぜるのだ。表面付近の土とその下の土を反転させ、柔らかくするのが目的だ。こうしてやらないと、伸びていく稲の根が地中に張っていかない。

「田植えは手で植えようと思っているんです。たった一反きりだし、大阪から孫を呼んで植えさせてやりたいんです。もう苗代《なわしろ》も自分で作っているから」

　と隆夫が言うと、山城は「物好きやなあ」と笑った。

物好きかもしれないが、できるところは機械の力を借りずにやりたかった。隆夫は今、土に触るのが楽しくて仕方がない。やっと人間らしい、地に足のついた生活が送れると思った。

昼になったので、坂道を上がって家に帰った。畑の中を通って家に近づくと、珍しく弓子の明るい笑い声が響いてきた。縁側に腰掛けているのは隣家の主婦、高月基恵《たかつきもとえ》だ。

「ああ、お帰りなさい」

弓子が顔を上げて言う。基恵もぺこりと頭を下げた。

「今、奥さんにシフォンケーキをご馳走《ちそう》になったとこ」

この集落で弓子が唯一心を許した基恵は、丸っこい顔に人のよさそうな笑みを貼り付かせたままだ。

「松岡さん、このケーキの焼き方、教えてくれん?」

「いいわよ。いつでも」

弓子は機嫌よくそう答えている。弓子は菓子作りが趣味なのだ。

「そんなら、あたしだけ習うのはもったいないけん、あと二、三人呼んできてもええ?」

「もちろん」

そんな会話を交わしている二人の横をそっと通って、隆夫は家の中に入った。洗面所で手と顔を洗い、台所で冷たい飲み物を冷蔵庫からとり出して飲んでいる間も、縁側での弾んだ会話は続いている。台所はきちんと片付いていた。弓子のたっての希望で、凝ったシステムキッチンを入れている。菓子作りに没頭できる、長年夢見てきたキッチンを条件に、弓子は尾峨へ来ることを承知したのだった。いわば、ここは弓子の要塞だ。この山里の溢れんばかりの自然に背を向けて、弓子は要塞に閉じこもっていた。それがいかにバカバカしいことか、弓子もしだいに気づいてきたに違いない。

都会育ちの弓子が、この土地に馴染むのに時間がかかるのは覚悟していた。しかし、頭のいい彼女のことだ。一見つっけんどんだったり、逆にずかずかと他人の家に入り込んでくる田舎の人との付き合いも、そのうち上手にこなすようになるだろう。それでも時折、家の中で見かける大型のムカデだけにはどうしても慣れることができず、弓子は悲鳴を上げるのだった。

哲弘の同級生が、中学校近辺の行友、稲田《いなだ》、紅緒《べにお》の三つの集落に四人残っているという。細い道沿いに点在する集落には、未だに明治の町村制施行前の呼称が使われているのだった。哲弘のところには尾峨中の卒業写真が残っていなかった。同級生に問い合わせたら三人のうちの一人、石本治平《いしもとじへい》の家で見つかったらしい。それを見に来ないかと連絡があった。五月の連休に入ったばかりの頃である。

山の緑は萌《も》えさかり、目に痛いほどだ。きっと山のもっと高い所では、アケボノツツジの花前線が石鎚の中腹に向けて上昇していることだろう。どこかでキビタキの複雑な囀《さえず》りがしているが、姿は見えない。

治平の家には哲弘と、もう一人の同級生、山本秀三《しゅうぞう》とが揃《そろ》い、縁側で酒を酌《く》み交わしていた。山本秀三は、圭介の生徒、夏樹と祥吾の祖父にあたる。

「先生、来たか。まあ、一杯」

断わる暇もなく、冷酒をなみなみと注がれる。

「昼間から酒宴ですか。まいったなあ」

圭介は形だけ口をつけて苦笑いをする。

ひとしきり尾峨中の廃校の話が出た後で、ようやく治平が古いアルバムを取り出してきた。

「これこれ、これがわし」

それぞれが指差す写真の顔は、小さすぎて目鼻立ちははっきりせず、見分けがつかない。男子は坊主頭に折り襟《えり》や詰め襟の学生服、女子はオカッパ頭にセーラー服かへちま襟の上着にもんぺ。足元はどの子もちり草履《ぞうり》か下駄だ。人数は今とは較べものにならないくらい多い。治平が虫眼鏡を持ち出してきたが、それでもよくわからない。

「ああ、これが三好先生じゃ」

圭介は、一番端に立つテーラードカラーの黒い上着姿の女性に目を凝らした。髪をひっつめにしているせいか首がすらりと長く、しっかりとカメラの方を見据《みす》えた表情はやや緊張しているように見える。虫眼鏡を借りて仔細《しさい》に眺めると、眉も唇もくっきりとしていて、芯の強さが感じられる女性だった。

圭介は茶碗を縁側にそっと置いた。校歌に関しての話を聞くということで本来なら三年生の誰かを伴ってきてもよかったのだが、今回はそうはしなかった。木嶋校長が犯した犯罪のことを、この老人たちに尋ねてみようという心づもりがあったからだ。

あの当時、校長という職の重さは現在の比ではなかったろう。地域の名士といってもいい。それほど皆から敬意を払われていたはずの人物が、はずみとはいえ人を殺してしまったのだから、この地域が受けた衝撃は相当のものだったに違いない。

驚いたことに、ここにいる三人全員が、木嶋校長が事件を起こした時、その場にいたのだという。穂積神社の秋祭りの準備で大勢の住人が集まっていた最中《さなか》に、それは起こったのだった。石段の方で騒ぎが起こったのを聞きつけて三人が駆け寄ると、ヒスイ石の上で頭から血を流して倒れている男と、石段の途中で廃人のようにうずくまっている校長とが見えたという。

「あんまり昔のことやけん、わしも孫らに話したことはなかったんやけど」

秀三がぼそっと言い、茶碗酒をあおった。さっきまでの陽気な雰囲気は影をひそめてしまった。

「あのヒスイ石は『血吸い石』と呼ばれていたと、『尾峨町史』に書いてありましたが――」

「それも本当のことかどうかわからんよ。平家落人伝説に合わせて後から作られたことかもわからん」

平家の儚《はかな》い栄華と哀れな最期が全国各地に多くの伝説を残したのだが、史実に基づかない、後付け的なものも多いと哲弘は言った。

「なんにしても怨霊《おんりょう》伝説の中心の、ヒスイ石の上に落ちたんが悪かった。あそこにおった年寄りどもは、平家の祟りじゃと震え上がった」

「いや、それもそうじゃが、いきなり尋常じゃない叫び声を上げて相手につかみかかった校長先生の形相も凄かった。あれを見た人は誰でも、何かにとり憑かれたと思うたやろうな」

木嶋校長の近くにいて、一部始終を目撃したという石本治平が口を挟んだ。

「特に校長先生は、よそから来られて、校歌を制定したりと熱心に教育に取り組んどられたにもかかわらず、地域にうまく馴染めず悩んどられたようやから、ちょうど平家伝説に合致したんやろな」

「そうそう、立派な校長先生が村のもんを殺してしもて、その後は廃人同様になってしまわれたのや。逮捕されてから面会に行った町のもんの話やと、口を利くのもままならんくらい衰弱してしもうとったらしい。人間やない、まるで絞りかすみたいやったとな。たしか、刑期の途中で病死してしまわれたと思うで。あれは怨霊の仕業《しわざ》に違いないて、当時は誰もがそう思うたよ」

「とすると、木嶋先生以外にも、とり憑かれたような人がおられたんですか？」

そう問うと、

「最近はもうそんなことのせいにするもんはおらんけど、木嶋校長先生の事件の後も、いきなり暴力を振るったり、理由もなく自殺したりするもんのことは、そんなふうに見られたことはあったよ。じゃけんど、ひどいことにはならなんだ。あの時、調伏《ちょうぶく》の儀式をしたんがよかったんかなあ」

「調伏の儀式？」

「平家の怨霊か、何か他の悪霊か知らんけど、山の奥の森の中へ追いやって、そこから動けんようにするんや」

次々に杯を重ねる老人たちは口は滑《なめ》らかだが、だんだん話がおかしな方向に向いてきた。だが圭介は、彼らの言うことに興味深く耳を傾けた。

「あの木嶋校長先生が殺してしもた男というんは、枡見先生と親しかったんじゃ。それが殺されたと聞いた枡見先生はな、ひどく動揺してやな、大急ぎでわしら中学生を集めると、山へ登っていったのや」

いきなり枡見の名前が出てきたので、圭介ははっとした。

「校歌を作ってくれた先生、ということで中学校へも時々顔を出されて、わしらとも親しくなっとったからやろうけど、まあ、あの時は町中が上へ下への大騒ぎしよったもんで、大人の力を借りるより、わしら中学生を駆り出したほうが早いと思うたんやろな」

「うん、それに大人らは尻込みして不入森《いらずのもり》へは入らんかったやろうけんな」

不入森、漂泊の山の民が暮らしていた森――。

「とにかく、先生、大慌てで……」

「わしら、言われるままに先生について山の奥の森へ行って、調伏の儀式か何か知らんけど、黒い水を撒《ま》いた」

「それが……調伏？　それで平家の怨霊を封じ込めたわけですか？　でも何で枡見先生が？」

狐につままれたような顔で圭介は尋ねた。枡見のような科学者がそんな伝説に肩入れするとは。

「先生、信じてないな？」

酔っ払ってふらふら頭を揺らしながら、秀三が言った。

「ああ、思い出してきた、あの時のこと。でもな、先生、あの森の中に何かがおったことは確かや。枡見先生もあの時、確かに『校長先生はとり憑かれてしもたんや』て言うたしな。あの瞬間、わしは平家の怨霊説を信じたな」

哲弘までがそう言う。酔ったうえでの戯れ言《ざれごと》か、本気なのかはわからない。

「あの黒い水はよう効いたな。十人ほどの中学生が、横一列に並んで地面にあれを撒いて、土の上を足で踏み固めたら、地面が波打ったようになって、こうザザザーッと森全体が身震いしたみたいになった。それこそ悪い霊が土の中へ戻っていくみたいな感じやった」

「その黒い水っていったい何だったんですか?」

「それがわからんのや。実はな、それ以前から枡見先生、体を悪うしとって寝たり起きたりの生活しよったんやて。どうも心臓が悪かったらしい。わしら、そんなこと知らんもんじゃけん、枡見先生に言われるまま山へ登ったわけやけど、先生、もう体力を使い果たしてしもてな。山から下りる時には中学生が変わりばんこに背負って下りた」

「たしか、その翌日に一気に具合悪うなって、慌ててS市の病院へ運んだんやけど、そのまま……」

「亡くなられてしもたんやった。まだ木嶋先生の事件で地区中が浮き足立っとる時やったのに、二重のショックじゃったな」

よその土地から来て、閉鎖的な地域社会に馴染めず苦悩している者には、同じ経緯で命を落とした平家の怨霊がとり憑くというのか?　「校長はとり憑かれてしもた」という言葉はそれを指しているのだろうか。

ひるがえる何十本もの赤い幟。血吸い石と呼ばれた岩の上で血まみれで横たわる男。森の中から這い出してくる平家の亡者――。

圭介が黙り込んでしまったので、老人たちの話題はそれきり平家伝説や木嶋校長の犯罪からは離れていった。

「これから忙しなるな」

「自然観察教室もまた始まるなぁ」

そこまで話して、哲弘はふと圭介の方に向き直った。

「そうや、先生。今度、ハガレ谷へ行ってみよか」

「え？」

圭介は我に返った。

山深くのハガレ谷には、奇形木《きけいぼく》と呼ばれる曲がりくねったブナの原生林が広がっている。その景観が見事なので哲弘は、山登りに慣れた宿泊客が来るとたまに案内することがある。客が喜ぶので、不入森の中へもこうして少しずつ哲弘も足を踏み入れている。一度、そこへ連れていってくださいよと以前から、軽い気持ちで圭介は頼んでいたのだった。

「自然観察教室の下調べにな、ちょっと行って見てこようと思うとるんや」

明るい哲弘の声に、ようやく圭介も気を取り直して「是非」と微笑《ほほえ》んだ。

「杏奈がいないとつまんなーい」

あすみが携帯電話の向こうでそう言う。

「この前もさ、麻衣《まい》と夜中に歌舞伎町《かぶきちょう》歩いてたらさ、オヤジがナンパしてくんだよね。あんな時間にあたしらが歩いてんだから、援交目的と思われてもしょうがないんだけど、キモいオヤジがカラオケだけ、とかって誘ってくんの。マジムカつく」

杏奈は黙って聞いている。

「まあ、カラオケだけならいいかって、一人のオヤジと付き合ったんだけどさあ。歌った後にやっぱラブホ行こうって言ってくんの。あたしが『カレシがいるから、今、援交《ウリ》はムリ』って言うとさ、突然、キレてきてぇー」

杏奈が何とも答えないでいると、「ねえ、杏奈、聞いてんのォ?」とあすみは声を上げる。

「聞いてるよ」と杏奈は短く答える。

どうしてこんなにあすみが遠く感じられるのだろう。あと一年経ったら、またあそこへ戻っていくつもりだったのに。あすみだけじゃない。東京も、あそこでの生活も。痛いほどの現実だったのに、今は嘘のようにふわふわしてとらえどころがない。

「ケンイチ君も杏奈に会いたがってたよ」

ケンイチ――杏奈やあすみの中学校の先輩で、つるんで遊ぶ杏奈たちのグループのリーダー格だ。中学校時代は荒れていたらしいが、二十歳《はたち》を過ぎた今は、グループ内の年下の者の面倒をよくみてくれるし、いろいろと相談に乗ってくれていた。ケンイチのグループにいるのが一番居心地がいいと思っていた。

だけど――。

「あと一年経ったら帰ってくんだよね、杏奈。待ってっからさあ、ケンイチ君も麻衣も――」

杏奈はいきなり電話を切った。あすみの話を聞くのは苦痛だった。きっと向こうはいつものように電波が途切れたんだと思うだろう。

杏奈は寝転がっていたベッドからのろのろと起き上がった。土間を通って外へ出る。古びた二槽式の洗濯機は止まっていた。杏奈は洗濯槽から脱水槽へ洗濯物を移し、脱水のスイッチを入れた。ポンコツ洗濯機が唸《うな》りを上げた。タキエはまた畑だ。毎日毎日、畑の草取りをしている。何が面白いんだろう。それを言うなら、こんな所で生まれて死んで、何が楽しいのか。

脱水槽が止まった。カゴの中に洗濯物を取り出す。一人でご飯を食べるのにも、こうして洗濯や掃除をするのにも、杏奈は慣れている。

母も仕事を持っていたから、兄弟のいない杏奈は幼い頃から一人でいることに馴染んでいた。

小学生の時から自分の身の回りのことはきちんとやったし、早熟で自立心が強く、成績もよかった。だが、そんな杏奈に母は無関心だった。彼女が関心があるのは仕事と不倫相手のことだけ。

だから杏奈は、自分を取り囲む色のない世界や緩慢な死から逃れるために、あすみとつるむことを選んだ。その時、杏奈の中にあった一本の芯が折れたのだった。

出会い喫茶に出入りしたり、高校生や家出少女を装って携帯の出会い系サイトに書き込みをした。つられてやって来た男たちに買い物や食事をおごらせては、すんでのところで逃げ出すというゲームに夢中になった。遊び仲間に誘われるまま飲酒や喫煙をしたし、何度かはシンナーも吸った。それが中学一年の三学期のことだった。

たまに帰ってくる父親は、見るたびに変わってゆく杏奈の外見——スカート丈《たけ》や髪の色——を見て怒り狂ったが、気にならなかった。娘のことを心配して怒っているのではないことは、すぐにわかったからだ。父は母の不倫でさえ黙認していた。父が欲していたのは、いつしか自分が選挙に出て当選し、万歳三唱をしている時、隣に立っている妻と、父に花束を渡すために駆け寄ってくる娘なのだ。顔のないのっぺらぼうでも人の形をしていれば、それで済むんじゃないかと思うくらいだ。

傑作だったのは、学校にろくに行かずに問題行動を起こす杏奈を、父が母に命じてカウンセラーのところへ連れていかせたことだ。世間から隠しようもなく非行に走ってしまった娘は病気だ、ということにしたのだ。カウンセラーはこう言った、「刺激を与えないで、ゆっくりと、すべてを受け入れて待て」と。それ以来、父も杏奈に干渉することをやめてしまった。

洗濯物を物干し竿《ざお》に一つずつ干す。森の奥深くからカッコウの鳴き声が聞こえてきた。家も学校も遊び仲間も、すべてが空虚だった。あの頃、杏奈が知り得たすべてのものはスカスカだったのだ。だから、どこへ行っても世界の成り立ちはこんなものだと思っていた。

だけど――ここは違う。

祖母はぜんぜん孫に媚《こ》びない。学校は廃校寸前で、杏奈が一行も憶えていない校歌について大騒ぎしている。東京の汚れた空気に慣れた肺には、苦しいほど濃い空気に満ちた山の中を歩かされる。ここは隅から隅までびっちり中身が詰まっている。食べること、眠ること、労働すること、すべてが生きることに直結している。こんな世界があるなんて知らなかった。だからといって、ここが好きになったというわけでは全然ないけれど。

杏奈は、祖母の割烹着《かっぽうぎ》をパンパンと叩いて伸ばすと物干し竿に掛けた。

カッコウがまた鳴いた。

6

「だから、行けないって言ってるだろ」

「子供たちだけでも来させられないか？」

「潤也《じゅんや》も晴人《はると》もスポーツクラブと塾で忙しいんだよ」

「そうか、残念だな。田植えなんかしたことがないだろうから、喜ぶと思ったんだが……」

　ソファに座ってレース編みをしていた弓子が、顔を上げて隆夫の方をちらりと見た。

「それはそれとして……」

　隆夫は態勢を立て直した。

「一度こっちに来ないか、夏休みにでも。いいとこだぞ。ここは空気もうまいし、だいいち野菜が――」

「父さん――」

　息子の剛《つよし》は固い声で隆夫の言葉をさえぎった。

「また蒸し返すようだけど、僕は今の父さんの生き方には賛成できないから」

「それはわかってるよ」

声が小さく震えた。

「早期退職はいいとして、そんな山の中の土地や建物に退職金を注《つ》ぎ込んでしまうなんて」

隆夫が黙り込んでしまったのに勢いを得て、剛は続けた。

「広島のマンションだってさっさと処分してしまって、こっちへ遊びに来いだなんて調子のいいこと言うなよ。まだ年金ももらえないし、収入もなくなって、貯金を取り崩しながら生活してんだろ」

「お前には迷惑かけないよ」

「父さんは悠々自適だとか何とか思っているかもしれないけど、そんな田舎でもっと年をとったらどうするつもりなんだ？　あのまま定年まで勤めあげて広島で暮らしていたら、いくらかまとまった金も残って、老人養護施設へでも入る時の頭金になったのに」

「おい、勝手に俺の人生を決めるな」

冗談半分に見せかけようとしたが、それは見事に失敗して怒気を含んだ物言いになった。剛のほうも不快な気分を隠そうともしない。

「そこで食い詰めて無一文《むいちもん》になってこっちへ来られたって、面倒見きれないよ。美佐子《みさこ》の親の手前もあるし……」

剛は妻、美佐子の実家のそばに家を建てて暮らしている。それがそもそも気に入らなかった。隆夫も声を荒らげた。

「だから、お前には迷惑かけないって言ってるだろ。もういい！」

叩きつけるように受話器を置いた。

弓子がはっとしたようにこちらを見る。隆夫は足音も荒く居間を出た。

自分の書斎と決め込んでいる東側の六畳間に入って、襖を後ろ手にぴしゃりと閉めた。

まだ動悸《どうき》がしている。座椅子にどっかと腰を下ろした。

剛は早期退職には初めから反対していた。それは充分に承知していた。それでも隆夫は我を通した。退職金の上乗せがある早期退職制度に応じたのは、田舎暮らしがしたいという以上に仕事に嫌気がさしていたからだった。

もともと物作りが好きだった隆夫は、工業高校を卒業した後、広島の大型遊園地に就職し、保守点検作業に携わっていた。遊園地の乗り物目当てにやって来る子供たちのために、その整備をするという仕事は、隆夫にとってやり甲斐のあるものだった。油にまみれて機械いじりをすることが何より好きだった。機械は忠実に隆夫の行為に応え、人々の安全や乗り心地を支えていた。

母体であるレジャー産業会社はバブル期に急成長して、ホテル、観光、スーパーなどの多角経営に乗り出した。そして、ご多分にもれずバブル崩壊と、それに続く平成不況とで経営は行き詰まった。テーマパークに客足をとられ、遊園地は閉鎖された。保守点検要員も関連会社へ配属になった。隆夫はスーパーで、売り場を任される主任となった。この仕事はまったく彼には向いていなかった。別の部署への転属を望んだが、やがてホテル、観光業、スーパーは別々の会社へ切り売りされて、それも叶《かな》わなくなった。

スーパーの中で売り場はいろいろと替わったけれど、部下をうまく使いこなせない隆夫は、どこへ行っても無能というレッテルを貼られた。年若い男性社員は言うことを聞かず、女性のパート販売員にまでなめられた。特にこの職場で圧倒的に多い女性社員には手を焼いた。正社員にパート社員、派遣社員、契約社員と人員構成が複雑になっているうえに、その身分の違いを越えた仲のよいグループが形成されている。隆夫には、それら人と人とのつながりを敏感に読み取って配置したり、勤務表を作ったりすることができなかったのだ。だから隆夫の部署では催しやキャンペーンもスムーズにいかず、売り上げも伸びなかった。常に女性どうしのゴタゴタを抱えていて、人の出入りが激しかった。上司は数字だけを見てあげつらい、売り場をまとめられないと隆夫を罵《ののし》った。

「ソロバンを弾けよ、松岡君」そう上司は言った。「ソロバンを弾く」は、要するに頭を使えということで、すなわちそれができないお前は無能だ、と言っているのだ。上司は資料に目を落とし、売り場面積や人件費や月の売り上げ目標を並べたてた。その上司が紙の上で行なう計算どおりに何もかもがうまくいくとはとうてい思えなかった。しかし、ここでは数字が人を動かしている。前年売り上げに上乗せして立てられる目標は、達成しても翌年にはまたそれに上乗せされた。無限に増殖していく数字。いずれ自分は数字に飲み込まれていくのだ。そう思うと吐き気がした。

いざ売り場に立つと、女性社員たちは完全に彼を無視した。

胃の辺りに常に鈍痛がしていた。

保守点検要員として隆夫と同期入社した男は、女性社員の扱いがうまく、とんとんと出世していった。一度その男と飲んだことがある。

「女性社員たちは頭の中で、上司の等級づけをやってるんだ」

と彼は言った。

「こいつは仕事ができないと踏むと、絶対に言うことを聞かないぜ。そういうところが女はシビアだよな。何せ会社に義理立てするなんてことがないんだから。気に入らないことがあれば、さっさと辞めてしまうしさ。だから、なめられたらおしまいなんだ」

また胃がしくしくと痛みだした。女性たちの心を掌握してうまく使いこなすにはどうしたらいいだろうと問うと、彼はにやりと笑った。

「女なんて本能で生きてる野生動物だと思えばいいんだ。群れの中のボスを見つければいい」

だが、結局この方法もうまくいかなかった。当時ボスだと見当のつく社員はいたが、それを御すことができなければ何にもならない。すべては遅すぎたのだ。とうとう隆夫は体調を崩して入院するはめになった。ちょうど年末商戦の忙しい時期と重なり、仕事量が増えた部下の男性社員までが人前で隆夫のことを罵倒したと後で聞いた。

そして、決定的だったのは年明けに職場復帰した時だった。五十年配のベテラン女性販売員が、彼の顔を見るなり言った。

「あら、松岡さん。出てらしたんですか。無理しなくていいのに」

慰労の言葉と勘違いした隆夫が礼を言おうとする前に、彼女は続けた。

「松岡さんは、いてもいなくても同じですもんね」

周囲でさざ波のように忍び笑いが広がった。自分でもびっくりするぐらいの憎悪の念が湧《わ》いてきた。顔がほてり、奥歯が小さくギィと鳴ったのが、頭蓋《ずがい》を通して聞こえた。

その時、初めて自分の間違いに気づいたのだ。群れのボスはこの見映《みば》えのしないパート社員だったのだと。いつもしゃきしゃきと売り場を切り回している中堅の正社員がそれだと、その瞬間まで思っていた。当然、正社員という身分の安定した者がそういう役回りになると、何の根拠もなく思い込んでいた自分のバカさ加減を呪った。

もう限界だった。隆夫は迷うことなくその年の早期退職者に名乗りを上げたのだった。

だから、ここは隆夫にとって楽園なのだ。

ボスも、売り上げ第一主義の上司も、傍観者然として指示に従わない男性の部下もいない。ここにあるのは、善良な田舎の人々と、手を掛ければ掛けるだけそれに応えて育つ作物、空と山と水、美しい四季。

そうだ。誰にも邪魔はさせない。やっと手に入れた人間らしい生活なのだから。

隆夫は腰をちょっと持ち上げて、机の前の窓を開け放った。この山のどこかで咲いている花々の芳《かんば》しい香りを含んだ風が、部屋いっぱいに流れ込んできた。

隆夫は深く息を吸い、肺腑《はいふ》をその匂いで満たした。


パソコンルームで祥吾がパソコンに向かっている。圭介が廊下側の窓から覗き込んだのにも気がつかない。熱心にディスプレイを見つめている。

「祥吾、どうだ？　はかどったか？」

そう声を掛けると、ようやく彼は顔を上げてにっこり笑った。

圭介は部屋の中に入っていった。プリンタの吐き出し口には、印字されたコピー用紙が何枚も重なっている。

「先生、ここの山にも粘菌ておるやろか」

「そりゃあ、枡見先生が採集していたんだからいるさ。この前、哲弘さんも言ってただろ。森は菌類が支えてるんだって」

「先生、ほら、見て。これが粘菌や。きれいやろう？」

圭介は腰をかがめてディスプレイを覗き込んだ。オレンジ色の網目状のものが朽ち木の上にへばりついている。かと思えば、小さなキノコのように林立したものもある。ヘビヌカホコリ、ススホコリなどという名前とはうらはらに、どれもこれも極彩色《ごくさいしき》だ。こんな美しい色のものが森の中に本当に生息しているのだろうか。

「このキノコみたいなのは、『子実体《しじったい》』ていう菌類の胞子を作る構造体のことなんじゃと。でも、粘菌の胞子からは菌子じゃなくって、ちっちゃなアメーバみたいな生き物が一匹生まれてくるんや。これが粘菌アメーバ。粘菌アメーバは、ほんとに見かけはアメーバにそっくりで、バクテリアなんかを食べて分裂し、どんどん増殖するって書いてある。それにほれ、先生、ここを読んでみて」

祥吾は夢中だ。圭介は笑いを噛み殺しながら促されるまま、祥吾の示す箇所に視線を移した。

「『この粘菌アメーバは配偶子とも呼ばれ、一個の核を持ったアメーバ状の細胞である。二分裂を繰り返しながら増殖する』」

「『配偶子同士が出会うと、お互いの接している部分の細胞膜が消失し、細胞融合が始まる』？」

圭介が続けて文を読む。

「一般に生物の有性生殖の際には遺伝的組み換えが起きるけど、それは粘菌の生殖活動の場合も同じって書いてある。なになに……『粘菌の場合、接合というよりは一つの株を犠牲にして生き延びる寄生的なサバイバル戦術という解釈もある』……」

「ふーん」

「その接合の後、粘菌アメーバは『変形体《へんけいたい》』へと変身するんや。変形体の中にはアクチンとミオシンていうタンパク質があって、これがアクトミオシンていう筋収縮に携わる物質に変わるんや。どう？　先生。やっぱり変形体は哲弘さんが言うように動物なんや」

都市部の中三生は、今頃懸命に受験勉強に打ち込んでいることだろう。だが、廃校を目前にした尾峨中の生徒のほとんどは、競争倍率の低い郡部の高校へ進学するため受験生とは名ばかりの生活を送っている。そういう意味では、この子たちの学力は劣っているかもしれない。しかし、真の学習とはこういうことを指すのかもな、などと圭介は思った。

そんな圭介の思いをよそに、祥吾は目を輝かせながら続けた。

「『変形体もアメーバ状の体をしていて這い回る。周りにいる細菌や他の菌類を食べてどんどん生長するが、分裂はしないのでどんなに大きくなっても単細胞のままである』だって。先生、この変形体って無限に大きくなるんかもしれんな」

「うーん、どうかな」

「粘菌の変形体は、核分裂と細胞の成長によって形成される多核の巨大生物なんやって。ペットとして飼っている人もあるって書いてあるよ」

「ペット？」

圭介はディスプレイに出てきた動画を見つめた。餌《えさ》を求めて移動してきた変形体が、バクテリアにぶつかって接触部分がへこむ様子が早送りで映し出されている。へこみはしだいに深くなり、バクテリアを取り込んだ。バクテリアは袋状のものに包まれた格好になっている。これは食胞と呼ばれる変形体の消化器官なのだと説明が書かれてあった。この後、消化酵素を分泌して取り込んだものを消化吸収してしまうのだ。これを餌を与えて太らせるという意味から考えれば、ペットの飼育と考えられないこともない。

「もしかしたら粘菌って、けっこう頭のいい原生生物かもしれないな」

半分冗談で言ったつもりだったが、祥吾は真剣な表情で大きく頷いた。

「僕もそう思っとったとこ」

それからまた用紙を繰って、何かを捜し出した。

「粘菌変形体には、もちろん脳も神経系もないよ。でもな、最近の研究で、粘菌はある種の情報処理能力や柔軟性、自律性を持っていると考えられるようになったんやって」

祥吾はプリントアウトした用紙に目を落としてそれを読み上げた。

「『粘菌変形体は、一つの個体としてつながっているのみならず、充分な細胞内のコミュニケーションをする』。先生、この性質を利用して、面白い実験をしたグループがあるよ。粘菌に迷路を解かせたり、コンピュータの融通のなさを補足するために粘菌を使ったり

——」

「本当にそんなことができるのか?」

「ほら、これを見て」

祥吾が印刷物を差し出してくる。

入り口と出口の二カ所に餌を置いた迷路に粘菌を入れると、一度全体に広がった粘菌は、餌に届かない経路にある体を引っ込める。結果、入り口と出口の最短距離に粘菌の線が結ばれるのだ。この生きていくうえで最もシンプルで重要な採食欲求こそが、生物を賢くさせてきたのかもしれない。

圭介はそこに書かれた説明文を読んだ。

「『変形体の体の中は、栄養分と同時に化学信号や物理信号が流れている』」

「先生。粘菌てぜんぜん下等生物じゃないよ。森の中でひっそりと生きとるけど、凄く賢い生物や」

「うん。人間だってもとはといえば、海中の単細胞の生き物だったんだもんなあ」

「人間だけが進化したって思うとるのは、人間だけかもしれんな」

「哲学的だな、祥吾」

圭介は、たった十五歳の少年の洞察の深さに舌を巻きつつそう言った。祥吾は特にとび抜けて成績がよいということはないが、理系の教科が得意である。だからこの不思議な生態を持った森の中の生き物は、祥吾の気持ちを惹きつけるのだろう。

「哲学的といえば、こういうふうにも書いとる。『粘菌の世界には生と死、自己と非自己の境界がない』。つまり、個体が融合して大きくなっていく粘菌には、そもそも個体なんかないんかもしれんし、どこが粘菌にとっての誕生でどこが死なのかも、はっきりせんやろ。粘菌はな、冬眠もするんよ。急に気温が変化したり乾燥したり、餌がないようになったりしてきたらな、悪い環境に適応する形でやり過ごすんや。変形体は硬膜《こうまく》ていう固い殻に閉じこもってカチンカチンになる。これを菌核《きんかく》て言うらしい。またいい条件が揃うまで、そうやってじっとして待つんやて。な、面白いやろ、先生。もしかしたら粘菌は、死ぬってこと自体がなくて、気の遠くなる年月、生き通しとるのかもしれんし……」

理系が得意ということを、彼の両親は電器店を継ぐのに適した資質としかとらえていないようだ。それはとてももったいないことだと圭介は思った。受け身の受験勉強とは違い、目標を持った子供の学力はぐんと伸びるものなのだ。

「おい、祥吾、森の中の粘菌を見てみたいか?」

そう問うと、祥吾は勢い込んで、「うん!!」と答えた。

「そうか。それなら今度、哲弘さんとハガレ谷へ行く時、お前も来るか?」

「うん、行く行く!」

祥吾は頬《ほお》を紅潮させた。校歌からは完全に脱線してしまったなあと、圭介は苦笑いをした。

7

淳子がベッドの上で両手を伸ばして、宙をまさぐるようなしぐさをしている。両目は開いているが、今、目の前にあるものをとらえようとしているのではない。いったい何をつかみ取ろうとしているのだろう。

「お母さん、何をしているの？」

ルリ子は骨ばった淳子の手のひらを優しく握って訊いた。

その声に反応して、淳子はルリ子の方へ首を回した。淳子の口元が何やら言葉を刻むように動くのを見てとって、ルリ子は耳を淳子の口に寄せた。だが、何を言っているのかはわからなかった。

病室のドアが開いて看護師が入ってきた。

「お熱、計れました？」

どすどすと太った体を揺するようにベッドに近づいてくる。ルリ子が電子体温計を手渡すと、西村《にしむら》というその看護師は、顔をしかめるようにしてその数値を読み取っている。

「あの……」

ルリ子はその背中に話しかけた。

「喉《のど》がゴロゴロして苦しそうなの。痰《たん》が詰まっているんじゃないかしら」

西村は一言も答えず、クリップボードを置くと、枕元の壁面に取り付けられたバキュームに痰の吸引機を接続した。淳子に何も声を掛けることなく、いきなり吸引機のチューブを口の中に乱暴に突っ込む。ルリ子ははらはらしながらそれを見守った。

母、淳子の看護は、清川とこの三十半ばの西村とが交替で担当している。もともとの性情ががさつなのか、西村は清川に較べると患者の扱いが乱暴で思いやりに欠けるようだ。

うまく痰を吐き出せない淳子は、一日に何度もこうして痰の吸引をしてもらわなければならない。清川ならチューブを口に入れる前に必ず、

「菅田さーん、痰の吸引させてね。ごめんねー。ちょっと苦しいけど我慢してね」

と声を掛けてくれる。そうされると、淳子は安心して痰を取ってもらっているように見えるのだ。

ガガガガッと吸引機が痰を吸い上げる音がする。淳子は苦しそうに顔を歪《ゆが》めている。チューブを奥へ入れすぎたのか、淳子がむせて咳《せ》き込んだ。西村は無造作にチューブを引き出してそれを丸め、壁の機械に掛けた。ルリ子がティッシュペーパーで淳子の口元を拭うのを、不機嫌そうに眺めた後、部屋を出ていった。

ルリ子はため息をついた。「もっと優しくしてやってください」という言葉がどうしても言えない。そんなことを言って西村の機嫌を損《そこ》ねたら、逆効果になってしまうのではな

いかと心配なのだ。

　母が入院してちょうどひと月になる。今までこれほど長期に入院したことがないので、病院側との付き合い方もよくわからない。そんなことも含めて家と病院との行き来で、ルリ子は疲れ果てていた。

　ルリ子は家でピアノを教えている。だから、普通の勤め人と違って時間の融通が利くのは有り難いことだ。午前中に病院へやって来て、夕方のレッスンが始まるまで母のそばにいてやれる。お昼は病室で、家でこしらえてきた簡単なお弁当か、買ってきたパンを食べて済ます。淳子はもう固形物を口にすることができなくなっている。体に必要な栄養は点滴に頼っている状態だ。ただ喉が渇くのか、しきりに水を欲しがる。けれども、心臓病の関係で一日の水分が制限されているので、欲しがるままに飲ませてやることができないのが心苦しい。

　淳子の枕元でもそもそと味気ない昼食をとっていると、眠っていると思った淳子が、

「おいしいかい？　ルリ子」

と声を掛けてきたりする。思いもかけずその後、食べ物のことや亡くなった父の好物について話が弾んだりもする。そんな時、父の好物を思い出した淳子は、それを忘れないように手のひらに書いてくれとせがむのだ。ルリ子は言われたとおり、太いマジックで大きく書いてやる。記憶力が衰えだした頃からの習慣だ。そうしてやると、淳子は安心するよ

うだ。時折、自分の手のひらを見て確認している。大きな声で読み上げることもある。

しかし、母の意識はしっかりしていることもあれば、とんちんかんな返事しか返ってこないことも、また眠ってばかりで意識が混濁していることもある。その母の状態の浮き沈みが、今のルリ子の精神状態に如実に影響を与える。母と一言も口を利くことができなかった日は、帰りの電車の中でも生あくびが出るほど疲れきっていて、レッスンをしていてもぼんやりしている。

いったいいつまでこんなことが続くのだろう、と考える。そう考えることは、間接的に年老いた母が死んでくれることを望んでいるのだと気づいて、後ろめたい気分になったりもする。その挙句に、こんな煩悶《はんもん》から遠ざかっていられる兄を憎む。そうした心の有り様《よう》が、ルリ子をまた疲弊させるのだった。

ルリ子はCDプレイヤーを操作して、『家路』をかけた。そのメロディが流れると、淳子はまた両の腕を宙に差し上げて動かし始めた。メロディに合わせて踊っているようにも見える。

淳子は今、家路を辿《たど》っているのだろうか。

第二章　不入森《いらずのもり》

1

　母の和美が家に通じる細い坂道を上ってきた。きっとタクシーを下の道で乗り捨てたのだろう。細いヒールのパンプスで歩きにくそうに、舗装も何もされていないごろた道をやって来る。そんな母の姿を窓から眺めて杏奈は小さく笑った。ペールピンクの颯爽《さっそう》としたスーツとともに、まったくこの地に似つかわしくない装いだ。

　あの人はいつもそうだ。東京で一緒に暮らしていた時だって、一分《いちぶ》の隙《すき》もなかった。アパレル関係の会社でずっと働いてきて、責任のある地位に就いているということもあったが、常に心は誰に対しても武装しているという気配が拭《ぬぐ》えなかった。家に帰ってきても、自分の夫や娘に対してでさえ。

　だからきっと、今度再婚することになった相手にも本当に心を開いてはいないと思う。

母ほどの強さと、一人で生きていける才覚を持った人が、なぜ結婚して家族を持ちたいと思うのかわからない。もしかしたら母にとって、夫や娘という存在は、「成功した女」というステイタスを表わすものに過ぎないのではないか。自分の体を飾っている装身具と同じに。そう考えると、父と母は似ていると思う。きっとそういうところが二人を結びつけ、また離反させたのだろう。

それで言うと、あたしはもう輝きの失《う》せたアクセサリーと同じなんだわ、と杏奈は考えた。あたしはパパにとってはのっぺらぼうの人形で、ママにとっては捨てようかどうしようか迷っているアクセサリーなんだ。

和美は足元を気にしながらも、だんだん家に近づいてくる。タキエは台所で、山から採ってきた山菜を茹《ゆ》でている。

和美が、再婚することになったと連絡してきたのは三週間ほど前のことだ。相手は、どうやら父と離婚する前から付き合っていた男らしい。

「私たちと暮らす気はない?」

和美は尋ねた。杏奈が黙っていると、

「そんな所で暮らしていると、すっかり田舎くさくなっちゃうわよ」

と言った。東京で好き勝手に遊び回っていた杏奈が、半年以上も田舎の山の中で生活できたこと自体、信じられないという口ぶりだ。

「とにかく一度、そちらへ様子を見に行くわ」

話に乗ってこない杏奈に一方的にそう告げると、和美は電話を切ったのだった。

「ごめんください」

戸口に辿《たど》り着いた和美が、そう声を掛けている。改まった玄関などない農家の造りにとまどっている様子だ。

タキエがのそのそと動いて、建てつけの悪い引き戸を開けた。

和美のパンプスが土間に踏み込んだ、カツンという冷たい音が響いた。杏奈が部屋から出て茶の間に行くと、今まで数えるほどしか顔を合わせたことのない和美とタキエとが、よそよそしい挨拶を交わしている声が聞こえた。そのまま、和美が台所のほうの土間に入ってきた。辺りに充満した山菜を茹でたアクの強い匂いに、ちょっと顔をしかめる。

「杏奈！」

母を目《ま》の当たりにしても、杏奈はどんなことを言えばいいのかわからない。とまどって立ち尽くしていると、和美がつかつかと寄ってきた。杏奈の両手を取って揺さぶる。

「元気だったの？　まあ、あなた少し痩《や》せたんじゃやない？」

ゲランのミツコがふわりと香る。母の匂い。東京の匂い。夜の街。ネオンの色。煙草の煙。とりとめのないおしゃべり。ラメ入りのマニキュア。携帯のデコメール。遠ざかっていた都会での生活につながる種々の記憶が、数珠《じゅず》つなぎになって浮かび上がってきた。

あれっていったい何だったのだろう。あの頃のあたしには大切なものだった。あの中の住人であるあすみやケンイチ君、たくさんの遊び仲間たち――。ああいうものにつながっていたからこそ、生きていられると思ってた。飲酒や援交は、生きている証《あかし》だと思ってた。でも、そんなふうに自分を傷つけていちいち確認しなくても、あたしはここでこうして生きてる。

「杏奈……？」

ぼんやりしている杏奈を、和美が不安そうに見上げた。そんな二人の横をタキエがすり抜けて、茶の間に上がった。

「あんたもここへ座りなさいよ」

中綿のはみ出した座布団を押しやりながら、タキエが言った。実の息子とも疎遠になっているのに、その別れた妻にどう接したらいいのかと迷っているふうでもない。和美も物怖《ものお》じすることなく、パンプスを脱いで畳に上がった。座卓を挟んで向かい合うなり、和美は用件を切り出した。

「お義母《かあ》さん、杏奈を連れて帰りたいんです」

タキエは眉一つ動かさない。

「長い間、この子がお世話になりましたけど……」

タキエの無言の行は続く。和美はぐるりと頭を巡らせて、茶の間の中や台所の土間を見渡した。

「来てみてよかったわ」

視線を杏奈に戻した。

「よく頑張ったわね、杏奈。もう心配しなくていいのよ。荒木《あらき》さんもあなたと暮らすことを承知してくれているし。今マンションを探しているところなの。あなたの部屋も用意するつもりよ」

「いいよ」

ぼそりと杏奈が呟《つぶや》く。和美はその意味を取り損《そこ》ねて首を傾《かし》げた。

「あたしはママのところには行かない。あたしは今のままでいい」

「杏奈……あなた」

和美はおおげさにため息をついた。

「ちっとも遠慮することなんてないのよ。あなたがこんな所で暮らしているかと思うと、ママ、落ち着いて仕事ができないわ」

あたしが遊び回って外泊を続けても、酒飲んでフラフラで補導されても知らん顔をしてたくせに――。

「意地を張らないで、杏奈。まだあなたは若いんだから、いくらでもやり直せるわ」

「やり直す?」

あたしは何も今までの生活を帳消しにしようとか、失敗したとか思ってやしないのに——やっぱり何もわかってない。

和美は矢継ぎ早に言葉を重ねる。

「パパが厳しくて、あなたに充分お小遣いをあげられなかったから、あなたはつまらないアルバイトをしてお金を稼いだりしたんでしょう？　これからはそんな不自由な思いはさせないわ」

思わず杏奈は笑ってしまった。援交のことをタキエの手前、「つまらないアルバイト」などと表現する母の滑稽《こっけい》さには笑うしかない。あたしやあすみがどんなにうまくイロ呆《ぼ》けオヤジから金を巻き上げてたか知りもしないくせに。ちらりとタキエの方を見るが、苦虫を噛《か》み潰《つぶ》したような表情は揺らぎもしない。

「ここにだってあたしの部屋はあるわ。あたしはここで充分なの」

杏奈は立ち上がって次の間の襖《ふすま》をガラリと引いた。和美は腰を浮かせ、暗い部屋の中をさっと一瞥《いちべつ》すると、体の力が抜けたように元の場所にストンと腰を落とした。

「まだ間があるわ、杏奈。よく考えてみて」

そしてバッグを引き寄せると、中から白い封筒を取り出した。座卓の上をタキエの方へ滑らせる。

「お義母さん、杏奈がお世話をお掛けしていますから、当座の費用に——」

タキエはぷくりと膨らんだ封筒を見下ろした。

「あんたから貰《もら》ういわれはないね」

にべもなく言った。

「それでは私の気がすみません。私はこの子の母親なんですから」

和美も引き下がらない。

「杏奈には家の用事を言いつけてやらせとる。この子はしっかり働いとるんじゃ。何もあんたが気にすることはない。陽一《よういち》も金だけ送ってきて知らん顔しとるが、そんな気遣いはいらんと、あの子にも伝えといてもらいたい」

和美の喉《のど》の奥がグウッと鳴ったような気がした。

頑張れ、お婆《ばあ》ちゃん。杏奈はいつしかタキエに加勢したい気になっていた。

勝ち気な和美はむきになって封筒を押し付ける。

「それじゃあ、これで杏奈の部屋にエアコンを付けてやってください。夏にエアコンもないなんて――」

タキエは、「ふん」と鼻を鳴らして封筒を受け取った。

だめだよ。お婆ちゃん、受け取らないで！

杏奈の目の前でタキエは封筒の口を開けると、中から数枚の札を抜き取った。

「エアコン付けるくらいなら、これだけあれば充分じゃろ」

残りは封筒ごと和美に突き返す。そして、じっと和美を見据《みす》えた。和美は落ち着かなげにスーツの襟《えり》を直した。

「ここの夏はな、薄掛け布団じゃと寒いくらい涼しいんじゃ。あんたらバカ親どもは、自分の子供が暑いか寒いか考えもせんと、金出して格好だけ整えようとしとる。せっかくやから杏奈の部屋にはエアコン付けてやるがの。夏にいっぺんもスイッチ入れんエアコンを、この子が毎日見上げて、あんたのバカさ加減を思い知るだけやと思うで」

和美は耳たぶまで真っ赤にして憤然と立ち上がった。

杏奈はタキエに心の中で拍手喝采《かっさい》を送った。あたしはママが嫌いなんじゃないよ。ただ、あんまりママがあたしのことをわかってくれないし、見ようともしてくれないから反抗してたんだ。ほんとは、こんなふうにヘコませたかっただけなんだ。そしたらママは今、お婆ちゃんに腹立ててるみたいに、あたしのことを見てくれると思った。怒ってでも何でも、あたしはママに見てもらいたかった。ようやく自分がつっぱったり、カッコつけたりしていた行為の理由がわかった。そしてタキエは今、鮮やかな手際でそれをやってのけたのだ。

親を叱《しか》ってくれる人がいるなんて思いもしなかった。親にはまた親がいて、その親にもまたその親がいて、ずっとずっと昔につながっている。それはとても奇妙だが、不思議にじんわりと温かい想いがした。杏奈は、気骨があり、人生の先輩でもあるタキエをそっと盗み見た。タキエは高揚することもなく、淡々と和美の後ろ姿を見送っていた。

息子や孫たちに経験させてやりたくて、田植えを手植えでやろうと計画していた隆夫だったが、結局山城から田植え機を借りて済ませた。手植えを諦《あきら》めたのは、息子一家に拒《こば》まれたからというだけではない。

田植え時期から始まる灌漑《かんがい》用水の管理が厳密になされるため、手植えでのんびり植えていたのでは他の田の所有者に迷惑がかかるとわかったからだ。谷底平野を流れる早船川の水量は充分とはいえず、水利組合による管理と運営が細かい取り決めのうえ行なわれている。早船川にいくつかの取水堰《しゆすいぜき》が設けられ、その取水堰ごとに灌漑領域が分けられているのだ。一つの灌漑領域を井出掛《いでがかり》というが、そこには四、五人の耕作者の水田が含まれる。田植え前には、井堰《いせき》から田へ延びる水路をさらう「井出ざらえ」という作業を、井出掛の共同作業として行なうのだ。

日本人の主食である米を作るということは、趣味の延長のような畑作とは違うのだ。しかし、時間だけはたっぷりある。息子に無農薬で作ったうまい米を送ってやれば、きっと彼の気持ちも変わるだろう。

山城が「草取りには除草剤が一番」と教えてくれた。たいていの農家は、田植えから一週間くらいで除草剤を散布するのだそうだ。しかし、無農薬にこだわりたい隆夫は、苗と苗の間を「田ぐるま」と呼ばれる手押しの除草器を押しながら往復する作業を続けた。除草器には草を取るというだけでなく、土の中に酸素を送り込んで根張りをよくする効果もあるという。田作りのほうもなるたけ有機栽培と決めてから、隆夫は何冊かその方面の本を買って勉強した。この周辺にはそんなやり方を実践している農家はないので、その文献だけが頼りだ。

コナギ、ウリカワ、ヒエ、オモダカなど、雑草の勢いはもの凄い。除草器では追いつかなくなって、とうとう這いずるようにして草取りをするはめになった。そのうち山城のように腰が曲がってしまうのではないかと思うほど辛い作業だった。隣《となり》の田で作業している宮岡が、何か言いたげに隆夫のそんな姿をじっと見ている。隆夫は意地になって草取りを続けた。みるみるうちに全身が汗みどろになって、体中がうだってくる。

「そんなに農薬使いたくないんじゃったら」と、山城が代わりに教えてくれたのは深水栽培という方法だった。この方法は、十センチ以上の深水にし、稲の生長につれてだんだん深さを増し、常に上から二枚目の葉の付け根の高さまでが水に浸《つ》かっている状態にしておくというものだ。深水にすると、発芽してきた雑草は酸素不足でとろけて枯れてしまうのだそうだ。

隆夫は山城と一緒に取水口を調整して、多めの水を田に張った。それで午前中の作業は終わりにした。水田を借りるのはまだ早すぎたかと思いながら、隆夫は坂を上って家へ帰った。もう一年、この土地に慣れてからでもよかったかもしれない。

家に帰り着くと、外の水道で手足の泥を落とした。台所の方から女たちの賑《にぎ》やかなしゃべり声が聞こえてきた。弓子が近所の主婦たちにケーキの焼き方を教えているのだ。高月基恵に請われるまま得意のケーキ作りを伝授することで、弓子は嬉々《きき》としている。これはいい兆候だ。弓子はしだいに地域に溶け込み始めた。あれほど嫌っていた集落の寄り合いにも、基恵に誘われて顔を出すようになった。

この前などは、畳の上を這っているムカデを見つけるなり、カーペットの埃《ほこり》を取るコロコロを転がして、さっとムカデをくっつけて退治した。

「ムカデには、この方法が一番いいんだって」

弓子は涼しい顔でそう言った。そもそも女性のほうが環境の変化に対する柔軟性を持ち合わせているのだ。弓子がここの生活に馴染《なじ》み始めたことにほっとしながら、隆夫は居間に用意してあった昼食を一人で済ませ、自室でゴロリと横になった。たちまち睡魔が襲ってくる。労働の後の心地よい自然現象に身を任せて、しばらく午睡《ごすい》をむさぼった。

夕方、いくぶん涼しい風が吹き始めたのをみはからって、田んぼの様子を見に行った。坂道から自分の田が見下ろせる地点にやって来ると、隆夫の田の畦《あぜ》に気難しい顔をして宮岡が立っているのが見えた。嫌な予感がした。

「なんでこんなに、あんたの田だけに水を入れるんや」

案の定、宮岡は隆夫の顔を見るなり言った。

「ここに堰を嵌《は》めたら、下《しも》の田に水が行き渡らんじゃろうが」

午前中、隆夫が水路に嵌め込んだ堰板を宮岡は指差している。

「いや、深めに水を入れて、雑草を枯らそうと思いまして……」

「そらあ、あんたが除草剤を使わんからじゃろう。今の時期はどこの田も水がいるのに、一番上《かみ》のあんたの田だけがこんなに水を取ってしもうたら、どうもこうもならんな！」

隆夫は、自分の田んぼで作業をしている山城をちらりと横目で見た。ここに堰板を入れたのは山城なのだ。よく響く宮岡の声が聞こえているはずなのに、山城は知らん顔をして畦の草刈りをしている。

「とにかく、水は井出掛の皆が平等で使うもんじゃ。一番上《かみ》で水が自由に使えると思うたら大間違いじゃ」

そう言うなり、宮岡は堰板を抜き取った。水路の水位は下がり、隆夫の田へ勢いよく流れ込んでいた水は途切れた。

「これから水を入れたり抜いたりする水の駆け引きが始まるが、水利組合で決まったとおりにしてもらわんと困る」

水田農家の中でも年若い部類に入る宮岡辰巳は、ここでは老人たちに頼りにされている。発言権もある。特に同じ井出掛の山城や他の農家は、宮岡の言いなりになるしかないのだ。自然相手ののんびりした生活を望んでここに来たのに、こんな山里にまで力関係に基づく社会が息づいているとは。

隆夫は自分が捨ててきた都会の管理社会を思い出して、深々とため息をついた。

宮岡は自分の田に入って取水口を調整している。まだ腹の虫がおさまらないのか、ひどく不機嫌そうに口をへの字に曲げ、隆夫の方へちらちらと視線を送ってくる。隆夫はいたたまれない気持ちになった。田舎の人たちは、純粋なだけに怒りもストレートだ。裏表のないことの表われなのだと思おうとしたが、どうにも気が重い。ここへ移り住んで以来、好意的に接してくれる人々としか出会わなかったので、宮岡が自分に向けてきた敵意にも似た感情がこたえるのだ。

大仰《おおぎょう》にザブンと水音をたてて畦に上ってきた宮岡が、怒気のこもった声を上げたので、隆夫はびくっと体を震わせた。ズボンをまくり上げ、裸足《はだし》になっていた宮岡の足首に、大きな蛭《ひる》が食らいついていた。たっぷりと血を吸ったピンク色の蛭を、宮岡は足首から引きむしると叢《くさむら》の中に投げ捨てた。毒々しい色の蛭は、隆夫の近くまで飛んできた。宮岡は脱ぎ捨ててあった履物《はきもの》を手に取ると、後も見ずに去っていった。

隆夫は草の上でのたくっている蛭に目をとめた。それは人の皮膚から離れたにもかかわらず、どんどん大きくなっていった。ゴルフボールほどにもまるまると肥え太り、色もますます鮮やかになってひくひくと痙攣《けいれん》したかと思うと、まるで破裂するようにサッと形を変えた。一瞬にして体がほどけ、細い無数の糸になって草の間に消えていった。

目を凝《こ》らす暇もなかった。

あれは——？

隆夫が叢の上にかがみ込んだ時には、もう跡形《あとかた》もなかった。

ただ、かすかに甘ったるい匂いを嗅《か》いだような気がした。

2

山道で哲弘が立ち止まった。そして何も言わずに斜面を下りていった。祥吾も身軽にその後を追う。

「何？　また粘菌がおったん？」

今日の山歩きは粘菌の探索を目的に、と哲弘に頼んであったので、それらしきものを見つけると彼はさっと道をはずれる。圭介も斜面に足を踏み入れ、濡れた落ち葉に足をとられて尻餅《しりもち》をついた。斜面の下で、哲弘が倒木を足で蹴っていた。太い朽《く》ち木はぐるりと反転した。森の底の湿気で濡れて黒くなった倒木の横っ腹に、白っぽい半透明なゼラチン様《よう》の物体が扇状に広がっていた。

「これ、変形体じゃな」

粘菌についての知識をいちおう身につけている祥吾が言う。しかし、実物を目の当たりにすると言葉少なだ。アメーバ状に広がった「脈」が、緻密《ちみつ》に張り巡らされている。粘菌の変形体は朽ち木や落ち葉の下や土壌中を時速数センチほどの速さで這い回り、餌《えさ》を舐《な》めとっているのだ。倒木にある傷とか穴とかを目安にすると、変形体がごくごくゆっくりと移動しているのがわかる。

「こういうの、きっと今まで山の中歩く時にも見とったはずや。じゃけんど、粘菌と知らんかった。僕、カビか何かやと思うとった」

祥吾が独り言のように呟く。ここへ来るまでに、哲弘に教えられてさまざまな粘菌を目にした。粘菌は、あらゆる形、あらゆる色彩を持って森の中で生息していた。人間の知らないところで、粘菌は生も死もない世界で生きてきたのかもしれない。森には森の時間があるように、人間には計りしれない時間の中で。まさに太古の時代から続いている生命体なのだ。

夢中で倒木を見つめる祥吾の横顔を見ながら、圭介は思った。そして、この少年のようにこの不思議な生命体に魅せられて森の中を採集して歩いていた先人たち、南方熊楠や枡見源一郎の姿を思い浮かべた。

とうとう不入森《いらずのもり》の中に分け入った。その名称から、おどろおどろしい森をイメージしていた圭介だったが、太陽が光の糸を投げかける林床《りんしょう》は明るい。快《こころよ》い風も吹き抜けていく。この辺りの森はブナの純林ではなく、ブナ、ミズナラ、ホオノキ、トチ、イタヤカエデなどの混交林である。ただ、道はないに等しいので、くねくねと地表を這う木々の根や湧き水、苔《こけ》むした岩を避けながらの山行はますます困難になってきた。圭介は苔や石に足をとられて何度か転びかけた。

起伏のある地形を抜けてミヤコザサの原に出た。そこで早めの昼の弁当を広げた。葉の白い縁取りがアクセントになったミヤコザサが、風にサワサワと揺れている。森の中からは絶え間なく鳥の囀《さえず》りがして、生命に溢《あふ》れた場所だとわかる。

「ここは標高どれくらいですかねえ」

と哲弘に問うと、一〇〇〇メートルは超えているとの答えが返ってきた。林相でわかるのだそうだ。それくらいの高さにならないとブナは生《は》えないという。そういえば、初夏にしては気温はずいぶん下がってきているようだ。

笹原を吹く風が強くなってきた。三人は片付けをして立ち上がった。哲弘がそのまま空を見上げている。上空をもの凄い速さで雲が流れていく。哲弘は、変化する雲から天気を読むのだ。

「急いだほうがええな」

それだけ言うと、彼は歩き始めた。祥吾と圭介も従う。圭介の前を歩く祥吾のリュックサックには、太いマジックで兄の名前が書いてある。文句も言わずお下がりを使う様子が、祥吾の従順な性格と生き方そのものを表わしているようだ。

もう一つ、ブナの混交林を抜けた。ここの森は老樹が多い。径の太い樹に、地衣類や蘚《せん》苔《たい》類までが取り付き、幹の模様はそれこそ千変万化《せんぺんばんか》である。大岩を根でぐっとわしづかみにした巨木があって、祥吾が感嘆の声を上げた。

ようやくハガレ谷の入り口に辿り着いた。

その谷を見下ろして、圭介と祥吾は声もなく立ち尽くした。この谷の樹木は、どれも地上近くから幹が数本に分かれ、それが曲がりくねって上に伸びている。まるで一本一本に魂《たましい》が宿っていて、叫び声を上げて踊り狂っているようだ。中には胴自体をぐにゅりとねじ曲げたものもある。

「これが奇形木ですか……」

歩を進める哲弘の後をついて行きながら、圭介は呟いた。祥吾も気味悪そうに辺りを見回している。谷といってもなだらかな坂になっていて、底は平坦に開けている。しきりに水の音がしているから、下に沢があるのかもしれない。やはり道はない。ところどころに高山植物のトリカブト、コバイケイ草、マネキグサの群生がある。

「どうしてここの木だけこんな姿になったんですか？」

「さあ、なあ」

いつもは明快に答えてくれる哲弘が、珍しく首を傾ける。

「風のせいか、雪のせいか。それとも成長過程で同じ病気に罹《かか》ったんか……」

圭介は樹冠部を見上げた。緑の天蓋《てんがい》に覆《おお》われた森の底には、わずかな光しか届いてこない。ヤブコウジ、アオキなどの低木の下には、シダ類が繁っている。少ない日の光を分け合うように育っているのだ。踏み出す足の下で、膨軟《ぼうなん》な土壌がジュッと水分を吐き出した。日が翳《かげ》ったのかどうか、この谷底からは窺《うかが》い知ることができない。だが、しだいに暗さが募ってくるようだ。靄《もや》だろうか、空気がじっとりと湿り気を帯びている。じとじとと体が濡れそぼってくるのがわかった。

ひときわ奇怪に曲がりくねった太い樹があった。哲弘によると、それはミズナラだという。ミズナラはブナより幹の色が黒いと言われても、同じように苔むした幹のそれらを圭介は見分けることはできない。このミズナラは、尋常ではない何かの重みを背負っているように見える。ここにある木々の一本一本が、懊悩《おうのう》や苦悶《くもん》の声なき声を発しているようだ。何とも陰鬱《いんうつ》な森だ。気がつけば、さっきの森にはあった鳥の声がない。春を謳歌《おうか》するように囀っていたキビタキやコルリ、ノジコたちは、この森にはやって来ないのだ。そう思うと、なぜか背中がぞくりとした。ちらりと哲弘の背中を見、隣を歩く祥吾の横顔を盗み見た。

ここに凝《こご》っている空気——これは何なのだろう。圭介は形の知れない不安感に抱きすくめられたような気がした。こんな思いを抱いているのは自分だけなのだろうか。

「ほうれ、あれがこの谷の主《ぬし》や」

哲弘が指し示す先に、群を抜いて太い木が見えてきた。幹回りは大人三人が腕を回してもまだ足りないほどだ。臼《うす》のようにどっしりとしたその巨木もやはり奇形木で、根元から三メートルほどの高さ辺りで大きく枝分かれしている。その伸びた枝もすっくとは立ち上がらずに曲がりくねっているのだった。

幹には裂け目や瘤《こぶ》があちこちにある。そのぼこぼこした木肌が茶色や青の苔や地衣類《ちいるい》に覆われている様《さま》は、皮膚病に罹った人の肌を思わせ、圭介を怯《ひる》ませた。

「これはスダジイや。樹齢は二百五十年と言われとる」

スダジイやマテバシイもブナ科の常緑樹なのだという。歪《いびつ》に伸びた枝には、ツタウルシが絡《から》み付いている。そっと木肌に手を伸ばすと手のひらがびっしょりと濡れた。自然観察教室に参加した人々は、これを見て自然の造形美だと喜ぶのだろうか。圭介はとてもそんなふうに思うことはできなかった。何か呪《のろ》わしいものが、この奇形の森を作り上げたのだ。そのまま、何気なく幹に耳を付けてみた。

じゅるり……

思ってもみなかった大きな音がして、圭介はぎょっとした。

じゅるじゅる　ぎゅるる……

濡れそぼった重量のあるものが幹の中を這っているような音——でも、いったい何が?

「あっ、ここに空洞《ほら》がある」

スダジイの横っ腹にかがみ込んだ祥吾が言った。止める間もなく小柄な祥吾は、ぽっかりと開いたその空洞の中に潜り込んでしまった。

よく見れば、このスダジイの根回りはすでに朽ちてしまった部分もあるようだ。青い苔に覆い尽くされているのでわかりにくいが、空洞はかなりこの老木を侵《おか》しているのだ。

その中を何かが移動している——?

にゅりにゅり　じゅる……

それは太い幹の中を這い下りてくる。圭介ははっとして身をはがした。

「おい、祥吾、出てこい」

かがんで空洞の中を覗《のぞ》き込む。祥吾は暗い空洞の中で一心に上を見ている。圭介はそんな祥吾の足をつかんで引きずり出そうとした。何だかよくわからないが、そうしなければならないという思いに駆られた。

「あっ!!」

祥吾の声に顔を上げると、何か粘性の高い滴《しずく》が一滴、彼の顔の上に落ちてくるところだった。急に祥吾は自分から這い出してきた。その顔を見て、圭介と哲弘は肝《きも》を潰した。頬《ほお》が赤い血で汚れている。

「どうした、祥吾、怪我したんか」

哲弘は素早く手拭いで祥吾の頬を拭った。そして祥吾の頬に傷がないのを確かめると、狐につままれたような表情で赤く汚れた手拭いを見た。

「それ、粘菌や」

祥吾が言った。

「今、凄く大きな赤い粘菌の塊《かたまり》が下りてきて……」

その言葉が終わる前に、圭介は空洞の中に首を突っ込んだ。首をねじって上を見る。何もない。ただ黒々とした長い穴が上に向かって延びているだけだ。だが、何かが腐ったような匂いが鼻を衝《つ》いた。熟《う》れすぎた果物が発する、甘いが嫌悪感を催す匂いだ。だが、それを発したはずのものの姿はどこにもない。圭介は手を伸ばして空洞の上部を触ってみた。ネバネバした赤い液体が指に付いた。あの腐乱した匂い。

「何もないぞ、祥吾」

「うん、もう逃げた。ずっと上へ這《ほ》うていってしもた」

「そりゃあ、粘菌じゃないやろ」

哲弘が手拭いの染みをつくづく見ながら言った。

「粘菌がそんなに早《は》う《よ》に動《し》くはずがない」

圭介はまたスダジイの幹に耳を付けてみた。もう何も聞こえない。胸が悪くなるような甘い匂いだけを残して、この巨木の中を這い上っていってしまったのだ。

圭介と祥吾は呆《ほう》けたような顔を見合わせた。今、自分たちが見聞きしたものの正体を語る言葉が出てこないのだった。

「この先に沢があるけん、行ってみよか」

哲弘はそう言ってさっさと歩き始めた。祥吾が慌てて立ち上がって尻をパンパンとはたき、水音に誘われるように駆けだした。圭介も二人の後を追う。

それは、沢と呼ぶにはつましい流れだった。ブナの森が溜め込んだ水が、気まぐれに地表に現われて流れを成しているといった風情《ふぜい》だ。周囲には湿気を好むフキユキノシタが群れて生えていた。哲弘はじゃぶじゃぶとその水の中に入っていった。

「あれ?」

祥吾が沢の向こうを見て言った。灌木《かんぼく》の繁みの中に木組みの人工物がある。三人は浅い瀬を渡っていった。近くで見ると、それは神社などにある祠《ほこら》のようだ。半《なか》ば朽ち果て、灌木の中に没しようとしていた。

「何ですか? これ」

「ああ、これなあ」

一番後ろから渡ってきた哲弘が、祠に近寄った。

「まだあったんやなあ」

「何、何？」

祥吾も覗き込む。

「これ、昔、ここで撃ち殺された男の霊を慰めるために作られとったんやけど、こんな山奥のことやし、参る人もおらんようになって打ち捨てられてしもたんやな。もともとそいつは殺人犯やったし」

「あっ、それって……」

祥吾が、きょとんとしている圭介にもどかしげに語りかけてくる。

「ほれ、先生。『町史』に出とったあれや。高知県から逃げ込んできた凶悪犯の──」

「ああ……」

圭介も思い出した。

「あの殺人犯が撃ち殺されたのって、このハガレ谷だったんですか？　あれは確か──」

「うん、昭和三年。大昔のことや」

哲弘が灌木をかき分けた。木々に支えられるように建っていた祠は、バラバラと崩れて落ちた。ただでさえ薄暗い森の中が不穏な昏《くら》さに包まれた。風雨にさらされて朽ち果て、黒ずんだ祠の材がカタンカタンと地に接したその部分から、何かの影がするりと這い出してきた。祥吾がはっとして後ずさった。その先の沢の水がどろりと濁る。声もなく三人はそれを見つめた。

土の中、水の下、落ち葉の隙間、何かが身をくねらせ、のたうちながら去っていく気配。何なのだろう？　この感触。目に見えるものは何もない。なのに、何かにびっしりと取り囲まれているような気がした。何か黒々としたもの。人にとってよくないもの。憎悪？　敵意？　何かしらそうした類《たぐ》いの邪悪な気配。とてもここにはいられない。

「行こう」

それだけ言うと、哲弘は歩きだした。圭介はまだ立ち尽くしている祥吾のリュックの肩《かた》紐《ひも》をぐいと引いて、その後を追った。沢を渡り、老いたスダジイの巨木のそばを通り過ぎる。

ふっとあの腐乱臭がした。哲弘もそれに気づいたように横を向いた。しかし、足を止めることはなかった。黙って歩き続ける哲弘の腰にぶら下げられた手拭いに、不吉な赤い染みが浮き上がっていた。

早足で通り過ぎる三人を、谷の底に林立する奇形木たちが見下ろしていた。

杏奈が窓から顔を出していた。木立ちや古い家をバックに、杏奈の金髪だけが輝いて見えた。陰鬱な背景画の中で、どこからともなく射した光にたった一人だけを浮き立たせるレンブラントの絵のようだ。先週習った美術の教科書の中の集団肖像画を思い浮かべながら、祥吾は思った。軽四トラックから祥吾が降り立つのを見ると、杏奈はぴしゃりと窓を閉めてしまった。

「おい、祥吾、手を貸せ」

父の比呂志《ひろし》が荷台に回りながら言った。二人でエアコンとその室外機とを下ろし、家の前まで運んだ。引き戸がガタピシャと動いて、タキエが出てきた。タキエの指示に従って、比呂志は家の中に入っていった。旧尾峨町でたった一軒の電器店を経営している比呂志は、たいていの家の間取りを承知していた。

「ブレーカーを新しいに一つ付けないかんな」

さっそく比呂志は作業に取りかかったようだ。いつものように口笛が聞こえてくる。祥吾は心得ている段取りのとおり、空《から》になった段ボール箱を手早く畳み、梱包材や紐もまとめてトラックの荷台に載せた。

「はい、お嬢ちゃん、ごめんよー」

ガラガラ声の比呂志の声が家の中から響いてくる。杏奈の部屋へずかずかと入っているようだ。いつもの不機嫌な杏奈の顔を思い浮かべ、祥吾はひやひやした。祥吾は三人兄弟の末っ子だ。年の離れた兄たちは就職して、よそで暮らしている。男の子しか持ったことのない比呂志は、年頃の女の子の接し方などに気を遣ったりしないだろう。案の定、杏奈がつっかけを履いて外へ出てきた。前庭で手持ちぶさたに立ち尽くしている祥吾の方をちらりと一瞥した。比呂志の仕事を手伝う時の「仕事着」である、兄のお古の紺のジャージを身に着けた祥吾は、もじもじとうつむいた。杏奈はそのまま黙って前の道へ下りていってしまった。

風になびく金髪が坂を下っていくのを、祥吾は黙って見送った。去年杏奈が転校してきた時の、最初の衝撃が去ると夏樹が言った。

「あいつは絶対ヤッとるな」

二人でぶらぶらと学校から帰る途中のことだ。夏樹はニヤニヤ笑いながら、祥吾が「ヤッとるって何を?」と問い返すのを待っていた。

「うん、そうやな。あいつはヤッとる。絶対じゃ」

祥吾はもったいぶって答えた。夏樹は道を後ろ向きに歩きながら、祥吾の顔を見てまたニヤニヤした。

「そりゃあそうじゃ。ああいう奴は皆ヤッとる」

夏樹は手に持った傘で道端の草を薙《な》ぎ払いながら言った。その時、祥吾の頭に浮かんだいくつかの「杏奈がヤッてること」のリストは、未だに頭の中に並んでいる。夏樹との話はそれ以上深入りすることなく終わったので、祥吾の妄想は際限なく広がっていった。だから杏奈とまともに向き合うと祥吾は萎縮してしまうのだ。その原因は杏奈の派手な外見ではなく、自分が彼女に対して広げすぎた妄想にあるということもわかっている。

「おーい、祥吾、出番だぞー」

比呂志に呼ばれて、祥吾は家の中へ入った。タキエが指し示す場所に、比呂志はてきぱきと脚立《きやたつ》を立てている。まず、比呂志が脚立に上がって天井板をずらす。それから祥吾が替わって脚立に上り、天井裏へ潜り込んだ。天井裏に電気のコードを這わすのは、小柄で身軽な祥吾の役目だ。比呂志が下から差し上げてきた懐中電灯を受け取る。

「まず裏へ回れ、祥吾。コードを出すけん」

比呂志の声も裏の方へ移動している。懐中電灯で天井裏をざっと照らしてみる。厚い天井板は、しっかりしているようだ。ここいらの古い民家に共通するダイナミックな小屋組みの木材が、縦横に走っている。二重梁《にじゆうばり》や屋根を支える小屋束《こやづか》が、釘を使わず、継手《つぎて》や仕口《しぐち》と呼ばれる伝統工法で組まれている。祥吾はその小屋組みの下を、のそのそと這い始めた。天井板の上にはほっこりと埃が溜まっていて、たちまち手のひらや膝《ひざ》が汚れた。父の比呂志がブレーカーの位置を教えるために、遠くの方で天井板を下から叩いている。その音は遠い。この調子ではかなりの距離を、コードを手にまた引き返してこなければならないだろう。祥吾は埃を吸い込まないよう、息を詰めて這い進んだ。どうやら土間の通路に沿った和室の上を進んでいるようだ。天井板の隙間から、ちらちらと下の部屋が見える。どの部屋ももう使われていないのだろう。日に焼けた畳に、色褪《あ》せた縁取り。古びた調度品がその上に載っている。いくつかの部屋をそうやってやり過ごすと、次に見えてきたのは今までの寒々しい和室とはちょっと趣《おもむき》の違う部屋だった。

祥吾は、ふとそこで止まった。その部屋の畳は明らかに新しかった。なぜこの部屋だけ畳を替えたのだろう。その疑問が頭から消え去らないうちに、次の隙間から畳の上に座った小さな女の子が見えた。

「あれっ？」

祥吾は喉の奥で小さな声を出した。

五歳かそこらの女の子は、祥吾の方に背を向けて座っている。水を何度もくぐったような風合の絣《かすり》の着物を着ている。この子には大きいものを無理矢理着せているようで、肩幅と着丈に深い縫い上げがしてあった。髪の毛は、短めのおかっぱだ。

「おーい、祥吾、何しとんじゃあ!!」

家の裏手でがなりたてる比呂志の声がして、祥吾は慌てて這い進んだ。また無人の和室の上をいくつか越して、ブレーカーの上にようやく到達した。比呂志が天井板の間から差し出してきたコードをするすると引き抜く。祥吾はまた天井板の上を引き返した。さっき女の子を見た部屋に近づくにつれ、幼い歌声が聞こえてきた。その声を頼りに、ここと定めて板の隙間から座敷を見下ろすと、今度は女の子の顔が正面から見えた。その子は畳の上に正座して、一心にお手玉をしているのだった。

「一番はじめは一宮《いちのみや》　二また日光東照宮《にっこうとうしょうぐう》　三また佐倉《さくら》の宗五郎《そうごろう》　四はまた信濃《しなの》の善光寺《ぜんこうじ》……」

か細いが、よく通る声だ。色とりどりのお手玉が宙を舞うたびに、色白な女の子の顔の周りでぴっしりと切り揃えられた黒い髪が跳ねた。

女の子の後ろには床の間があって、掛け軸が掛けられていた。雉《きじ》のオスとメスとが描かれている。その前に置かれた大ぶりの瓶には、ササユリが生けてあった。祥吾が膝をついてズルズルとその子の上を通ると、天井板の隙間からパラパラと砂埃が下へ落ちた。女の子が、はっとして天井を見上げるのがわかった。「しまった」と思ったが、もう遅い。怯《おび》えたような表情になった女の子は、つと立ち上がって二、三歩踏み出した。着物の裾《すそ》を踏みつけたのか、女の子が畳の上で転ぶのが見えた。天井からおかしな音が聞こえてきたのだから、小さな子としては怖かったに違いない。申し訳なかったなあと思いつつも、祥吾はコードを引いて杏奈の部屋まで這っていった。

もう座敷からはお手玉歌は聞こえなくなっていた。

脚立を伝って土間へ下りた祥吾は、奥行きのある通路へ足を向けた。手前から襖を一つずつ開けていく。どの部屋からも、長年閉め切られていたらしい黴臭《かびくさ》い、淀んだ空気が流れ出してきた。新しい畳の部屋――そう目星をつけて襖を開けるが、どこの畳も擦《す》り切れて黄ばんでいて、相当の年数が経ったという様相だ。

「あれ？」

いつの間にかタキエも祥吾の後ろに来て、一緒にそれぞれの和室を覗いていった。大人数が集まった時には間の襖を取り払って大広間にしたのであろう五つの部屋は、どれも人の気配がなかった。真ん中辺りに立派な床の間のある座敷があったが、掛け軸は達磨《だるま》の絵で、花瓶も何も置いていない。

「祥吾、お前、何やっとる?」

タキエが、全部の襖を開け放っていく祥吾に呆《あき》れ顔で言った。最後の部屋には押入れが付いていた。もしかしたら、ここに隠れているのかもしれない。タキエに断わりもせずに、祥吾は靴を脱ぎ散らかしてその部屋に上がり込んだ。押入れの襖をガラリと開いてみるが、中には大したものは入っておらず、人が隠れられそうな所もない。

「何を探しとんじゃ」

タキエが通路に立ったたまま、そう問いかけてくる。

「女の子。幼稚園児くらいの子。確かにおった」

「そんな子、うちにはおらん。お前、よう知っとるやろ」

そう言うタキエを尻目に、祥吾は土間に飛び下りると、懐中電灯を引っつかんで脚立を駆け上った。今閉めたばかりの天井板をずらして、すばしっこくその中に潜り込んだ。懐中電灯を点けるのももどかしく、見当をつけた和室の並びの辺りまで這っていった。細い隙間から階下に目を凝らしながら、ゆっくりと進む。心の中で数を数えて、五つの和室を一つずつ見ていく。さっき通路から見たとおりの、古びた畳の部屋しか見えない。確かに真ん中辺りにあった女の子のいた床の間のある座敷——あれごと消えていた。

祥吾は埃まみれ、蜘蛛《くも》の巣まみれになりながら、天井裏を行ったり来たりして、天井板の隙間から下を覗いた。しかし、あの女の子はおろか、雉の掛け軸もササユリを生けた瓶もない。

「ヒロッさん、あんたとこの息子、ちいと頭がおかしいんと違うか?」

ずけずけとタキエが言い、比呂志が杏奈の部屋の方で、

「何やて?」

と問い返す声が聞こえた。祥吾は茫然《ぼうぜん》と屋根裏で這いつくばっていた。

3

圭介は静かな市立図書館の中を歩いていた。目指す参考図書室は二階にある。幅広い階段を上がっていくと、天井の高い一階の閲覧室に並んだ夥《おびただ》しい数の書架が見下ろせた。

参考図書室のカウンターで地元新聞の縮刷版の場所を尋ねると、女性職員が案内してくれた。

小さな声で彼女に礼を言い、大判の本になった縮刷版の背を指でなぞっていく。昭和三年の本を抜き出し、机へ持っていった。見出しが「政治」「経済」「文化」と、項目別にそ

の年の記事が分けられているので探しやすかった。「事件」の項目を目で追っていく。その記事はすぐに見つかった。昭和三年七月十二日のところだった。見出しは、「兩親始め三名を殺害　錯乱の青年　許婚《いいなづけ》を誘拐」とある。圭介は持ってきた虫眼鏡で、細かな字の本文を読み進めた。

「十一日午前零時半頃、高知縣X郡鞍負村字小塚《あざこづか》　大澤増夫《ますお》（四九）の長男正《てうなんただし》（二一）日本刀をもって熟睡中の父を刺して即死せしめ、母および實弟の心臓を突き刺し更に同村内の竹村良衛《たけむらりようえ》（五三）方へ暴れ込み、三女千栄子《ちえこ》を連れ去った。母弟は後絶命しはる。正は豫《かね》てから健康を害し極度の心神耗弱《しんしんこうじやく》に陥《おちい》り、自宅で療養中のところ、その精神の病《やまひ》のため、許婚であった千栄子との縁談が破談になるを悲観するものなり。正と千栄子の行方未だ知れず。目下警察と消防とで山狩りをするなど大捜索中である」

　この大沢正なる人物と千栄子とが、手に手を取って駆け落ちしたのではないとわかるのは四日後のことであった。

　昭和三年七月十六日付けの新聞に「連れ去られた許婚　山中で惨殺さる」という見出しが見える。

「高知縣鞍負村の親子三人殺しの犯人大澤正の捜索を行なっていた消防団員が鳥越峠《とりごえとうげ》付近の叢の中から、刃物で滅多刺しにされた千栄子の死体を發見。検視の結果日本刀及び斧で切りつけ絶命せしめたものと判明。この惨忍なる兇行を行なった大澤正は未だ逃亡中である」

　この犯人が山越えをして愛媛県側に逃げ込んだのであるが、何と一カ月以上も山の中をさ迷っていたらしく、次に新聞に登場するのは八月二十日のことだ。

「四人殺しの兇悪犯人、本縣で射殺さる」の見出し。

「高知縣鞍負村の四人殺し犯人大澤は、追手を逃れ、山地に潜伏して居場所を次々替へ、當局を大らうばいさせてをったところ、県境を越えたとの急報に接し、愛媛縣Q郡尾峨町等の消防組の應援を得て、尾峨町側の山間部の徹夜捜査を行なった。その結果十九日午後二時頃、尾峨町内通称ハガレ谷付近でこれを發見。日本刀などを振りかざしての抵抗甚《はなはだ》しく、同行していた猟師がやむなくブローニング五連發猟銃を發射。つひにこれを絶命せしめた」

　哲弘たちとハガレ谷に行った時から、八十年も前のこの事件のことがなぜか心から離れなくなった。不入森《いらずのもり》の奥深く、奇形木の谷の底、あのスダジイの中を這っていたものを、祥吾は粘菌だと言った。だが、圭介にはそうは思えなかった。祥吾はあの時、粘菌のことで頭がいっぱいだった。だから、何もかもがそう見えたのに違いない。

　どう考えても粘菌のはずがないのだ。確かに、粘菌は朽ち木の中を好んで棲《す》みつく。ハガレ谷に行くまでに見た粘菌は、血管網のようにびっしりと糸状の変形体となって朽ち木に入り込んでいた。あんな形態のものが、体を引きずるような音をたてて這い進むわけがない。

体を引きずる――？

あの谷を濡れそぼった体で這っていたのは人なのか？

「森の中に埋《うず》められた平家の亡者《もうじゃ》が這い出してきて人にとり憑《つ》くのじゃ」

大叔母はそう言っていた。思い出すそばから圭介は、このばかげた思いを頭から振り払った。だが、あの時に祠から這い出してきた実体のわからない影は、気のせいなどではない。あそこには何かがいる。あの時、あそこに足を踏み入れた圭介たちを息をひそめて窺っていた。八十年前にあの谷に逃げ込んだ男も撃ち殺された。祠はあの男のために建てられたものだった。やはり呪われているのだろうか、あの奇形木の森は。

そのばかげた考えを振り払うためにも、圭介はどうしても大沢正という凶悪犯のことが知りたかった。

気をとり直した圭介は、簡単な昭和史の本をひもといた。

大正天皇が崩御して昭和天皇が即位し、昭和がスタートしたのは昭和元年の十二月二十五日だ。昭和元年は一週間で終わり、実質的には昭和二年が昭和の最初の年だった。昭和二年、三年は金融恐慌による不況が続き、「大学は出たけれど」と言われるほどの失業者群を生み出していた。社会は暗い深刻な不安の中を揺れ続けていた。

「ただぼんやりした不安」を理由に芥川龍之介《あくたがわりゅうのすけ》が自殺したのは昭和二年の七月。昭和三年には軍部暴走の第一歩となる張作霖《ちょうさくりん》爆殺事件が起こる。政府はこの事件を隠蔽《いんぺい》し、新聞各紙も「満州《まんしゅう》某重大事件」としてしか報道しなかった。正体不明の重大事件が起こっている、という先の見えない不安が国民全体を包み込んでいた時代だった。

そのような時代背景の中、首都から遠く離れた四国の山中で起こった陰惨な事件だったわけだ。狂気の殺人鬼はいつの世にも存在する。八十年前の新聞の言葉を借りれば、「心神耗弱に陥った」男が引き起こした事件——。

何かが圭介の頭の中に引っ掛かった。そうだ、校歌を制定することに骨を折った木嶋校長が引き起こした暴力事件、あれも不可解なものだった。あの校長も気を病んでいたということになっているが……。

圭介は立ち上がると、書架の奥へ歩いていった。新聞の縮刷版で昭和二十二年を探す。その重厚な本を机の上で開いた。これは大沢正の事件に較べると小さな記事だった。

「新制中學の校長　暴行致死で逮捕さる」という見出しの下に「Q郡尾峨町尾峨中學校の校長木嶋文明（五四）が、同町内の穂積神社境内で、秋祭りの準備をしていた浅井忠明《あさいただあき》さん（三二）と口論になり、浅井さんを小突き回したうえに足蹴にした。浅井さんははずみで石段の下に転落。頭を強打して死亡した」とだけあった。

二十年を経て起こった二つの事件。近い場所ではあるが、何の関係もない。それなのに、なぜか圭介は気にかかるのだ。

縮刷版を片付け、一階へ下りた。ぶらぶらと書架の間を歩く。歴史や民俗学の書籍が並ぶ書架の間を歩き回って、『四国の平家落人《おちうど》伝説』という本を見つけ出した。窓際のソファに腰を下ろして、その本に目を通す。

壇ノ浦での源平合戦に敗れた平氏一門が来村、あるいは村を開いたという伝説が四国内には多く残っている。徳島県の祖谷山《いややま》では安徳天皇の火葬場跡というものが存在する。高知にも香美《かみ》郡物部《ものべ》村、吾川《あがわ》郡池川《いけがわ》町椿山《つばやま》、高岡《たかおか》郡仁淀《によど》村などに伝説は残っている。

深山幽谷《しんざんゆうこく》の貧しい村に平家伝説が多いのは、苦しい生活を強《し》いられても自分たちの祖先は平家という高貴な公家《くげ》なのだ、という血統を心の支えにしたかったからなのかもしれない。

やはり哲弘が言うように、作られた伝説も多分に含まれているのだろう。

尾峨の場合はどうなのだろうか。赤い御旗《みはた》や落人を祀《まつ》る神社、また公家と酷似した紋章や風俗が残っているから、実際に平家の落人が流れ着いた村である可能性はあるが、もしかしたら、源氏の残党狩りによってその血筋はもう断たれてしまったのかもしれない。伝説で語られているように自害を思い留《とど》まった若者が平家の血を残したというのも、他の地の伝説にも見える類型的なもののようにも思われた。

尾峨町の平家伝説についての記述が目に入った。おおよそは『尾峨町史』で読んだものと同じような内容だ。ただ、注目すべきは次の部分だった。この地に入り込んできた落人らに反感を抱いていた土着民たちは、彼らが源氏の追討の兵を異様に恐れていたのを利用して、山間《やまあい》に位置する村落から見下ろす森の中に夥しい数の白旗を林立させた。それを見た落人たちは、もはやこれまでと覚悟を決め、自刃《じじん》して果てたとも言われている。山のお堂から女官を引きずり出して斬り殺したのも土着民で、源氏が残党狩りをかけたというのは後から作られたものという見方もあるらしい。

しかし、つましく暮らしていた農村でこのような残虐な出来事が起こるとは考えにくく、尾峨のその当時の集落は、山岳を拠点とした中世の戦闘的山地住民の村であったのではないか、という考察が付け加えられていた。

その後、圭介は犯罪学の書架を物色して、『昭和の凶悪犯罪ファイル』という本を借りて帰った。

教員住宅に戻った圭介は、レスピーギの交響詩『ローマの松』をかけた。描写性や変化に富んだ交響詩にしばらく耳を傾けた後、畳の上にじかに置いたローソファに腰を下ろして借りてきた本を読み始めた。

この本はタイトルのとおり、昭和という時代に発生し、かつ社会的に大きく注目された殺人事件を詳しく掘り下げたものだ。大沢正が引き起こした殺人事件は昭和三年ということで、目次の第一章に置かれていた。タイトルは「鞍負村四人殺し事件」という何のひねりもないものだったが、内容はまさに猟奇的事件そのものといえた。読み進むにつれて、八十年前の事件とはいえ、この地で結末を迎えたことを考え合わせて、身の毛もよだつような思いがした。

犯人、大沢正なる人物が育った家は、広大な山林を所有する素封家《そほうか》で、父増夫は木材商として手広く商いをしており、人望もあったという。正は幼少の頃から勉学に秀で、十八で陸軍軍医学校に進学した。しかし、家族の期待を一身に受けて上京するも、間もなく精神に異常をきたし、大声を発して夜一睡もすることなく暴れたり、宿舎にて誰彼かまわず議論をふっかけた挙句《あげく》、泣いたり笑ったりの感情の起伏が激しく、とうとう放校となった。父親が鞍負村へ連れ帰り、医者にかかりながら自宅療養を続けていた。正には、医学校へ入学する前に親どうしで取り決めてあった千栄子という許婚があったのだが、どうにも正の病態がはかばかしくないということを聞きつけた相手方から、縁談を断わってきた。父増夫は正の現状を見るにつけ、それもやむなしと了承したのであったが、その話を聞いた正はますます病状を悪化させた上に、怨恨《えんこん》の気持ちを募らせたのだった。

そしてとうとう昭和三年七月の深夜、増夫をはじめ、母と弟を日本刀で斬りつけて殺してしまう。血まみれで悪鬼のごとくになった正は、日本刀と斧を引っ下げて竹村家に押し入って千栄子を連れ出すと、泣き叫ぶ千栄子を引きずるようにして深い山林の中へ逃げ込んだのであった。

自分の家族を皆殺しにしたのは、この恐怖の殺人事件の前奏にしか過ぎなかった。四日後に千栄子の死体を見つけた消防団員は、その木の枝からぶら下がったものが、最初は何かわからなかったという。それは、体の中から抜き取られた千栄子の背骨だった。千栄子は首に綱を掛けられて木から吊り下げられた姿のまま、日本刀と斧を使って解体されたのだ。切り落とされた胴の一部や手足、内臓は、木の下の叢に堆《うずたか》く積み重なっていた。その時の様子をその本では、このように描写している。

「消防団員はロープの下の肉片の塊を見た後も、まだそれが人間のものであるとは気づかなかった。それほどその屠《ほふ》られた体は無惨に切り刻まれていたのだった。おそらくは斧で薙ぎ払われるようにして切り取られたであろう頭部の一部が、数メートル先の叢の中に転がっており、乱れた黒髪の隙間から、大きく見開かれた両の目が男を射すくめた時、初めて消防団員は悲鳴を上げてその場に尻餅をついた。彼は同僚の団員に背負われて山を下りた後、五日間、床から起き上がることができなかったという」

正は完全に狂気に囚《とら》われてしまった。のみならず、凶器を所持したまま山の中に逃げ込んだという事態は由々《ゆゆ》しきものだった。村人たちを恐怖のどん底に叩き込んだ。

本のページの間から立ち昇ってくる禍々《まがまが》しい情景に圭介は戦慄《せんりつ》した。むせかえるような血の匂いを嗅いだような気さえした。しばし、目を閉じて色彩的な管弦楽曲に浸《ひた》った後、続きを読み始めた。

大沢正を追い詰める警察や消防は、山の中で彼の残した痕跡を見つけるものの、広い山野に手を焼き、捕縛するに至らなかった。あまりにも惨忍な犯行の手口を目の当たりにしていた高知県側の消防団員は、民間人でもあり、正を憎み逮捕する使命よりも彼を恐れる気持ちのほうが強かったのではあるまいか、という記述があった。正はまるで天狗《てんぐ》のごとくに追手から身をかわしてあざやかに逃げ回った。神をも恐れぬ所業に手を染めた正のことを、もはや人間ではないというまことしやかな噂が村内に流れた。

山の奥へ奥へと分け入った正を仕留めたのは、だから愛媛県側のシシ撃ちの猟師だった。しだいに県境へ近づいてくる犯人を警戒していた尾峨町の消防が、真っ黒に汚れきり、目をらんらんと光らせる蓬髪《ほうはつ》の大沢正を見つけたのは、県境からかなり愛媛県側に入った谷底だった。痩せこけてはいたが衰えてはおらず、逆に体に力が漲《みなぎ》っているように見えたと立ち会った数人は口述している。谷川に直接口をつけて水を飲む姿は、山犬にそっくりだったという。

追手の姿に気がついた正は、片時も離さず持ち歩いていたのであろう抜き身の日本刀を持ち上げた。大沢が奇声を上げて斬りかかってきた時、もともと及び腰だった町の消防団員らはバラバラと逃げだした。後に残ったのは、山狩りに駆り出されていた山の民たちだった。

谷の斜面でかろうじて踏みとどまった一番若い団員の目撃談が載っていた。

「山を渡り歩いてシシを仕留めることを生業《なりわい》としていた山の男たちは落ち着いたものでした。彼らの頭株《あたまかぶ》の猟師、浅井某は、ゆっくりと猟銃をかまえました。その時、羅刹《らせつ》のごとくになった大沢は、『俺を殺すのか！』と叫びました。遠くに離れておりますのに、猟師が撃鉄を起こす音が自分には聞こえたような気がしました。『俺を殺すのなら、お前の子々孫々にまで祟《たた》ってやる！』という大沢の割れ鐘のような声が届いてきました。しかし、猟師はひとつの迷いもなく、大沢に向けて発射しました。あの時、ハガレ谷に轟《とどろ》いた銃の音は、今も耳にこびりついております」

大型獣用の猟銃から発射された弾丸は、大沢正の頭半分を吹き飛ばした。

「左顔面はほとんど原形をとどめぬまでに潰滅《かいめつ》し、下顎骨《かがくこつ》も微塵《みじん》に粉砕せり。当人そのまま東向《ひがしむき》に仰臥《ぎょうが》して倒れ居《お》り。銃創により頭蓋骨内の脳、脳漿《のうしょう》、また顔面の皮下組織など夥しく流れ出し、其《その》形状恰《あたか》も柘榴《ざくろ》を踏み潰したるが如《ごと》くなり。附近の土壌上に骨片等散乱し、多量の血液潤溜し居りたり」

とは、「鞍負村事件報告書」に所載された死体検案書からの抜粋である。

しかし、警察当局はそれからが大変だった。昭和初期のその頃になると、山の民たちはかろうじて戸籍は取得していたものの、戸籍がある所を根拠地にして回帰性の回遊を繰り返していた。つまり、彼らは完全には定住してはおらず、半漂泊の生活であったのだ。大沢を撃ち殺した男たちはそのまま立ち去ってしまい、調書を取るのにも難儀したとあった。

ただ、この事件の後、尾峨では彼らをしだいに受け入れ、山の民も森を捨て、農地を耕す生活に馴染んでいったという。

時代が進み、もう森で狩猟生活を送るような生き方が難しくなっていたのだろう。山の民にはいいきっかけだったのかもしれない。彼らはこの時全員が不入森を離れたのだった。

鞍負村事件はその後、昭和十三年に「津山《つやま》三十人殺し」が起きるまで、犯罪史上まれに見る残忍な殺人事件として語り継がれていたのだった。

圭介は本を閉じ、ほうっと息を吐いた。

ローマ賛歌ともいえる交響詩は、クライマックスの部分にさしかかっていた。音を紡《つむ》いで描き出される霧の夜明け——荒涼たる風景。

圭介は昇る太陽に照らし出されたアッピア街道の松を想った。そしてハガレ谷に立つ奇妙にねじくれたスダジイの大木と、その近くで死んだ男のことを想った。

4

口元に剝《む》いた夏みかんの房《ふさ》を持っていくと、淳子は手を伸ばしてきてその小さな房を受け取り、汁を自分でチュッチュッと吸った。水分を制限されているからだろう。酸《す》っぱい汁を一心に吸うしぐさが、ルリ子の胸を打った。

小さくなった夏みかんのかけらを歯のない口に押し込んで、ゆっくりと味わう母は小さな子供のように見えた。ルリ子はハンドタオルを濡らしてきて、淳子のべとべとした両手を拭いてやった。淳子はされるがままにじっとしている。

「お母さん、おいしかった?」

その問いかけに淳子は満足そうに微笑《ほほえ》んだ。母の子供っぽい無邪気な笑顔にルリ子も笑い返した。私はとうとう母親というものになれなかった——ルリ子は思った。だから淳子は、人生の最後の最後に子供になって、ルリ子に子育ての真似事をさせてくれているのかもしれない。

薄手のパジャマの腕をまくり上げて、痩せ細った淳子の肘《ひじ》の辺りまで拭いてやる。淳子は気持ちよさそうに目を細めた。

「あら?」

左手の肘の上に青痣《あおあざ》があるのに気がついた。

「お母さん、これ、どうしたの?」

思わずそう問い質《ただ》す。

「何だって?」

思いもかけず、淳子が返事をした。うまく会話が続かないのはわかっていたが、

「ほら、これよ。何かにぶつけたか、叩かれたかしたみたい」

そう言ってから、はっとした。あの動作の荒い看護師、西村の顔が浮かんだ。あの人は自分のその日の気分で患者に接しているように思う。不機嫌な時にはすぐにわかる。床ずれを防ぐために患者の体位を変える時、体を清拭《せいしき》してくれる時、扱いがひどく乱暴になるのだ。

母が入院して二カ月余り経つが、まだ病院内のことがよくわからない。こういうことは、はっきり言ったほうがいいのだろうか。それともそんなことを口にすると、余計機嫌を損ねることになってしまうのだろうか。

じっと寝ているばかりの淳子の体に痣が出来るなんて不可解だ。看護の過程でとしか思えない。母の腕をつかんだまま、痣に目を落として考え込んでいると、淳子がうっとうしそうにルリ子の手を払いのけた。

「転んでぶつけたの!」

ルリ子の心の中を読んだように、そう声を荒らげる。

「お母さんが転ぶわけないでしょ? ずっとベッドに寝てるんだから」

ついむきになる。

「転んでぶつけたの!」

また淳子は子供っぽく言い募る。ルリ子は唇を噛んだ。入院してからというもの、淳子の認知症はどんどん進んでいる。あんなにしっかりしていて、ルリ子の行く末を案じてくれていた母なのに、自分自身の身に何が起こっているのかもよくわかっていないのだ。それをいいことに、病人を乱暴に扱うなんて許せない。これからは少し気をつけていなければならないとルリ子は思った。

淳子はすうすうと寝息をたて始めた。

5

梅雨《つゆ》の時期だというのに、今年はあまり雨が降らない。

植えた時には五葉《よう》から七葉くらいだった苗は、次々と分《ぶん》けつという枝分かれを繰り返して、左右にぐっと開張してきた。周囲の田んぼではせっせと化学肥料を撒《ま》いていたが、隆夫は本で得た知識に基づき米ぬかを撒いてみた。米ぬかには除草効果があるとも書いてあった。田を貸してくれている山城は、尋ねれば丁寧に教えてはくれるが、田の作業を手伝う息子の雅義《まさよし》とともども、以前のように積極的に隆夫に手を貸してくれるということはなくなった。

彼らとの間に、前にはなかった薄いベールがかかっているような気がする。宮岡が隆夫に対してあまりいい感情を持っていない様子を敏感に感じとって、さりげなく隆夫と距離を置いたのではあるまいか。考えすぎだとは思うが、どうにもそんな感触を拭いきれないでいた。

もしかしたら、有機農法にこだわる隆夫のやり方が受け入れられないのかもしれない。最初はそれほど有機農法に拘泥《こうでい》するつもりはなかった。しかし、あまりにも安易に農薬や化学肥料を大量に投入する他の農家の田畑の作り方を見ていると、自分がここに来た本来の目的のようなものを再認識してしまったのだ。

自分らしさを取り戻すためにここに来たのだ、と隆夫は思う。隆夫がやりたかったのは、自分の手でもの作りをすることだ。手を掛ければ掛けた分だけ返してくれる正直なものに関わっていたかった。遊園地の遊具の整備や田畑の作付けのように。それが、いつの間にか生産性や効率だけを重視する数字至上主義の会社システムの中に組み入れられてしまった。ここでまた、自分を曲げるような生き方はしたくなかった。自分の口へ入れるものくらい自分が思うように作りたかった。それにここは自然に囲まれた過疎地なのだ。売り上げの数字だけしか目に入らない上司も、隆夫を見下す若手社員も女性社員もいない。

自分が自然の流れに沿ってのんびりした農法を実践していることを、いずれは理解してくれるだろう。もともとは、そういう暮らしをしてきた人々なのだから。もしかしたら、隆夫が頑張って有機農法を続け、ある程度うまくいくことがわかったら、追随してくれる人も出てくるかもしれない。

　ふと稲の株間から顔を上げると、田の向こうの道から、金色に髪を染めた例の女子中学生がじっと隆夫の方を見ているのが目についた。隆夫がその子の方を見ると、女の子はすっと顔を逸《そ》らして別の方向へ歩いていってしまった。隆夫は苦々しい思いでその後ろ姿を眺めた。都会ではよくああいう子を見かけた。スーパーでつまらないものを万引きしたり、夜遅くまで徘徊《はいかい》していたのはああいう子だ。

　なんであんな子がこんな山里にいるのだ。あの金髪を見ると隆夫は苛立《いらだ》った。緑や土や空という心を慰めてくれるアースカラーから、完全に浮き上がっている。それを証明するように、坂道を上がっていくその子の金髪は、森の木立ちの中にいつまでも見えていた。

　やがて同じ坂道から、妻の弓子が隣家の基恵と一緒に下りてきた。最近の弓子は生き生きしている。近所の主婦に菓子作りを教えることから始まって、そのお礼に山のツルで作るカゴの編み方を教わったりするうちに、しだいにこの地での交友関係も広がってきたようだ。もとより活動的な性格の弓子なので、そうなると地域に溶け込むのは早い。今では隆夫にしぶしぶついて来たことが嘘のように、いろいろな行事や活動に顔を出している。

　弓子は田んぼにいる隆夫にちょっと手を上げて合図をすると、またすぐに基恵との会話に夢中になって、産直品を作る加工所の方へ歩いていってしまった。隆夫は腰を伸ばして空を見上げた。空はどんよりと曇ってはいるが、まだ雨は来そうになかった。

祥吾は杏奈の家の前をそ知らぬ顔で通り過ぎた。

そうしながらも素早く横目で屋敷の方を観察した。さっきから三度目だ。何度も見なくても、タキエは下の畑で野良仕事をしているし、杏奈もまだ学校に残っているのは知っていた。

杏奈は今日、亜美と一緒に『尾峨中学校廃校誌』に載せる文章を考えているはずだ。尾峨中が廃校になろうが、火事で全焼してしまおうが、まったく気にならないとでもいう態度の杏奈を相手に、今頃亜美は悪戦苦闘していることだろう。夏休み前に、尾峨中の校歌について今までにわかったことを三年生全員で検討したのが二日前。『尾峨町史』や『尾峨中学校五十周年記念誌』から調べてきたこと、各自が自分の祖父母や両親などに尋ねてわかったことなどを突き合わせた。その過程で、新制尾峨中に校歌を作ることに熱意を傾けていた木嶋初代校長が、村人と諍《いさか》いを起こして、その人を殺してしまうという事件があったことが明らかになった。ちょうど、その当時の中学生が、今の在校生たちの祖父母に当たる年代なので、そういう話も自然に出てきたのだった。祥吾も祖父から初めてその話を聞いた。

担任の金沢は、もうそのことを誰かから聞いて知っているようだった。しかし、その話を聞いた祥吾は奇妙な感覚を覚えた。この前、山田哲弘と金沢と三人で行ったハガレ谷でのことを思い出したのだ。あそこでも人が殺されていた。八十年も前に——。さすがにこのことは古すぎて古老たちの話題にも出なかったのか、先日の『廃校誌』の話し合いの時も誰も口にしなかった。

ただ——。

あのハガレ谷には何かがいる。祥吾はずっとその感触を拭いきれずにいた。あの時、スダジイの老木の空洞の中に潜り込んだ祥吾は、何かの濃い存在を感じた。何かが動き回る、這い回る気配。息を詰めてじっとこちらの動きを窺っている何物か。あれはなんだったのだろう。あそこに至るまで粘菌を探しながら行ったせいか、暗いスダジイの空洞の中に凝り固まっていたものを粘菌の変形体じゃないかと思ったのだが、あの濃い気配と動きの速さは、とうていあんな原始的な生物のものとは思えなかった。

あの後、哲弘から聞いた、まさにあの場所で撃ち殺された凶悪犯の話。崩れ落ちた祠。何か穢《けが》れたものが生命《いのち》を持ち、暗い企みをめぐらしているような——。そして、その上に畳み掛けるように聞いた初代校長の犯罪行為だった。

しかし、今、祥吾の心を占めているのはそれらのことではない。道の左右をもう一度見渡す。誰の姿もない。とうとう意を決した祥吾は、杏奈の家の前庭に足を踏み入れた。不法侵入したからにはことを迅速に行なわなければならない。台所の土間に通じる引き戸に手を掛けて、さっと引いた。この辺りの古い家屋は、どこの家も鍵など掛けていない。ガタついた引き戸は難なく開いた。そのまま暗い通路を奥へ進む。迷うことなく一番奥の座敷へ上がり込む。脱いだ靴をさっとつかんで襖を閉めた。そこで祥吾は大きく息を吐いた。自分の心臓の激しい鼓動が、早鐘のように体の中で鳴っている。今度は押入れの戸をそっと開いた。

この前ここを見た時、押入れの天井板をずらすことができることを確かめていた。ここからなら、脚立がなくても天井裏へ潜り込める。祥吾は身軽に押入れの上段に上がった。下に敷かれた黄ばんだ新聞紙がカサカサ鳴った。その場に靴を置くと、四角く切り取られた天井板を持ち上げた。予想どおり、それは軽々と動いた。が、長く動かされたことがなかったのだろう。板の上に積もっていた埃がドサッと落ちてきた。

「うへっ」

埃で真っ白になりながらも、祥吾は押入れの上段に置いてあった古びた行李《こうり》を踏み台にして、体を天井裏へ押し上げた。腹這いの姿勢のままジャージの前のジッパーを下ろして、中に入れてきた懐中電灯を取り出して点けた。辺りをさっと照らすと、この前電気配線をするために自分が這った跡が一本の筋になって残っているのがわかった。

杏奈の部屋にエアコンを付けるためにここへ上がったのは、一週間前だ。あの時、天井板の隙間から見た小さな女の子のいる座敷。あの後、どんなに捜してもあの部屋は見つからなかった。家に帰ってからも、父にさんざんからかわれて、

「天井裏でうたた寝でもしたんか。ろくに勉強もせんと睡眠時間は足りとるやろに」と言われたものだった。だが、実をいうと祥吾は最近、参考書を頼りに夜遅くまで勉強していた。とても漠然としたものが祥吾を駆り立てていた。この世には、自分の知り得ないことがたくさんある。ハガレ谷での経験もそうだし、この家のこともそうだ。それが実感として迫ってきた。知識欲？　学究心？　まだそういう確たる言葉に置き換えられないものではあったが、何かをせずにいられなかった。とにかく一週間前、ここでうたた寝をして夢を見たりはしていない。確かに見たのだ。あんなにはっきりとしたものが夢なんかであるはずがない。今でもあの子の切り揃えられたオカッパの髪型や、絣の着物の模様まで、ありありと頭の中に思い描くことができる。

今日、祥吾はそれを確かめに来たのだ。祥吾は懐中電灯の光を頼りに天井裏を這いだした。天井板の隙間から下の様子に目を凝らす。今、通ってきたばかりの一番端の座敷が見えた。開けっ放しにされた押入れの襖までよく見える。両手と膝を使って次の部屋まで這い進む。ここもがらんとしていて人気がない。その次の座敷は十畳ほどもある大部屋だ。達磨の絵の掛け軸が少し歪《ゆが》んでいる。真ん中辺りのこれらの部屋は薄暗い。板の隙間に目を当ててじっくりと見渡してみるが、やはり人影はない。しかし、どこか変わったところはないか、祥吾は広い座敷の隅から隅までを舐めるように見ていった。

その時――。

祥吾の耳に誰かの歌声が聞こえてきた。はっと顔を上げて耳を澄ます。小さいけれど、確かに歌声だ。それも幼い声――。祥吾はその場で凍りついたように動けなくなった。
「一かけ二かけて三かけて　四かけて五かけて橋をかけ
橋のらんかん腰をかけ　はるか向こうをながむれば
十七、八の姉さんが　花と線香を手に持って……」
この前の歌とは違うが、どうもお手玉歌のようだ。

祥吾は勢いづいて次の部屋の上まで這っていった。もどかしげに天井板の隙間に目を当てる。まず目に飛び込んできたのは、ササユリの生けられた床の間の瓶だった。この前と少しも変わることのない瑞々《みずみず》しい花弁のササユリが、十数本生けられていた。その床の間の前の畳の上で横座りした女の子が、歌に合わせてお手玉を宙に放り投げている。その手つきはまだぎこちなく、時々お手玉は畳の上に落ちる。そのつど、お手玉歌も止まってしまう。

祥吾はその女の子を見下ろしながら、じっと考え込んだ。天井裏からは見えるのに、下へ回ると消えてしまうこの部屋は何なんだろう。隠し部屋？　外からは入り口がわからないようにしているのだ。それなら辻褄《つじつま》が合う。だが何のために？　こんな小さな子を閉じ込めておく理由がわからない。下からの入り口が見つからないのなら、ここから飛び下りたらどうだろう。祥吾はそんなことを思いついた。しかし、この天井板はかなり厚く頑丈だ。どこか動かせそうな板はないだろうかと祥吾は、あちこち懐中電灯で照らしながら這い回った。どの板もしっかりと固定されているようだ。ぐるぐる回りながら板を触っていると、一カ所、虫食い板のように端がべこべこしたものがあるのに気がついた。ちょうど女の子の頭の真上に当たる板だ。

祥吾は虫食い板のそばの隙間に手を入れた。親指以外の四本の指は何とか通り、朽ちかけた天井板をつかむことができた。力まかせにその板を引っぺがそうとした。しかし、ぐずぐずと動きはするものの剝がれたりはしない。そこで今度は足で割ろうと体を入れ替えて、その部分に足の踵《かかと》を乗せた。思いっきり虫食い板を蹴る。四度目か五度目に、天井板はバリンという音とともに縦に割れた。

「あっ！」と思う暇もなく、割れた破片が落下してしまった。慌てて座敷を覗き込む。割れたせいで広がった隙間から、驚いて天井を見上げる女の子と、そのそばに落ちた木片とが見えた。あの子に当たってしまったのだろうか。祥吾は焦って残った板を割ろうと試みたが、それ以上はどうやっても天井板は割れたり動いたりはしなかった。とても人間がすり抜けられるような穴は開かない。座敷の女の子は、半分泣きそうな顔をして祥吾の方を見上げている。あそこからこの隙間を見たって、何が起こっているのかわからないだろう。きっと怖がっているに違いない。あの子が大声で泣きだしたら、下の畑にいるタキエにまで聞こえてしまうかもしれない。

祥吾は天井を破ることを諦めて、一番端の部屋まで後退した。そして、押入れの中へ飛び下りた。勢い余って足台にしていた行李を踏みつけ、竹の網目が破れてしまった。だが、そんなことにかまってはいられない。靴をつかむと畳の上へ、今度はそろりと下りて襖を閉めた。土間に下りながら耳を澄ます。家の中は静まり返っている。女の子の泣き声はおろか、気配すら感じられない。しばらくそうやって様子を窺った後、祥吾は靴を履いた。それからゆっくりと通路を引き返しながら、一つ一つの襖を開けて部屋の中を確認していった。部屋と部屋との間に不自然な空間や隠し扉などがないか、慎重に見ていったつもりだったが、やはりそれらしきものは見つからない。

大きな座敷を見て、次の部屋へ向かった。その部屋も何の変化もない。しかし、天井を見上げて祥吾ははっとした。さっき自分が足で割って広げた隙間が見えたのだ。割れた時の歪《いびつ》な形までそのままだ。なのに、畳の上には落ちた天井板の破片がないのだ。もちろん女の子の姿もない。女の子のそばに木片を落としてしまい、慌てて下りてきたのだから、ほんの一、二分しか経っていないはずだ。その間に誰かが畳の上を片付けたなどということは考えられないし、不可能だ。

夕闇が山の上から流れ落ちるようにやって来て、家の中を満たした。それに押し流されるように祥吾は一歩二歩後ずさった。夕闇の中にササユリのかすかな匂いを嗅ぎ取って、祥吾は身震いした。

部屋の中に、エキゾチックな「アラビアン・ナイト」が満ちていた。リムスキー＝コルサコフの交響組曲『シェエラザード』。華やかで聞き応えのある管弦楽曲だ。第一楽章の「海とシンドバッドの船」で、圭介は遠くアラビア海を行く船の揺れに身をまかせた。この曲は彼のお気に入りだった。

来年——自分はいったいどこで、どんなふうにこの曲を聴いているのだろう。もっと街中の学校に赴任して、たびたびクラシックのコンサートにも出向いていけるようになればいいのに、と思った。そのすぐ後に、いかにも小市民的な己《おのれ》の望みのちっぽけさを笑った。こうやって自分は年をとっていくのか。巡りくる春ごとに卒業生を送り、新入生を迎え、生徒たちは毎年毎年変わっていくのに、やがて自分はそれにも気づかなくなるほど鈍《どん》重《じゅう》な人間になってしまうのではないか。そのうち、こんな疑問さえ抱くことがなくなり、結婚し、子供をもうけ、田舎教師として十年一日《じゅうねんいちじつ》のごとくに暮らしていくに違いない。

そして、いつもどおりの堂々巡りの思考の果てに、自分は教師には向いていないのではないか、と思うのだ。

千一夜物語を語る宰相の娘、シェエラザードを表わす独奏バイオリンの優美な主題が流れ、圭介は目を閉じた。自分が冷えた鉄の塊にでもなった気分だった。こんなに自信のない教師に教わる生徒こそ、不幸なのではないか。教師のほうが、毎年変わりゆく生徒たちのことをただ漠然と流れゆくもののようにしか見ないのでは、彼らだって先生に期待もしないし、記憶にも残らないのではないか。十五歳という人生のとば口に立った六人の生徒たち――彼らの個々の輝きを見出せない自分のふがいなさと不適格をまた思った。

鮮やかな海の描写を思わせる最後の第四楽章が終わり、圭介はのろのろと立ち上がった。夜の十一時、冷蔵庫から三本目の缶ビールを取り出して、プルトップを引いた。口をつけながら、テレビのスイッチを入れた。夜のスポーツニュースが始まっていた。ローソファの上に散らかった衣類やプリント類をざっと片付け、そこに腰を下ろす。野球のゲーム結果をひととおり流すと、陸上競技のニュースになった。圭介は反射的にその画面に目を凝らした。緑のフィールドと赤いトラック。そこでのびのびと競技する選手たち。躍動する筋肉。次の瞬間には、逆に目を逸らした。ソファの上からリモコンを拾い上げてチャンネルを変えようとした時、「男子千五百メートル、日本新記録樹立」のテロップが目に飛び込んできた。リモコンを持った右手を伸ばしたまま、圭介は動きを止めた。

画面には、ウォーミングアップする一人の選手の顔が大映しになった。圭介はそろそろと手を下ろした。自信に溢れたその選手は、号砲とともに走りだした。カメラは先頭集団をずっととらえ続け、最終の直線コースへと切り替わる。満を持してスパートをかけた彼の名前を、実況中継のアナウンサーが連呼した。

林龍也《はやしたつや》――あいつだ。圭介は凍りついた。

その選手は軽々とした足取りで、集団から抜けていった。体をひねるようにしてテープを切るしぐさ——あいつだ。

「日本新記録達成!!」

という興奮したアナウンサーの声とともに、その記録を刻んだ電光掲示板が映る。ウィニングランする林選手。スタンドから身を乗り出した観客に手を伸ばして笑っている。インタビューを受けて笑っている。表彰台で笑っている笑っている笑っている……。

あいつだ。

四年前、圭介と接触事故を起こした選手。

林龍也——忘れられないその名前。あの時は、ぴったりと圭介の背後について来ていただけの名もない若手選手だった。そして、たいした混戦でもないのに彼の踏み出した足は圭介の足と絡まった。転倒した時は、何が何だかわからなかった。あの瞬間、圭介を抜き去っていった林は、一度だけ振り返った。その時の表情——薄ら笑いを浮かべていた。故意だと直感した。そうでなければあまりに不自然な足運びだった。すぐさま立ち上がろうとして、圭介はもんどりうってまた倒れた。その時になって初めて右足に激痛が走ったのだった。

担架で運び出される屈辱感。林はそのレースでは平凡なタイムしか出せず、オリンピック代表にも別の選手が選ばれた。だが彼は、その頃、めきめきと頭角を現わしていた学生アスリートだったらしい。しばらく名前を聞かなかったが、着実に力をつけていたのだ。あいつが足を引っ掛けてさえこなかったら、圭介がオリンピックに出場していたに違いない。それほどあの時の体調は万全だったし、自信もあった。誇らしげに観客の声援に応えて小ぶりな花束を振っている林の顔が、沸き上がってくる怒りのために小刻みに震えて見えた。

あいつだ、あいつだ、あいつさえいなければ――突き上げてくる激しい鼓動。あいつは、あの時のレースだけを制したくて卑怯《ひきょう》な手を使ったのだ。きっと軽い気持ちだったのだろう。もしかしたら、金沢圭介という男の選手生命を断ったことにすら気づいていないのかもしれない。だが圭介にとっては、忘れようとしても忘れられない選手となった。レースの時、倒れ込んだ圭介を振り返り、そして去っていった林の姿は今も脳裏《のうり》に焼きついている。彼のゼッケンの番号さえ未だに憶えているほどだ。

もうそれ以上、林の顔を直視できなくて、圭介はテレビを消した。投げ出すようにリモコンを放り出すと、ソファの背にドスンッともたれ掛かった。しばらく暗くなったテレビの画面を見ていたが、気が納まらずにローソファの座面を思い切り拳《こぶし》で殴りつけた。

それから、恐ろしいほどの静寂。

奴は華々しい競技場で歓声やカメラのフラッシュに囲まれているのに、自分はこんな寂れた場所で無為な人生を送っているのだ。

いや——圭介は耳を澄ませた。

あまりに静かすぎる。風の音も、葉ずれの音すら聞こえない。そのくせ、重量感のある闇の中に何かしら動く気配がする。圭介は立ち上がると、窓へ歩み寄ってガラリと開けた。教員住宅の裏は、すぐに山に接している。暗い地面に窓からの明かりがこぼれ落ちた。

何も見えない。見慣れた狭い裏庭と、それに続く斜面、生《お》い茂った木々。だが、圭介はその場から動けなかった。その時、圭介の鼻腔に忍び込んできたもの——あの甘い匂い。腐る一歩手前のまとわりつくような忌《い》まわしい匂い。全身の毛穴という毛穴から鋭い針が生えたように、体がキンと硬直した。

とぷん
かすかな音が森の中から漏れてきた。

たぷん
腐り果て、藻《も》で満たされた古池に小石を投げ込んだような音だ。

とぷとぷ　ぴゅちゃり
古池の水が溢れてくる——？　あの甘い匂いは、確かな腐臭に変わっている。

にゅり　にゅり　ぬぅり……

何かが集まって形を成そうとしている。這い回っている。ザザザッと落ち葉が鳴った。

何かが森からやって来る。ここから離れるべきだ。頭の中で警鐘が鳴り響いているのに、圭介は逆に窓枠に手を掛けて身を乗り出した。

ぬぅり

黒い影が木立ちの中から這い出してきた。窓の光が届かない所だ。月の光に照らされて、黒い塊がコールタールのようにどろりと流れ出してきたかと思うと、瞬時にそれは人の腕の形になる。もう一本、別の黒い筋。それがもう片方の腕に変わる。二本の腕が交互に動いて地面をつかみ、その後に続く体を引きずってくる。

にゅり　にゅり　じゅる……

こいつだ。スダジイの空洞の中を這い上っていったのは。腐臭はますますはっきりと立ち昇って、辺りの空気を濁らせる。平家の怨霊《おんりょう》？　土着民に裏切られて非業《ひごう》の死を遂げた者どもが、森の中からやって来るのか？

圭介は大きく息を吸い込んだ。腐乱死体を思わせる臭《にお》いが肺に流れ込んできた。

森の影に重なった黒い人影は、嵩《かさ》がなく妙に平板だ。まるで切り絵でこしらえた人形《ひとがた》のように。そしてそれは両の手を伸ばした形で動きを止めた。

圭介は神経を研ぎ澄ませた。集中力だ。圭介の中のアスリートとしての本能がむくりと首をもたげた。もうとうに失ってしまったと思っていたのに。自分を高め、本質を見抜く力。ふいにその人形が盛り上がった。そして汚泥が沸騰《ふっとう》するように上部が破裂した。そこから形が崩れていく。屍《しかばね》が夥しい蛆《うじ》を吐き出すように、蠢《うごめ》く細かなかけらとなってほどけていった。黒い影は、そうやって落ち葉の隙間に流れ込んでいった。

ふっと落ち葉が浮き上がって、波紋が森へ向けて後退していった。

「森の中に何かがおったことは確かや」——老人たちの言葉を思い出した。波打つ地面。身震いする森。黒い水。本当だった。六十年前の少年たちが経験したことは、本当のことだった。

そして、それはまだすぐそこの森の中にいる。こちらを窺っている。針のように鋭利になった圭介の神経にそれぞれの触手が触れた途端、それは撤退を始めた。遠ざかる邪悪な気配。追いかける圭介の剝き出しの本能。それらが忙しく働いて形をつかまえようとしている。幾度となくレースのイメージトレーニングをしていた時のように。森の中に姿を消そうとしているのは、確かな実体を持った生命体だ。

背中から首筋にかけての産毛《うぶげ》がぞわりと逆立った。圭介は急いで窓を閉めた。

「粘菌が逃げた」——ハガレ谷でそう呟いた祥吾の声が耳の中に甦《よみがえ》ってきた。

6

「おい、そんなこと本気で言ってるのか？」

啓一はあからさまに顔をしかめた。

「だって、ほら見てよ」

ルリ子は淳子のパジャマの肩口をめくって、痩せ衰えた母の肩を兄によく見えるように示した。淳子の白い肩には、何か硬いもので打たれでもしたように細長く赤い痕《あと》がついていた。その打撲痕は昨日、ルリ子が病院を出る時にはなかったのだ。パジャマを着替えさせたのだからそれは確かだ。

そして、昨日の夜勤は西村という看護師だった。これは、つい何かが当たってしまったという痕跡とは違う。明らかに、こうしてやろうという意図が感じられる。

「だから、何もわからないと思って虐待されているのよ、お母さん」

「しっ！　大きな声を出すなよ」

かまわずルリ子は、淳子の耳元に口を近づけた。

「お母さん、痛かったでしょう？　どうしたの、これ？」

淳子はぼんやりとルリ子の方を見やって口をもごもごと動かしたが、言葉にならない。

「おい、もういいじゃないか」

啓一はルリ子の肩をつかんで、ぐいっと引き起こした。

「何よ、これでもう二度目なのよ。兄さん、病院に抗議してよ」

「そんなことして、ここにいられなくなったらどうするんだ」

ルリ子は息を呑んだ。

「そんなこと、気にしてるんだ……」

啓一は目を逸らす。

「だって、お前だって困るだろ？　病院から追い出されるようなことになったら」

「どうして、そんなにこっちがびくつかないといけないの？　お母さんがひどい目に遭《あ》っているのに！」

「だから、そんな証拠、どこにもないじゃないか」

「あるじゃない！　見たでしょ？　あのお母さんの肩」

「大丈夫だよ！」

淳子が大きな声でそう言い、ルリ子と啓一はぎょっとして母の方を向いた。

「ちょっとびっくりしたけど、大丈夫。痛くなかった」

「お母さん、誰がこんなことしたの!?」

思わずルリ子はベッドに駆け寄った。娘の剣幕に驚いたのか、淳子は視線をさ迷わせた。

「わからない……」

全身の力が抜けた。どこにも持っていきようのない怒り。兄に対する歯痒《はがゆ》さ。弱っていく母の情けなさ……。いろんな感情がない交ぜになって、不覚にも涙がこぼれた。ベッドのそばの床の上に小さく縮こまってルリ子は嗚咽《おえつ》した。

「おい……大丈夫か？」

さすがに啓一も、声を和《やわ》らげてルリ子の肩に手を置いた。ルリ子は駄々っ子のように激しくかぶりを振った。今まで一人で抱えてきたものが、どっと噴き上がってくるのがわかった。

「悪かったよ。母さんのことはお前が一番わかっているから、まかせておけばいいと思ったんだ」

そうやってひとしきり泣くと、嘘のように気分がすっきりした。母が入院して以来、病院という慣れない場所で送る日常に、神経が張り詰めていたのだ。

三十分ほど後に、帰るという啓一を送ってルリ子は病室を出た。淳子は首をもたげて、二人のわが子をしっかりと見送っているように見えた。

「死ぬっていうのは、大仕事なんだなあ」

エレベーターホールで待っている時、啓一はしみじみと言った。

「そうよ。お母さんは今、死んでいく姿を私たちに見せようとしているのよ。死ぬっていうことは、こういうことなんだって」

エレベーターが来た。誰も乗っていない箱の中に二人は入った。エレベーターはゆっくり下降した。

「人は、老いて、小さく縮んで、醜《みにく》くなって、訳のわからないことを口走って、時には小さな子供のようになって――そして死んでいくのよ。でも、それってとても尊いことよ」

「そうだな」

「子供は、しっかりとそれを見守ってあげないといけないのよね。目を逸らさずに」

「うん」

一階に着いた。エレベーターの扉が開く。正面のガラス戸の向こうに空が見えた。雲の隙間から、放射状の光の筋が地上に向けて幾筋も放たれていた。

「ねえ、兄さん。お母さんの魂は、今どこにいるのかしら」

二人は病院の外でふと立ち止まって、空を見上げた。

7

隆夫は流れ落ちる汗を、腰の手拭いでぐいと乱暴に拭った。田や畑仕事の合い間に、冬、炭焼きをする炭窯《すみがま》までの道を整備しているのだ。炭窯作り自体は体験会のグループが手伝ってくれて、すでに完成していた。この冬からは、独立して一人でこの窯で炭を焼くのだ。そのためには、荒れて細い獣道のようになってしまっている道を通りやすくしておかなければならない。炭焼き用に伐採した原木や、製品となった炭や木酢液《もくさくえき》を運ぶためだ。

この山では、昭和四十年頃までは炭焼きがさかんに行なわれていた。だから炭窯も、もともとこの場所にあったのだ。そういう窯跡には、崩れ落ちた硬質砂岩の窯用の石が転がっている。窯跡の石は一度使って火に強いことが証明されているから、安心してもう一度炭窯作りに使うことができる。土は、ここの山土が粘土質なのでそのまま使用した。しかし、この「窯つき」と呼ばれる炭窯作りは高度な技術が必要だ。粘土を接着剤にしながら下から一周、二周と石を巻いていき、しだいに甲羅《こうら》型にしていくのだが、この巻き方が難しい。巻きながら、角のある石を少しずつ立てていき、最終的には石どうしが互いに寄りかかる力で下に落ちないようにしなければならない。完成した形を頭の中に描きながら、石の向きを変え、角度を調整して、がっちりと組み合うように置いていく。隆夫はこの作業にはとても手出しができず、ただひたすら粘土を鍬《くわ》でこね、足で踏んで粘りを出す作業に没頭した。

隆夫はツルハシと鍬とジョレンとをまとめると、半分だけ出来上がった道を登っていった。登りきると、炭窯と炭庭と居小屋を眺めた。居小屋とは、炭を焼いている間に休憩をとる小屋のことだ。これは隆夫が一人で作った。簡単な骨組みを作り、トタン板の屋根をかけた。壁は藁《わら》を編んで一束ずつ括《くく》り付けていった。炭焼き体験会の居小屋を真似て、同じようにした。寒い季節の炭焼き作業なので、中には囲炉裏《いろり》を作った。自在鉤《かぎ》を掛けると、子供の頃に遊んだ秘密基地を思い出してワクワクした。

道具を居小屋の中に片付け、隆夫は山を下りた。道の下で軽トラックに乗り、もう一度自分の炭窯を見上げてから、車を発車させた。くねくねと曲がりくねった山道を下っていき、一度谷底平野まで下りた。水田の稲は地面から二十センチほどになり、一株ごとにほぼ二十枚程度の葉をつけて、柔らかに風に吹かれている。

緑の田んぼの連なりを見ながら、隆夫はアクセルを踏んだ。田の中に、ぽつんぽつんと作業をしている人影が見える。長袖《ながそで》のボロを着て、マスク、頬かむりという格好で背負式動力撒布機を背負っている人は、農薬を撒いているのだ。今の時期だとイネドロオイムシの殺虫剤かな、などと思いながらのんびりと見渡した。白い煙のような農薬にまみれている人物は宮岡辰巳だ。そう認識した途端、「えっ？」と思ってブレーキを踏んだ。宮岡が農薬を撒布しているのは、隆夫の田んぼなのだ。隆夫は軽トラックから飛び降りた。

「ちょっと！　何をしているんですか？」

ツーサイクルのエンジン音に隆夫の声がかき消される。撒布を受けた稲からは、熱い温泉の湯気のように白い薬剤が立ち昇っている。隆夫が水田の中に入っていくと、ようやく宮岡がこちらを向いた。

「何してるんですか」

もう一度叫ぶように言うと、宮岡はやっとエンジンを切った。

「いやあ、薬が余ったけんな。あんたんとこも消毒しといたげよ、思うてな」

「ちょっと待ってくださいよ」

隆夫は慌てて言った。

「今年一年は、勉強のつもりで無農薬でやってみようと……」

宮岡ははっきりと嫌悪感を表わした。意味もなくレバーをガチャガチャと動かしている。

「悪いことは言わん。そんなん、やめとけ。農薬や化学肥料を使わずにやれるんなら、わしらはとっくにそれ、やっとるわ。このあんたのやり方なら、飼料にしかならんようなクズ米しか採《と》れんよ。農協へ持っていって米選機《べいせんき》にかけたら、全部網の目から落ちてしまうわ」

「それならそれでかまわないんですよ。どうせうちは僕と家内と二人だけなんだし。せっかく自分で好きなように作るんだから――」

そうしゃべりながら、赤銅色《しゃくどういろ》の宮岡の顔がますますどす黒くなってくるのを隆夫は見つめた。

「何で――」

宮岡は隆夫の言葉をさえぎった。

「何であんたの趣味にわしらが付き合わないかんのじゃ」

そう言い捨てると宮岡は、アオウキクサが繁茂し、暑さでブクブクと沸いたようになっている水を掻《か》き分けて畦の上に出てきた。

「きれいごとじゃのうてな、農家も収量というもんを計算せないかん」

背中から撒布機を下ろす。

「一本の穂には、だいたい百三十粒のモミがつく。一株には十八本の穂があるとして、一坪には四十一株が植わっとる」

宮岡はまくしたてた。

「千粒の重さは二十二グラム。田んぼは三百坪として……」

登熟《とうじゆく》歩合《ぶあい》という実りの割合は、八十八パーセントなのだと宮岡は続けた。隆夫の食道を酸っぱい塊が駆け上がってきた。彼は胃の辺りを押さえた。

「この計算でいくと一反《たん》での収量は、約五百キログラムになる」

——ソロバンを弾けよ、松岡君。

忘れていた上司の声が耳の奥でした。

「そんだけ収量があったとしても、田んぼだけでは食っていかれん。それを落とさんように、質のええ米を作って、ちょっとでも高《たこ》う売れる米を作ろうとしとんのに、あんたは——」

宮岡は隆夫に指を突き立てた。

「勝手なことをするな」

それだけ言うと、宮岡は畦から道路に上がり、長靴の泥を点々とつけながら去っていった。

梅雨時とは思えない炎天に炙《あぶ》られ、隆夫は体を曲げて畦の上に吐いた。


「それは、あなたのほうが悪いわよ」

弓子はことともなげにそう言った。

「宮岡さんは親切で農薬を撒いてくださったのよ」

隆夫は信じられない思いで弓子の顔を見た。ついこの間までこの土地柄に溶け込めず、馴染めない田舎の人々の悪口を言っていたのは彼女のほうなのに。

「農薬や化学肥料を使った農産物は、見栄《みば》えはいいが、安全性には問題があるんだ。安全でおいしいものを——」

「でも、売れるほどの量が採れないと意味ないじゃない」

弓子はぴしゃりと言った。

「あなた言ってたでしょ？　頑張って作物を作って現金収入を得るんだって」

そう言いながらも、弓子の両手は忙しく動いてツルを編む。彼女たちの作る製品は産直市で、けっこうな値段で売れているらしい。今度、インターネット販売も始めるのだと言っていた。軌道に乗らない隆夫の有機農法と違い、弓子の商売のほうが順調だ。それと同時に、地域社会にもすっかり入り込んでいる。越してきた当初とは反対に、出不精になった隆夫の代わりにいろいろな寄り合いに顔を出すのは弓子のほうだ。最近では、弓子の口から「結《ゆい》」だの「講《こう》」だのという田舎特有の言葉が出るようになった。「結」は、農作業や家の行事などの時に労力の貸し借りをすること、「講」とは、地区の人々が酒や料理を持ち寄って宴会をし、この時に集めたお金で旅行をしたり、神社の修理をしたりする仕組みのことだ。

こういう行事や組織に積極的に参加していた隆夫だったが、人間関係が密になるに従って疲れを感じるようになった。

何かが違う――自分が夢見ていた田舎暮らしと、実際の生活との間に小さな齟齬《そご》を感じる。何がどうと言葉に置き換えることはできない。それは、目を逸らそうとしてもいつも視界のどこかにある小さな影のように、隆夫の生活を静かに侵し続ける。

「田舎の人ってさあ」

手を止めることなく弓子はしゃべり続ける。隆夫が渋い顔をして黙り込んでしまったことに気づかない。

「初めはつっけんどんな感じを受けるけど、根はいい人よ」

きっと弓子は隆夫を励まそうとしているのだろう。けれどもその言葉の一つ一つが、隆夫の神経を逆撫《さかな》でする。

「無愛想だけど、本当のことしか言わないからね、ここの人は。宮岡さんだってあなたの田んぼでお米の採れ方が少なかったら、かわいそうだと思ったんじゃないの？　基恵さんだって言ってたわよ。一反の田んぼからどれだけ収量があるかは、皆けっこう気にするんだって。有機農法とか言って雑草だらけにしていたりしたら、人の笑いものになるって」

笑いもの――さざ波のように広がる笑い声。

――松岡さんは、いてもいなくても同じですものね。

ああいう社会に嫌気がさしてここへ来たのに、そのコピーはここにもあった。そして、あの女性集団の中に、妻ももう取り込まれてしまっているのではないか。

ここのボスはどこにいるんだ？

「平家の怨霊？」

安雄は素っ頓狂《すっとんきょう》な声を出したかと思うと、そっくり返って笑った。九十八とは思えない色艶《いろつや》のよい肌がてらてらと光っている。

「あの木嶋校長先生のことやろ？」

ひとしきり笑った挙句、真顔になった安雄はそう問いかけてきた。

「ありゃあ、神経が参っとったんじゃと思うよ。今風に言うと、ノイローゼやな」

安雄も後藤教頭の考えに一票、というわけだ。哲弘の妻の富久江《ふくえ》が、食後の茶をそっと出してくれた。圭介は今も時々こうして哲弘のところで夕食をご馳走《ちそう》になる。今日も夕方、電話をもらって喜んでやって来た。あの夜以来、教員住宅にはあまり一人でいたくなかった。今もまた、ふと体にまとわりつく甘ったるくおぞましい匂いを嗅いだような気がして、圭介は急いで言葉を継いだ。

「うちの教頭もそう言ってました。息子さんの戦死とか、奥さんの病気とかで気鬱《きうつ》になっておられたと――」

湯呑みを口に持っていきながら、安雄が相槌《あいづち》を打つ。だが、そうは言いながらも、この老人が母屋《おもや》の入り口にミイラになった猿の手首を二本、ぶら下げているのも知っている。民宿に来る宿泊客が気味悪がるからはずしたらどうかと哲弘が言っても、安雄は頑として首を縦に振らない。これは悪霊除《よ》けなのだと言い張るのだ。

「理想の高い人、と言えば聞こえはええが――」

哲弘が中学生の頃、父兄会の会長をしていたという安雄は、木嶋校長の人柄について詳しく知っているようだ。

「まあ、尊大で頑迷っちゅうんかな。学のない田舎者たちを教育し直して導いてやろうというような態度やった。けど、あの時代の役人とか教育者には、そういう人物が多かった。こっちもそういうお偉方の言うことは、聞く振りをして適当にいなしておくというようなとこがあったし、もともと田舎は排他的やしな。しだいに校長先生が苛立ってくるのがわかった」

これだけ熱を入れているのにまるで手応えのない生徒や、いっこうに変わらない教育環境に失望していったのだという。そんな時だった。戦死の公報が届いていた息子の戦友が訪ねてきた。木嶋校長は、その男から一人息子の凄絶な最期の様子を聞いたのだった。

「それからやった、校長先生の様子がだんだんおかしなったんは。息子さんは南洋の島で無駄死にをしたんやと言うとった。負けの見えた日本軍の無理な作戦で小さな島に上陸させられ、挙句の果てに見捨てられたらしい。飢えとマラリアで苦しみ抜いて死んだんじゃ。その様子を戦友の口から生々しいに聞いた校長は、たまらんかったじゃろうなあ」

安雄はしばらく感慨にふけるように黙り込んだ。

「その頃、校長先生は一人で寺の庫裏《くり》に住んどった」

「寺の？　善久寺《ぜんきゅうじ》の？」

哲弘が今も無住のままの寺の名を挙げた。圭介は、集落のはずれにある長い石段を上った先の寂れた寺を思い浮かべた。

「今はもう本堂しか残ってないが、あの頃にはまだ庫裏があったんじゃ。家族ぐるみで越してきた先生らにはもうちょっとましな借家に入ってもろうて、自分は一人やからここでええ言うて」

「ああ、思い出した。そうや、ひどいあばら家じゃったなあ」

哲弘も膝を打った。

「あの庫裏は寺の境内というよりは、裏の森の中に建っとるというふうなあんばいやったな」

「一人息子の最期を、あの庫裏の中で悶々《もんもん》と思い浮かべとったんやろ。その頃からや。生きる気力をなくしたように無表情になったかと思うと、いきなり周囲に怒鳴り散らしたり。まるで世の中全体を恨んどるような感じやった」

哲弘と圭介は顔を見合わせた。

「あの頃、寺の石段の下に住んどった婆さんが一人暮らしを気にかけて、ちょくちょく見に行っては何かと世話を焼いておったがの……」

安雄は髪のない頭をつるりと撫《な》でた。

「婆さんの言うには、青白い顔でひどくびくびくしておかしなことを口走ったりしだして――」

「おかしなこと?」

「うん。『森の中から何かが来る』とか『自分は見張られとる』とか」

森の中から何かが来る――? 圭介はその言葉にはっとした。

「うーん、やっぱりそら、ノイローゼに近かったんやろうな」

哲弘がそう応じた。

「じゃけん、あの事件の後、平家の怨霊じゃの、おかしな噂が立ったんやろ」

この前の晩に感じた森からの黒い気配。圭介を取り込もうとでもするように、じわりじわりと這い寄ってきた形の定まらない生命体。あれには確かに意思があった。あの時のことを思い出して動悸《どうき》が激しくなってきた。あの夜は強くもない酒を飲んでいたからだと自分に言い聞かせる。そうに違いない。あまりに現実離れした出来事だった。しかし、あれ以来、圭介は暗闇と森が怖いのだ。

「それはそうと、ハガレ谷の祠はもう崩れてしもうとったな」

じっと黙り込んだ圭介の様子に気づくこともなく、哲弘は話題を変えた。

「ほうか。まあ、そうじゃろうのう。なにせ昭和の初めの頃の事件やったからな。あの祠はわしの親父らが建てたもんやが……」

「へえ、そうやったんか。そら初耳やな」

「なにせあの男、ろくな葬られ方しとらんという話やったからな。自分の親兄弟、許婚まで殺したんやから当然やろうけど、先祖代々の墓には入れてもらえず、墓地の隅のほうにただ盛り土だけして埋められたという話や」

「ほう……」

深い森の中、木の枝からぶら下がった若い女の背骨。切り払われた頭蓋《ずがい》。叢の中から空を見上げる虚《うつ》ろな目——森の中の狂気。

「おかしなもんやな。こんな静かで平和な村落で、異常な殺人事件が二件も起こるやなんて」

圭介が思ったのと同じことを哲弘が口にした。

「二十年近くも間があいとるし、何の関連もないのに」

「いや、それがな、関連がないこともない」

安雄が意味ありげにそう言う。

「えっ？」

哲弘と圭介が同時に安雄の顔を見た。

「いや、もちろん、事件そのものがつながっとるわけやないけどな」

安雄は二人の反応に逆に驚いて、ちょっともごもご言った。

「あの逃亡犯をハガレ谷で撃ち殺した猟師な、あの男のせがれが二十年後に校長先生に殺された被害者、浅井忠明さんやったんじゃ」

「ああ、そういやあ、何か昔そんな話、聞いたことがあったなあ」

のんびりと茶を啜《すす》る哲弘とは反対に、圭介の鼓動はさらに激しくなった。浅井という名には引っ掛かりがあった。図書館で読んだ古い新聞の縮刷版と本の中に、この名字《みようじ》を見たはずだ。暗くなった山の方で、名も知らぬ鳥が鋭い鳴き声を上げた。それは不吉なことが起こる先触れのように、長く尾を引いて消えた。

八十年前のあの事件のことが書かれてある本を読んだのだと圭介が言うと、安雄も哲弘も「ほう」と声を上げた。

「大沢という犯人を撃ち殺した男は、ずっと前、親父さんが言ってたとおり山の民だと書いてありました」

「へえ、そんなことまで本に書いてあったんか」

安雄は素直に驚いた。

「おとなしいが、妙に胆《きも》のすわった男やったな。あの浅井茂壱《しげいち》っちゅうんは」

本の中に浅井某とだけ書かれてあった猟師の名前を安雄は口にした。

「その頃、山の民たちはどんな暮らしをしていたんです？」

「森の中で粗末な小屋掛けをして暮らしとったようじゃ。気候や商売の都合で、森の中を渡り歩いとった。群れるということがないから、どこにどれだけの家族がおるんか、里のもんにはさっぱりわからん。山の者には山の者の生き方があったし、不文法の掟《おきて》を律儀に守っとったという話や」

「不文法？」

「そうや。あの人らはな、口から口に伝えられてきた掟を厳に守って生きてきたんやな。

あの人らはな、絶対に気持ちを荒ぶらすことがなかった。諍いを起こしたり、人を恨んだり傷つけたりすることを禁じられとったんや。温順やったけど、卑屈とは違う。たぶん、あの不文法があったせいで、つらい山の暮らしでも怒ったり嘆いたりすることがなかったんやろ」

「そうやった。木嶋校長先生に突き転がされて死んだ浅井忠明さんも、穏やかな人やったもんなあ。ほじゃけん、余計に何が原因であんなことになったんか、腑《ふ》に落ちなんだもんじゃ」

哲弘も横から口を挟む。

「そうか。あの頃はもう、集落の中に住み着いとったけど、浅井忠明さんはもともと山の民やったんやな。それでよう枡見先生を案内して、キノコの採集に付き合《お》うとったんやな」

急に枡見の名前が出てきたので圭介は耳をそばだてた。

「大沢を撃ち殺したのがきっかけとなって、山の民は集落に定住したと書いてありましたが……」

安雄は、うんうんと頷《うなず》いた。

「浅井茂壱さんが息子を連れて村に住み着いた時、忠明さんは十二かそこらの子供やった。嫁さんはもう亡くしとったな。その他にも三家族ほどが尾峨に住み着いたんや。土地もないから山を開墾《かいこん》してな、苦労したと思うで。茂壱さんは一族の頭株《あたまかぶ》でな、シシ撃ち猟の頭《かしら》でもあった。ここへ定住しても山でシシ猟をしときゃあもっと楽に暮らせたと思うけど、何でか茂壱さんらは不入森には二度と足を踏み入れんかった」

「へえ」

「この茂壱という男はなかなかの男ぶりやし、どこか凜《りん》としたとこがあったな。五十いくつかで死んでしもたけど。山の人らは病気になっても医者にかかったりはせんかった。潔《いさぎよ》うに死を受け入れるっちゅうか、そういうとこが自然と共に暮らしとった山の民らしかったな」

「不入森のことを隅から隅まで知っとる山の民の忠明さんを道案内に頼んで、枡見先生はキノコの採集をしとったわけや」

哲弘がまた話を戻した。

「そうや。受け入れたいうてもやっぱりまだ馴染みきってないところはあったし、不入森に立ち入る住民はおらんかったけん、忠明さんと親しいにして、不入森の中を歩き回る枡見先生のことを変人扱いするもんもおったよ」

「いったい何で生活費を得ていたんです、枡見先生は?」

「実家の弟さんからも援助があったようやが、立派な論文を発表されとったらしいよ。わしら、詳しいことはさっぱりわからんけどな。地衣類《ちいるい》とか隠花《いんか》植物とかの研究が科学雑誌に掲載されたりな。それで、昭和十四年に名古屋《なごや》帝国大学が出来た時に理工学部の先生にと請われて、本人も心を決めとったんやが、結局ぎりぎりになって断わったそうな。もったいないよなあ。帝大の教授先生の職を蹴るとはなあ」

「あの先生らしいなあ。やっぱり変人やなあ、あの先生」

哲弘が中学生の頃を思い出したのか、子供っぽい笑い声を上げた。

「いや、何かこの土地を離れようにも離れられんようになったようなこと言うとったぞ、枡見先生」

「それ、どういうことですか?」

思わず圭介は身を乗り出した。

「さあなあ。何か新種の植物でも見つけたんやないか、とわしは睨《にら》んどったんやけどな。戦争中もな、なんや難しい顔をして忠明さんとしょっちゅう森の中を歩き回っとったわ」

「こんな田舎町でも何人かを戦地に送り出して、戦時色一色に染まっとる時やったけん、あの二人のことを非国民やと言う人もおったな」

「新種の植物か何か知らんけど、そんな浮世離れしたもんに夢中になるのは許されんご時世じゃったから、もともと変人やと思われとった枡見先生の話に耳を傾ける人はだんだんおらんようになって。じゃけん、忠明さんだけにますます頼るようになっていったわけや」

「新種の植物って何だったんですか?」

「いや、結局終戦になっても何も発表せんかったんじゃや、先生。その代わり、木嶋校長先生に頼まれて校歌の作詞をしたんや」

「なぜ木嶋校長は枡見先生に作詞を依頼したんですか?」

「そりゃあ、中学校の校長先生と学者さんじゃもの。親しいにしとったからな。田舎もんのわしらと話すよりは文化的で高尚な話ができたんやろ。親しいにしとったからな。もしかしたら校長先生になら新種の植物のことなんかを話しとったかもしれん。校長先生ならわしらと違《ちご》うて熱心に話を聞いてくれたと思うで」

「ああ、そういういきさつで校歌の歌詞をお願いしたんですね」

このことも『廃校誌』に載せるべきかと思いつつ、圭介は答えた。

「そうや。そやのに枡見先生はその年のうちに急に亡くなられてしまわれたわけやな。何かそう思うと、あの校歌が、枡見先生が晩年を過ごされたこの尾峨へ残した最後の言葉みたいに思われてなあ。じゃけん、寂しいもんじゃや。あの校歌がもう歌われんようになるとは」

「ほんとよう。ええ歌じゃもんねえ、あの校歌」

今まで黙って聞いていた富久江がしみじみと言った。

第三章　骸花《むくろばな》

1

祥吾は暗闇で這《は》いつくばったまま、じっと目を凝《こ》らしていた。

薄ぼんやりした光が射す下の座敷が、天井板の隙間《すきま》から見えている。畳の上には、色とりどりのお手玉が乱雑に散らばっていた。床の間の掛け軸もササユリの瓶も、前に見た時と同じ場所にある。しかし、女の子の姿は見えなかった。この前、天井板を足で蹴り割って隙間を広げはしたが、まだ部屋全体が見渡せるほどの大きさではない。女の子は視界に入らない部屋のどこかにいるのかもしれない。あのお手玉の散らばりようを見ると、さっきまでここで遊んでいたという気がする。

祥吾はもう一度、割れた天井板とその隙間の寸法をじっくりと観察した。これだけあれば細い鋸《のこぎり》を差し込んで、動かすことができるだろう。祥吾はそろそろと這って後退した。今日はこの天井板を鋸で切り取って、ここから下へ飛び下りようと考えていた。その準備も整えてきていた。

常軌を逸《いっ》した行ないだ。普通なら、他人の家の天井裏にこうしてたびたび潜り込むことはもちろん、そこで破壊行為を行なうなどということは考えもしなかっただろう。だが、今はそんなことを忖度《そんたく》する気が失《う》せていた。天井裏からなら見ることができるのに、一階からは辿《たど》り着くことのできない座敷。あれは本当に存在するのだろうか。あそこで一人で遊んでいる女の子は誰なんだろう。その好奇心が、今の祥吾を突き動かしていた。

折り畳み式の鋸や、念のために持ってきたバールや金槌《かなづち》は、まとめてリュックサックに入れて押入れの中に置いてきた。今、確かにあの座敷が見えたから、あれを持って上がって作業を始めよう。祥吾は開けっ放しにしてある押入れの天井板の間から、押入れの上段にそろりと下りた。途端に、泡を食って尻餅をついた。

襖《ふすま》が開け放たれた押入れの前に、杏奈が仁王立ちになっていた。一瞬、二人は言葉を発することなく視線を絡《から》ませた。が、すぐに祥吾は力なく下を向いてしまった。今の状況を取り繕《つくろ》えるどんな言葉も思いつかなかった。

「ざけんなよ」

低い声でそう杏奈に言われて、ますます震え上がった。しばらくぶりに「杏奈のヤッてることリスト」がダーッと祥吾の頭の中に並んだ。その中に「同級生の男子を脅《おど》す」は入っているだろうか？　そのリストの最後の辺りに並んでいる恐ろしい項目を考えると、この金髪の同級生なら自分を脅すぐらい、鼻歌まじりにやってのけそうだった。

　杏奈は今日の放課後、担任の金沢に呼ばれた。進路についての面談だという。杏奈は自分たちと違って、地元の高校にすんなり進むとは思えなかった。都会から来た彼女は家庭の事情も複雑なようだし、面談は長引くと踏んだ。それで今日、これを実行しようと思ったのだ。今夜は集会所で山神講《やまがみこう》があるから、タキエもその準備で家を留守にしているのは知っていた。

「そんなとこからこそこそ天井裏に潜り込みやがって――」

　杏奈は激しているようには見えなかった。けれども、その冷静さがかえって恐ろしかった。こういうふうな脅し文句を言い慣れているといった風情《ふぜい》だ。

「あたしの部屋を覗《のぞ》いてたんだろ。このヘンタイ！」

　そう罵《ののし》られて祥吾は飛び上がった。実際には、背中と後頭部を押入れの壁でしたたかに打っただけだったが。

「違うよ！　吉田の部屋なんか覗いてない！」

　やっとの思いでそう弁明したが、カラカラに乾いた声と動揺ぶりがかえって本当だと告白したようで、情けない気持ちになった。

「嘘だね」

杏奈は冷たく言い放つ。

「この前、エアコン付ける時に、この忍び込み方を思いついたんだろ？　いつから覗いてたんだか、言いなよ」

「違うって……」

弱々しい声は杏奈には届かない。

「あたしが着替えたり、寝たりしているとこ見て、天井裏でオナってたわけだ、あんたは」

「オナる」などという恐ろしい言葉を、顔色ひとつ変えずに口にする金髪の同級生に祥吾は慄《おのの》いた。

「くだんねえ!!」

杏奈の目が吊り上がった。

「あんたみたいなヘンタイの弱み握ったって、何にもなんねえよ。ほんと、くだんねえ！」

ようやく祥吾は態勢を立て直した。

「吉田の部屋なんか覗いてないよ。僕が見とったのは、つまり……」

変態呼ばわりされるより、頭がおかしいと思われるほうがまだましだ。祥吾の頭の中で天秤《てんびん》が傾いた。

「ここにあるはずのない部屋なんじゃ」

「あるはずのない部屋ァ？」

杏奈は祥吾の言葉をそのまま繰り返した。

「何？　それ」

きょとんとした後、すぐさまゲラゲラ笑いだした。

「いくらおバカな中学生だってさ、もうちょっとそれらしい嘘がつけないわけ？」

「本当なんじゃや。そんなら吉田も上がって覗いてみたらええ」

「冗談でしょ！」

杏奈は鼻を鳴らした。

「そんな汚いとこへなんか上がりたくないね」

ここで引き下がったら、自分は犯罪者にされてしまう。祥吾は懇願するような声で言った。

「嘘じゃないって。ここから通路沿いに続いとる畳の部屋な、あの中に下からは見えんけど、上からやったら見える部屋が一つだけある」

杏奈は口をへの字に曲げたまま聞いている。

「そこにはいつも幼稚園児くらいの着物を着た女の子がおって、一人で遊んどる……」

「女の子？」

「うん、女の子。オカッパ頭の。そんで、お手玉して遊んどるんじゃや」

その言葉を言い終わらないうちに、杏奈がのしのしと大股で押入れに近寄ってきて、祥吾は脇へ飛びのいた。そのまま杏奈は、押入れの上段に自分の体を押し上げた。短いスカートがめくれて、太ももと下着が見えた。祥吾は棒を飲んだように硬直して、視線をあらぬ方向に泳がせた。杏奈は気にするふうもなく、そんな祥吾の横に立って天井裏を覗き込んだ。

「何も見えないよ。ライト！」

言われるままに懐中電灯を下から差し出す。それで天井裏をさんざん照らしてみて、杏奈は「へえ！」と感嘆の声を上げた。

「天井裏ってこんなになってるんだ！」

それから両手両足を使って這い上がろうとした。宙ぶらりんになった足が空《くう》を掻《か》く。

「ちょっと、何やってんのよ！　ぼうっとしてないで押し上げてよ」

祥吾は杏奈の両足を抱えた。びっくりするほどの肉の質感を感じて、思わず手を離す。杏奈はそんな祥吾の肩を思いっきり蹴ると、その反動で天井裏へ上がった。祥吾もリュックサックをつかんで放り上げ、後に続いた。

暗闇の中、這った姿のまま杏奈は、懐中電灯であちこちを照らしている。差し渡された太い梁《はり》やそれを支える何本もの柱の不気味な影が、右に左に移動した。上がってきた祥吾に向かって、

「ここでへんなことしたら承知しないからね」

と釘を刺す。祥吾はまた情けない気持ちになった。黙って這い進む祥吾の後ろを、懐中電灯をかざしながら杏奈はついてきた。おしゃれな制服が埃《ほこり》だらけになったがおかまいなしだ。これであの隙間から、女の子のいる部屋が見えなかったらどういうことになるだろう。祥吾はふわふわ舞い上がる埃の中で、暗澹《あんたん》たる気持ちになった。

特徴のある欠けた天井板が見えてきた。その隙間に到達する前から、かすかに歌声が漏れ聞こえてきた。それがこの前聞いたお手玉歌だと気づくと、祥吾はにわかに勢いづいて這うスピードを上げた。

やっぱりあの子はいた。さっき放り出していたお手玉の真ん中に座って、熱心に両手を動かしていた。後ろからやって来た杏奈にその隙間を譲る。杏奈は顔をくっつけるようにして穴から下を覗いた。長い間、彼女は同じ姿勢で階下の様子を見ていた。杏奈の表情は暗くて読み取れない。いきなり杏奈は頭を持ち上げた。その拍子に梁に頭をぶつけた。

「いて!」

そう言いながらも、もの凄い速さで来た道を戻りだした。匍匐《ほふく》前進する腕の動きが速すぎて下半身がついていけず、くねくねとくねっているだけのように見える。祥吾は呆気《あっけ》にとられて、獲物を見つけたコモドドラゴンのような杏奈の後ろ姿を見つめた。杏奈は押入れから下りた。杏奈の足音が畳の上を遠ざかる。祥吾はまた隙間に目を当てた。杏奈が座敷の襖を次々と開けていく音が、天井裏にまでうるさく届いてきた。当然のことながら、女の子は落ち着いたしぐさでお手玉を続けている。入り口の襖が開けられて、その子がびっくりして振り向くということもなかった。

「驚いた！」

戻ってきた杏奈は言った。祥吾のそばに腹這いになって、また食い入るように下を見ている。祥吾の体にぴったりと自分の体を押し付けるようになっていることなど、まったく意に介していない。

「言ったとおりやろ？」

うわずった声で祥吾は念を押した。

「ねえ!!」

突然、杏奈が下の女の子に向かって大声を上げた。祥吾は、あまりのことに体をのけぞらせた。

「ねえ!!」

杏奈を押しのけて下を見ると、女の子は怯《おび》えた表情で天井を見上げていた。とすると、こちらの声は聞こえているということか。女の子や座敷が、幻《まぼろし》のように出現したり消えたりする不思議さに気をとられるあまり、声を掛けようなどと思いつきもしなかったことに、祥吾は今頃気がついた。そしてすぐにそういう行動に出た杏奈に気圧《けお》された。

「あんた、誰?」

杏奈は続けてそう問いかける。女の子は声には反応するものの、何も答えない。こうなったらもうやけくそだ。祥吾はリュックサックを引き寄せて、中から折り畳み式の鋸を取り出した。パチンと伸ばして天井板の割れ目に入れる。そして、おもむろに刃を上下させた。天井板が少しずつ切れていく。杏奈もその刃の動きをじっと見ていた。割れ目から見える小さな女の子も、顔を上げて天井を見上げている。天井板の片方が切れた。祥吾は体が通るほどの大きさを目測して、もう片方に刃を入れた。もう少しで切り終わるというところで、杏奈にその切り取る天井板を両手で持たせた。また女の子の上に落ちるのを避けるためだ。杏奈は素直に祥吾の指示に従った。目の前の不可思議な出来事に気をとられて、さっき自分で言った「ヘンタイ」に命じられていることを忘れているのだ。

上屋梁《しょうやばり》に支えられていた天井板の一部がそっくり切り取られて、杏奈はそれをそっと持ち上げた。重い木切れを屋根裏に置いた途端、また主導権は杏奈に移った。大きく開いた穴に、彼女は頭を突っ込んだ。

「ねっ? あたしが見える?」

女の子がコクンと頷《うなず》くのが祥吾にも見えた。杏奈の金髪が、逆さまになった頭からバサッと垂れている。女の子はそんな杏奈の姿をこわごわ見上げているが、顔が見えた分、恐怖心は取り除かれたようだ。

「あたし、杏奈っていうの。ア・ン・ナ」

逆さまになったまま、杏奈は言った。

「あんたは何ていうの?」

女の子はしばらくそんな杏奈の顔を見上げていたが、やがて小さな声で答えた。

「ヤヤコ」

「ヤヤコォ?」

杏奈は天井の穴から一度顔を引き抜いて、祥吾と顔を見合わせた。口に出さなくても、表情が「ヘンな名前!」と伝えてくる。今度は祥吾が頭を突き出した。

「そこで何しとんじゃ」

いきなり年上の男の子が出てきて、ヤヤコは口をきっと引き結んでしまった。

「お前、一人か?」

ちょっと柔らかな口調でそう言うと、ヤヤコはコクンと頷いた。

「僕ら、そっちへ行ってもええか?」

ヤヤコは何とも答えない。そうしながらも祥吾は、開けた穴から肩口が楽に通ることを確かめた。

「ちょっとそこ、のいとってくれる? こっから飛び下りるけんな」

ヤヤコは大急ぎで散らばったお手玉を掻き集めると、後ろへ下がった。祥吾は頭を引き抜くと、今度は足をその穴にくぐらせた。昔の家でかなり天井高はあるが、下は畳だし、飛び下りて怪我をすることはないだろう。そろそろと体を下ろす祥吾を、暗がりの中から杏奈が見つめていた。腕で体重を支えられるぎりぎりのところまで踏ん張って、タイミングを取る。そして、思い切って飛び下りた。

ドサッと畳の上に落ちた。けっこうな衝撃を受けて、体は畳の上に転がった。ひどくはないが、背中と腰を畳に打ちつけてしまった。その祥吾の目に飛び込んできたのは、同じようにして下半身から穴を通り抜けようとしている杏奈の姿だった。超ミニのスカートの中身が丸見えだ。

「嘘やろ。おい、待てや」

祥吾がよける間もなく杏奈の体が落下した。

「イッテー！」

祥吾の腹の上に、まともに杏奈の尻が落ちてきたのだ。

「お前なー」

文句を言いかけて、祥吾は口をつぐんだ。杏奈が目を見張って辺りを見回している。その唇が小さく「うそ」と動いた。祥吾も杏奈を体の上に乗せたまま、ゆっくりと首を巡らせた。女の子の姿はどこにもなかった。床の間もササユリの瓶もない。杏奈がさっと立っていって、隣室へ続く襖を開け放った。古びた畳の部屋が広がっている。ここが五つ並んだ和室の真ん中の部屋だということはわかった。上から見えていたあの座敷は、下には存在しない。その事実だけは確かめられたわけだ。

戻ってきた杏奈と、まだ畳に倒れ込んだままの祥吾は、黙って穴の開いた天井を見上げた。

圭介は尾根道で立ち止まった。空は一面、灰色の雲で埋まっている。哲弘のように雲から天気を読めなくても、しだいに天気が悪くなっているのはわかった。ガスが巻いて、さっきよりも視界も悪くなったようだ。圭介は用意してきた赤いビニールロープを取り出して、山道の脇の木の幹に巻き付けた。これが帰り道の目印だ。そのロープにそっと指で触れて、湧き上がってくる不安を無理矢理抑えつけた。

もうすぐ夏休みだ。いつの間にか一学期も終わってしまう。いくら受験勉強に追われることはないといっても、中三生の進路指導というものはある。夏休み前に一人一人を呼んで進路面談をした。杏奈以外は全員がS市の高校を希望した。少し気になったのは祥吾の様子だった。同級生たちと同じ高校の名を口にしながら、どうも釈然としない態度なのだ。

「他の進路を考えているのか?」

と水を向けても「いいえ」としか答えない。もしかしたら何か迷いがあるのかもしれない。自分の意思をはっきり口にできない朴訥《ぼくとつ》な少年と新米教師とは、ぎこちない会話を続けたのだった。たった六人きりの生徒の指導もできないようでは、街の学校へ行ってからが思いやられる。今年、圭介が中三生の担任になったのは、若い圭介に経験を積ませてやろうという校長や教頭の意図があるのかもしれない。はたしてこの経験を生かして、自分は教師を続けられるのだろうか。圭介は谷から吹き上げる湿った風を全身に受けながら、ぼんやりと考えた。

特にあの吉田杏奈――。

先日、個別面談をした時に、彼女は一言も口を利《き》かなかった。どんなに水を向けても、卒業後のことになるとそっぽを向いてしまう。たった十五かそこらの少女と対話すらできない自分の教師としての能力に失望しつつ、情けない思いで杏奈の顔をじっと見つめていたものだ。

言葉の接《つ》ぎ穂《ほ》も見つからず、そうやってしばらく向かい合っていたのだったが、ふと杏奈の中の苛立《いらだ》ちが見てとれた。この子はへそを曲げているのではない。見つからないのだ。自分の未来像というものが――そう思った。きっとそんな自分が歯痒《はがゆ》いのだ。自分勝手に離婚した両親に反発してみたものの、その先にあるものが見えなくて苛立っている。そのちりちりした思いが伝わってきた。

「お前も先生と同じだな」

ついそんな言葉が口を衝《つ》いて出た。意味不明の言葉のはずなのに、杏奈がそれには反応してはっとしたように圭介の方を見た。言い繕うように話し始めたのは、自分が故障のため陸上選手に見切りをつけたという事情だった。自分でも何であんなことを杏奈にしゃべったのかわからない。アスリートをやめる時も、教師になってからも、あの時の心情を誰にも明かさなかったというのに。知らず知らずのうちに、自分が教師になったことが正しかったのかどうか、今も迷っているということまで口にしていた。教師としての自信のなさを受け持ちの生徒に露呈してしまうなんて。後藤教頭が聞いたらきっとのけぞるに違いない。

圭介が話し終えると、杏奈はやはり何も言わず、立ち上がって出ていってしまった。彼女が出ていった後のガランとした教室に、圭介は一人座っていた。不思議なことに、バカなことをしたとは思わなかった。今まで、杏奈の口から言葉を引っ張り出そうとばかり心を砕いていた。しかし、黙って圭介の話に耳を傾けていた杏奈を見ていると、彼女は待っていたんだと気がついた。父、母、先生と権威のある大人が次々と杏奈に押し付ける型どおりのものにうんざりし、何かもっと信じられる確かなものを見せてくれることを待っていたんだと。

それと同時に、自分は教師というものを勘違いしていたのではないかと思った。教導職として、聡明で識見があり、確たる信念を持った必要以上の偉物《えらぶつ》を作り上げて、そのことで逆に卑屈になってしまっていたのではないか。それ以前にある、人と人とのつながりを忘れてしまっていたのかもしれないと。自分はまったく弱い人間で、みっともなかったり愚かだったりしながらも、生きることには真摯《しんし》であればそれでいいんじゃないか。自分自身がよりよく生きようとすることなくして、人を教えることはできないんじゃないか。そういう気がした。

もっと肩の力を抜けよ。圭介は自分に言い聞かせたのだった。

圭介はまた歩きだした。

夏休み前の最後の日曜日、圭介はハガレ谷への道を辿っていた。数日前、山田安雄と交わした会話の内容が、どうにも頭から離れない。「森の中から何かが来る」「見張られている」という感覚。『シェエラザード』を聴いていた晩に感じたあの不穏な気配。まさに木嶋校長が口走り、枡見源一郎に連れられた中学生が森の中で感じたもの。そして、亡くなる直前に枡見がとった不可解な調伏《ちょうぶく》という行動。

「森の中には何かがいるんだ」

歩きながら、圭介もそう言葉にしていた。怨霊《おんりょう》などという不確かなものではない。あの時、ざらざらと圭介の神経を撫《な》でていった形あるもの。あれは何だったのだろう。

その答えがハガレ谷にあると思った。圭介は意を決して不入森《いらずのもり》に足を向けたのだ。

まず、哲弘と祥吾と一緒に来た時とは、森の中の景観があまりに変わっているので驚いた。今日は一人で同じ道を辿っているという、心細さのせいばかりではないだろう。

天候でこうも表情が違うものなのか。足を止めて振り返ると、霧が生き物のようにするすると森の中に流れ込んでくるのが見えた。引き返すべきだろうか？　その判断すらつかない。もう一本、ビニールロープを木の幹に巻くと、圭介は歩きだした。せっかくここまで登ってきたのだ。ハガレ谷まで行って、あのスダジイの向こうの、大沢正が撃ち殺された場所をもう一度見てこよう。あそこに何が潜《ひそ》んでいるのか、それとも自分の思い違いなのか、それだけを確かめてこよう。あの晩、あれほど濃く何かの気配を身近に感じたのだ。行けばきっと何らかの手がかりがつかめるはずだ。

真ん中にミヤコザサの原を挟んで二つのブナの森を抜けた。記憶のままの行程だ。きっと帰りも道を見失うことはないだろう。霧の中にもはっきりと見える赤いビニールロープを確かめながら、圭介は歩き続けた。立ち止まると、もう足が前に向いて出ないような気がしたのだ。

しかし、ハガレ谷の入り口に立って谷底を見下ろした時、その決心は大いに揺らいだ。奇形木が真っ黒い影となって霧の中に林立している。まるで墨絵の中のような不気味なモノクロームの世界だった。それでも一歩踏み出すと、森の外側を覆《おお》い尽くした蔓性《つるせい》植物の葉が、風もないのにザワザワと揺れた。マント群落と呼ばれるこれらの植物のせいで、森の中は密閉されたように無風だ。谷の中には霧がますます濃く溜まっていく。

谷の底のスダジイまでだ。あの巨木まで辿り着ければそれで気が済むのだ。あの晩のことは自分の気の迷い、さもなければ酔っていたからだと思えるに違いない――半《なか》ば祈るような気持ちで、圭介は谷の底へ向かって下りていった。湿った重い霧が圭介の動きに掻き回され、渦巻く。視界はひどく悪い。ほんの三メートル先も見えない。迷霧《めいむ》の中からふいに現われる奇形木は、地の底から湧き上がってきた魑魅魍魎《ちみもうりよう》のようだ。曲がりくねり、それでも空《くう》をつかもうとしてかろうじて上に伸ばされた腕のような枝々。幹の上の瘤《こぶ》やくぼみが苦痛に顔をしかめた人の表情に見えて、圭介は目を逸《そ》らした。

源氏の残党狩りに追い詰められ、自刃して果てようとする直前の平家の人々の慟哭《どうこく》。マント群落と霧とに閉ざされ、耳もふさがれたような状態なのに、耳をつんざく叫びが奇形木から発せられた気がして、圭介は足を速めた。一度は地面を這う根に足を引っ掛けてよろめいた。

スダジイまで――スダジイまで――。

熱に浮かされたように、それだけを呪詛《じゆそ》のように呟《つぶや》いている。

あそこまで行って、自分の勘違いを確かめて帰ろう――そのつもりだったのに、それではもう済まないことがわかった。

あの匂い――熟し過ぎた果実が虫を呼び寄せるような一種蠱惑《こわく》的な匂いが、辺りを満たしていた。

年取ったスダジイの巨木が、霧の中からぬっと姿を現わした。屈曲した幹、尋常でない方向へねじれた枝。どうやったらこんな形になるのだろうと思われる異形《いぎょう》の様態だ。耐え切れない辛苦に身悶《みもだ》えしているようだ。幹は前に見た時と同じに、分厚い苔類《たいるい》にびっしりと覆われているのだった。青、緑、灰色——いや、何かおかしい。

もっと鮮やかな色が交じっている。黄、オレンジ、桃色、紫。病んだ色だ。この野生の森に馴染《なじ》まない毒々しい色彩。圭介はつられるようにスダジイに近づいた。腐臭は息を詰まらせる。

「ああ……」

スダジイの幹回りを覆い尽くしているのは、苔《こけ》でも地衣類《ちいるい》でもなかった。夥《おびただ》しい粘菌の子実体《しじったい》だった。ミリ単位の小さな粒々の寄り集まりや、スポンジ様《よう》のもの。軸に支えられた細毛体《さいもうたい》。それらが意思を持つようにぞわぞわと動いている。悶え苦しみ、喘《あえ》ぎながら死んだ骸《むくろ》の上に咲いた千紫万紅《せんしばんこう》の花——。

全身が鳥肌だった。

まさか——粘菌がこんな動きをするはずがない。

圭介は、一歩、二歩と退いた。子実体の集まりから放たれた胞子が空中を漂い、それがこの腐敗臭の素《もと》であることに気づいたからだった。

じゅるり……

鋭利に研ぎ澄まされた圭介の神経が、音とも気《け》ともとれるものをとらえた。はっとして足元を見た。スダジイの下部は霧の中だ。しかし、そこに何があるのか圭介は知っていた。

粘性の高い不定形のものが幹の中を這い下りてくる。

にゅり　にゅり　じゅる……

また一歩下がろうとして、枯れ枝を踏みしだいた。ストンと尻餅をついた。その動きが霧を払う。圭介の目の前にスダジイの空洞《ほら》が、ぽっかりと口を開いていた。

にゅり　にゅり　ぬぅり　ぬぅり

圭介は腰を落としたまま、じっとその穴を凝視した。もう指一本動かない。

いきなり、どろどろどろと赤い筋が何本か空洞の底に滴《したた》り落ちた。圭介はびくりと体を震わせた。この前、祥吾の頰《ほお》の上に一滴だけ落ちてきた赤い粘液だ。

じゅるり……

空洞の縁《ふち》をピンク色の手のひらがぐっとつかんだ。

「ヒッ！」

圭介の喉《のど》から短い叫びが漏れた。

あそこから這いずって出てくるのは、この森のどこかに埋められて腐り果て、形をなくした平家の人々の骸なのだろうか。五本の指に力が込められ、老木の縁がぱきぱきと崩れた。しかし、五本の指と見えた朱色に近い肌色の突起物は、ぐうっと伸びてスダジイの表側の幹の上に貼り付いた。そのまま網目状に広がる。それを足がかりとして、残りの部分がぞろりと空洞から出てきた。それは人の形でも、ましてや何かの動物の形ですらなかった。ぬらぬらと濡れた濃いピンク色の塊《かたまり》は、上へ上へと仮足《かそく》を繰り出しながら這い上がっていった。収縮と膨張とを繰り返す生き物は、たった今、腹腔《ふくこう》から乱暴につかみ出された臓物のようだった。それが這った後には、赤い粘液の筋が残された。

ぬぅり　ぬぅり

呆気にとられてその生き物を見つめる圭介の口が、小さく呟いた。

「粘菌――?」

急に、そのゲル状の生き物は動きを止めた。まるで圭介がそこにいるのに初めて気づいたかのように。その気配が伝わったのか、子実体も細かく蠕動《ぜんどう》した。身を震わせる夥しい粒子は、黒ずんで膨らみ、子嚢《しのう》を破ってまた大量の胞子を散らした。プシューッという音が聞こえた。散らすというよりは、あちこちから発射するという体《てい》だった。圭介の上に原色の胞子が降り注いだ。圭介はのけぞって、自分の上にのしかかるように枝を広げた奇形木たちを見上げた。

とろけるように甘く爛熟《らんじゅく》した匂いを胸いっぱいに吸い込むと、なぜかボロボロと涙がこぼれてきた。悔し涙だった。この地まで落ち延びてきた平家一門が、山深い谷間《たにあい》で命を落とす刹那《せつな》流した涙だ。そして、接触事故の後、担架で運び出される圭介が流した涙だ。なぜ、あの時の底なしの失意と相手選手に対する憎悪が、こんなにも鮮やかに甦《よみがえ》るのだろう。

右足首に激しい痛みを感じた。アキレス腱《けん》が切れたのだ。今、自分はトラックの真ん中で倒れているのだ。他の選手の足音が圭介を避けるように両脇を通り過ぎ、そして遠ざかる。圭介は顔をしかめて半身を起こした。傷ついた足首を確かめる。そして、自分の右足首に取り付いたピンクの触手を見つけた。スダジイに体の大部分を残したまま、粘菌の塊はおぞましい腕を伸ばして、圭介の足首をつかんでいるのだった。

「うわあああっ!!」

圭介は地面から身を引き剝がすように飛び起きた。半透明のゲルの中から足を引き抜く。そして後も見ずに駆け出した。下草を薙《な》ぎ倒し、剝《む》き出しになった木の根を飛び越えて。足首にまとわりついていたねっとりとした粘菌は、自らの意思で落ちるようにするりと消えていった。粘菌に体のあらゆる部分を貪《むさぼ》り食われる幻影に、圭介は怖気《おぞけ》をふるった。

霧が行く手を阻《はば》んでいる。腐葉土に足を滑らせながら圭介は、奇形木の谷の底をさ迷い歩いた。

2

臙脂《えんじ》色のRV車が前の道に停まった。

「おお、来た、来た」

隆夫の声に、台所から弓子がちらっと顔を覗かせた。しかし、すぐに奥へ引っ込んでしまった。自慢のシステムキッチンを駆使して客用のもてなし料理を作っているのだ。隆夫は靴を履《は》いて表に出た。RV車の周りでは、早くも小さな子供たちの賑《にぎ》やかな声がし始めた。運転席から降りてきたひょろりと背の高い男が、隆夫を見て顔をほころばせた。

「やあ、松岡さん、お言葉に甘えて来ちゃいましたよ」

「どうぞ、どうぞ。待ってたよ」

車の向こうから、彼の妻が回ってきて頭を下げた。長身の男、重松健史《しげまつたけし》は、妻を「敏恵《としえ》です」と紹介した。そして後部座席から、小学校低学年から幼稚園児くらいの三人の子供を次々と下ろした。子供たちは歓声を上げながら、前庭になだれ込んできた。

隆夫の元部下だった重松から、突然電話がかかってきたのは昨日のことだった。

「妻の実家がS市なんですよ」

電話の向こうの重松は、旧尾峨町が合併された市の名前を口にした。

「今、そこに来ているんです」

隆夫が尾峨に居を構えた時、知り合いには一応、住所変更の葉書を出しておいた。「お近くにおいでの際には、是非お立ち寄りください」という常套句《じょうとうく》を添えてはいたが、まさか本当に訪ねてきてくれるとは思いもしなかった。そういえば重松はアウトドア派で、家族でキャンプに行ったり、学生時代の友人とスキーに行ったりという話をよくしていた。つまり、仕事より遊びのほうに重きを置くという割り切り型の人間なのだ。そのせいか、仕事にはあまり力が入らず、次の休みを取るために働くというようなぼんやりとした印象の男だった。だからだろう、部下には珍しく、隆夫の無能さをあげつらうということもなかった。要するに、自分と自分の家族にしか興味がないという昨今急激に増えてきたタイプの男だ。

しかし、こうして連絡をくれたことに、隆夫は素直に感謝した。広島時代の仕事仲間とは、もう誰とも親交がなくなっていたのだから。

子供たちは前庭の畑や鶏《とり》小屋の鶏《にわとり》に興味津々《しんしん》で、ひとときも立ち止まることなく走り回っている。その姿に、一度もここへやって来ようとしない息子家族、とりわけ孫たちの姿が重なる。あの子らももう少し小さければ、こうやって隆夫が作り上げた自然の楽園の中で夢中になって遊んでいただろうに。家の中から弓子が出てきた。

「まあ、まあ、元気がいいわねえ」

隆夫は、重松夫婦と弓子とを引き合わせた。

「ああ、本当に気持ちがいいですねえ。私たちも年を取ったら、こういう所でのんびりと暮らしたいわあ」

敏恵が深呼吸をしながらそう言った。

「ほんとだなあ。松岡さんにいろいろと教えてもらわないとなあ」

重松のほうも調子を合わせる。この男は仕事場にいる時よりも生き生きとしている。隆夫は思った。こんなに人の気持ちに添ったうまい物言いができるのなら、客商売の現場でももっとうまく立ち回れるものを。社交辞令が多分に含まれているとわかっていても、そういうふうに言われて悪い気はしなかった。

「さあ、どうぞお上がりください」

弓子はそう言って、玄関の引き戸を大きく開いた。けれども子供たちは、家の脇を通って裏山の方へ駆けていってしまった。

「子供らは外がいいんだ」

明るく笑って、隆夫は子供たちの後を追った。上の二人の男の子が賑やかに雑木林の中に入っていくと、セキレイが矢のように木立ちの中を飛び去った。足元のおぼつかない三歳ほどの女の子はさっそく転んでしまったが、落葉広葉樹の落ち葉が厚く積もっていて、小さな体をふんわりと包み込んだ。

隆夫はしみじみと元部下の顔を見た。重松は、ほうっておくと森の奥へ探検しに行ってしまいそうな男の子たちを呼び戻している。きっとこの男も、自分のような田舎暮らしを夢見ているに違いない。いや、重松だけじゃない。都会で暮らしている者の中には、働きづめでストレスの多い生活から抜け出して、ゆったりとした自然の中で自分らしく生きたいと望んでいる者は多いはずだ。だが、それを実践する者は少ない。農を営んで生活していくことへの不安。経済的、家庭的な理由。数々の面倒な手続きを越えて、なおかつ最終的には一種の勇気が必要になる。それらを一つ一つやりおおせて今、自分はこうして望みどおりの暮らしを手に入れたのだ。隆夫は誇らしい気持ちで、三人の子供を連れて戻ってきた重松を迎えた。

「おじちゃん、カブトムシいる?」

一番上の男の子が人見知りもせず話しかけてくる。

「ああいるさ。夜、玄関の灯《あか》りにつられて飛んでくることもあるよ」

「ほんとに?」

男の子たちは目を輝かせた。

「後で探しにいってみようか?」

そう水を向けると、子供たちは「行く! 行く!」とぴょんぴょん飛び跳ねた。女の子を肩車した重松を先頭に雑木林を出ると、弓子と敏恵とが畑の中を歩き回っているのが見えた。

「ねえ、あなた。これ、オクラだって。オクラってこういうふうに生《な》るって、私知らなかった」

敏恵が畑の中から声を掛けてくる。重松は「どれどれ」と畑に入っていった。都会から来た一家が、あまりに単純に隆夫の暮らしや作物に感激してくれるので嬉しくなり、隆夫は有機農法にこだわって作る野菜のことをいちいち説明した。子供たちにはトウモロコシを採らせてやった。

「ここのお野菜をたっぷり使ったお食事も用意しているのよ」

弓子が言うと、ようやく一行はぞろぞろと家の中に入った。

「うわあ、天井が高い！　立派な梁ですねえ」

敏恵がもの珍しそうに天井を見上げ、子供たちもそれに倣《なら》う。それから弓子自慢のシステムキッチンにひとしきり見入った後、やっと居間の座卓を囲んだ。敏恵に手の込んだ料理を褒《ほ》められ、弓子も気をよくしている。帰りは敏恵に運転させるという重松は、隆夫とビールで乾杯した。

最良の気分だった。かつてはこの重松を含め、部下の顔を見るのも苦痛だった。そんな時期があったことが嘘のようにさえ感じる。自分はここで理想の生活を手に入れたのだ。

重松の方をちらりと見る。二、三杯のビールでもう目の縁を赤くした彼は、

「下の子がアトピーでしてね」

と隆夫に話しかける。

「やっぱ安全なものを食べさせてやりたいですよね、子供には」

「そうそう。食品添加物や残留農薬の含まれていないものをね」

敏恵も相槌《あいづち》を打つ。二人は隆夫たちがここへ来たいきさつや、具体的な土地の手に入れ方などを聞きたがった。スーパーの売り場主任をしていた時分の隆夫よりも、今の彼を尊敬しているといった風情だ。そう感じると、隆夫も自ずと口が滑《なめ》らかになってくる。

「そりゃあ、僕くらいの年になってから移住するというケースは多いけど、君らのように若い時分に思い切るというのもいいんじゃないかなあ。子供たちをこういう環境の中で育てるというのは、何ものにも替えがたいものがあると思うよ」

食べることに飽きた子供たちが、開け放たれた掃《は》き出し窓から庭へ下りていくのを横目で見ながら隆夫は言った。この夫婦は本気で田舎暮らしに憧《あこが》れているようだ。

鶏小屋の金網の間に草を差し入れていた子供たちが、「わっ」と歓声を上げた。

その子らの向こうに、軽トラックが入ってきて停まる。軽トラックから降りてきたのは宮岡辰巳だった。バタンと閉めたドアの音が、彼の不機嫌さを表わしていた。宮岡はつかつかと大股に掃き出し窓の方に近寄ってきた。来客中であるという隆夫の側の事情など、目に入らない様子だ。

「松岡さん、今日はあんたが堰《せき》当番じゃったな！」

庭の中ほどを歩いてきながら、宮岡は大声を出した。

「あっ！」

隆夫が上げた声に、弓子が不安そうな視線を送る。二週間ほど前、水利組合の会合で、灌漑《かんがい》用水についての細かい取り決めを相談したところだった。今の時期は「水の駆け引き」といって、田んぼの水を三、四日ごとに出したり入れたりする作業をする。これによって稲の生育を調整するのだ。今年は空梅雨《からつゆ》で、早船川の水量が少なく、皆神経質になっている。時間ごとに堰を嵌《は》めたりはずしたりして、幹線水路から取り入れる水を調節しなければならない。その堰当番を井出掛《いでがかり》ごとに決めていた。今日は松岡がその当番だった。もう三度目の当番だったので気が緩んでいたのか、昨日、急に重松から電話をもらった途端に失念してしまっていた。

「すみません。今からすぐに……」

慌てて出ていこうとする隆夫に、掃き出し窓の前で仁王立ちになった宮岡が怒声を浴びせた。

「もうええ！　あんたの田の水は畦《あぜ》を越えて溢《あふ》れとった。水が少のうて皆が難儀しよる時に、畦道が水浸《みずびた》しじゃ。今、わしが堰を抜いて下《しも》の田へ水が行くようにしといたわ！」

「そ、それはすみませんでした。午後からはちゃんと当番を務めますので……」

隆夫は庭に下りてぺこぺこと頭を下げた。

それには答えず、宮岡は腕を組んで真正面から隆夫を見据《みす》えた。それから低い声で言った。

「あんたはしょせん、遊びなんやな」

「は?」

「あんたがやっとるのは、農業ごっこや」

「そんなことは……」

「言うとくけど、わしらの米作りには生活がかかっとんのや。あんたの――」

宮岡は太くごつごつした指を隆夫に突き付けた。

「あんたのお遊びに付き合うわけにはいかんのじゃ」

隆夫は、横目で重松をちらりと見た。一瞬目が合った重松は、気まずげに目を伏せた。

鶏小屋の前の子供たちも不穏な空気を感じ取ったのか、三人が身を寄せるようにしてこちらをじっと見ている。隆夫の頭に血がカァッと上った。

「私は遊びで農業をやっているわけではありませんよ」

弓子が背後で「ちょっと」と小さな声を掛けるのが聞こえたが、無視した。

「ただ、せっかくこうして家も畑も買って移住してきたからには、妥協せずに自分の理想の農業をやりたいと思っているんです」

宮岡はふんっと大仰《おおぎよう》に鼻を鳴らした。

「そんならどっかもっと山奥か、無人島にでも行ってやるんやな。その『理想の農業』とやらを！」

「それは言いすぎでしょう。今日、私は確かに当番の仕事を忘れましたよ。だが、たったそれだけで、私の農法にまでケチをつけられるいわれはないですよ」

「何が私の農法じゃ！」

宮岡の顔が怒りのため醜《みにく》く歪《ゆが》むのがわかった。

「有機農法じゃ、無農薬じゃとお題目を唱えてええ気になっとるのは、あんただけじゃろ。そのせいで害虫や病気にやられたら、どうしてくれるんや。あんたはここへ住み着いてうまいことやっとると思うとるかしらんが、皆、迷惑しとるんや。この土地のやり方に馴染めんのやったら、さっさと出ていってくれ！」

「あの――」

ふいに重松が口を挟んできた。

「あの、僕たちはそろそろ失礼させていただきます」

妻の敏恵に、「な?」というふうに目配せをする。敏恵も小さく何度も頷いた。

「そうね。おいしいお料理もいただいたことですし――」

敏恵はまだおおかた残っている料理の大皿をぐるりと見回して、申し訳なさそうに首をすくめた。

「あら、まだいいじゃありませんか。来られたばかりなのに」

弓子が取り繕う言葉もするすると上滑《うわすべ》りしていく。

ここも同じだ。隆夫は胃の辺りを押さえながら考えた。重松と敏恵がそそくさと帰り支《じ》度《たく》をしている。ここもあのスーパーと何も変わらない。胃の鈍痛はますますひどくなる。何のためにここに来たのだろう。どこへ行っても自分は無能だ。やっと自分らしく生きられると思ったのに、何もかもが幻だった。

憤然とした足取りで軽トラックに乗り込んだ宮岡が出ていき、その後を追うように重松のRV車が去っていく。隆夫は茫然《ぼうぜん》と見送った。背後では、弓子がさっさと後片付けをしている。

「あーあ、たくさん余っちゃったわね。このまま基恵さんたちを呼ぼうかしら」

あまりの無神経なもの言いに、隆夫はかっとなった。

「僕が宮岡さんと話していたんだから、お前が重松君たちの相手をちゃんとしろよ。彼らはいたたまれなくなったんじゃないか」

「あら、いたたまれなくなったのは、あなたが宮岡さんに怒鳴られていたからじゃないの」

さらっと、こともなげに弓子は言った。隆夫の胃がまた痛む。

「せっかく遠くから来てくれたのに、失礼じゃないか。彼らは僕たちが実践している田舎暮らしのことを、もっと詳しく知りたかったはずだ」

「私が悪いわけ?」

弓子が珍しく気色《けしき》ばんだ。

「あなたは元の部下に自慢したかっただけじゃないの? 自然に囲まれてのんびり暮らしているってポーズを取りたかったのよね」

「ポーズ?」

弓子の口から流れ出てくる言葉は止まらない。

「ポーズでしょ? だって我が家は就農してるなんてとても言えないもの。このままでいったら、今年の年収は数十万ってとこよ」

「初めに言っただろ、三年間は農業収入は見込めないって」

「じゃあ、三年間、私たちは霞《かすみ》を食べて生きていくわけ? 光熱費やガソリン代は? 年金や国民健康保険の支払いは? 住民税や固定資産税も払わなきゃいけないのよ」

隆夫は怯《ひる》んだ。まさか弓子が腹の中にこうした思いを溜め込んでいようとは。

——ソロバンを弾けよ、松岡君。

「今さらそういうことを言われても困るな。お前だってこの家のリフォームにこだわって、金を使ったじゃないか。あんなに高いシステムキッチンを入れなくても——」

「あなたはね――」

弓子の声がかぶさってきて、隆夫は口をつぐんだ。胃はしくしくと痛み続けている。

「ほんとは農業なんてたいしてしたくなかったんじゃないの？　スーパーでの仕事が自分に合わないってことは、つねづね言っていたわよね。ただあそこを辞《や》めたかっただけでしょ？　もっと言えば、あなたは元の同僚たちを見返したかったのよ。私はずっとそんな気がしてた」

隆夫は弓子の顔を見ていられなくなり、外へ目を移した。森の中でコエゾゼミが、ジー、ジッジジッジッと鳴いていた。重松の子供たちはカブトムシが採れなくて残念がっているだろう。

「スーパーマーケットでお客にぺこぺこしたり、サービス残業をさせられたりすることから解放されて、自分はここでこうしてのびのびと自然と共生してやっているんだって。これこそが人間らしい生き方なんだって。そう思い込みたかっただけよ」

それだけ言ってしまうと、弓子はせいせいしたように食器を片付けて、キッチンの流しで洗い始めた。

隆夫は掃き出し窓に腰掛けて、ぼんやりと前庭を見ていた。ああは言ったものの、弓子がここを離れたいと思っているわけでないのはよくわかっていた。今や彼女は、隆夫以上にここの生活を楽しんでいるのだから。今、ほとんど収入がないのも、口で言うほど気にはしてはいないだろう。貯金を取り崩しながらでも、三年間なら何とか暮らしていけるとよくわかっているはずだ。

隆夫が暗澹たる気持ちに陥《おちい》っているのは、この土地からも自分は弾《はじ》き出されるのではないかという恐れからだった。広島での人間関係に疲れてここへ来たのに、やはり同じ理由でここにもいられなくなるのではないか。自分はただ静かに暮らしたいだけなのに、どうしてこうもうまくいかないのだろうか。

弓子は、さっきの険悪な言い争いを忘れたようにキッチンで鼻歌を歌っている。

俺の邪魔をするのは誰なんだ？　夫をなじる弓子か？　親の様子を見に来ようともしない息子たちか？　隆夫の農法にことごとくケチをつける宮岡か？　それともこの地区の住人全員なのか？　隆夫は微動だにせずに、庭と畑とその向こうに広がる山の風景を見渡していた。

3

ビソルボンという薬液を五ＣＣ、それに生理食塩水を混ぜる清川の手元を、ルリ子は見るともなく見ていた。ネブライザーと呼ばれる吸入器の用意が出来ると、清川はスイッチを入れた。細かい霧状の薬剤が、超音波の働きで透明な吸入器のカップから出てきた。清川はそれを淳子の口元に持っていく。痰《たん》が切れやすくするために、日に一度はこの吸入療法を施すのだ。ルリ子は立っていって、吸入器にそっと手を添えた。

「じゃあ、お願いしますね。十分したら止めに来ますから」

「ええ」

看護師の清川は病室を出ていった。淳子は目を閉じてゆっくりと息をし、薬剤を吸い込んでいる。こうして目を閉じているから眠っているのかと思うとそうではなく、起きていることも多い。ただ疲れて目を閉じているだけなのだ。だが、口数は非常に少なくなってきていた。だんだん恐れているその時が近づいてきているという気がしていた。

ルリ子は淳子の落ち窪んだ目、とがった鼻先、カサついた肌、くしけずった真っ白な髪の毛を順に見ていった。あれから気をつけて淳子の全身を観察しているが、特に変わった傷があるということはない。が、あの時に見た痣《あざ》や傷跡は、兄が言うような見間違いなどではない、とルリ子は思っている。ただ、あれを西村による虐待だと思ったのは間違いだったかもしれない。自分も疲れていたのだ。弱り果て、死んでいく母を目の当《ま》たりにして取り乱していたのだろう。今はもう母の死を受け入れている。充分な会話は成立しないが、もし以前のように話ができるのならばきっと母は、

「あたしが先に死ぬのは当然のことじゃないか。そんなことでくよくよするんじゃないよ」

とルリ子を叱《しか》ったことだろう。

本当にもう一度、私をそういうふうに叱ってくれないだろうか、とルリ子は思った。今の母は四つか五つの子供に返ってしまったようだ。死の直前にこうして子供返りすることは、神様がくださった福音《ふくいん》なのかもしれない。死や病を恐れることのない幼い子供に戻っていくことは――。

ふいに淳子が両手を上げて、宙にある何かをつかもうとするようにふらふらと動かした。同時に口が何かを言いたげにもぞもぞと動いた。

「え？　何？　お母さん」

ルリ子は吸入器をはずして、淳子の口に耳を付けた。この世に残していく母の最後の言葉を一つも聞き漏らすまいと必死に耳を傾けるのだが、何も聞き取れない。そうしているうちに、ネブライザーのタイマーがカチリと止まって噴霧がやんだ。時間を計っていたのか清川が入ってきてネブライザーを片付け、カートごとゴロゴロと押して出ていった。

「何が言いたいの？　お母さん」

淳子の口元を拭《ぬぐ》ってやりながら、ルリ子は声を掛けた。淳子はもう手を動かすこともやめ、起きているのか寝ているのか、おとなしく目を閉じている。

ルリ子は窓際に置いたＣＤプレイヤーのスイッチを入れた。いつものように『家路』のメロディが流れ出した。ルリ子は小さな声でその歌詞を歌った。

遠き山に　日は落ちて　星は空をちりばめぬ
きょうのわざをなし終えて　心軽く　安らえば
風は涼し　この夕べ
いざや　楽しき　まどいせん　まどいせん

やみに燃えし　かがり火は　炎《ほのお》今は　鎮《しず》まりて
眠れ安く　いこえよと　さそうごとく　消えゆけば
安き御手《みて》に　守られて
いざや　楽しき　夢を見ん　夢を見ん

ルリ子の頬を一筋、涙が流れた。母が元気な頃、ルリ子のピアノの伴奏でよくこの歌を歌ったことを思い出したのだ。気のせいか、淳子の横顔が安らいでいるように見えた。

4

「ああ、行ってきたよ。ハガレ谷に」

哲弘は忙しく立ち働きながら、そう答えた。

「何かおかしかったでしょ？　あそこ」

「おかしい？」

哲弘が手を止めて、圭介を見た。それから続けて「いいや」と答えた。

夏休みが始まって、哲弘の民宿にも宿泊客がやって来るようになった。農林業や山の暮らしを体験してもらう農林漁家民宿への宿泊希望者は年々増えているという。昨日もさっそく、一家族をハガレ谷とそこへ続く尾根道へと案内してきたらしい。

「どういうふうに？」

哲弘は興味を惹《ひ》かれたのか、砥《と》いでいた鎌を脇へ置いて圭介に向き直った。

「あの、つまり……」

圭介は言葉に詰まった。

そんな圭介の顔をまじまじと見て哲弘は、「先生、顔色が悪いな」とぼそりと言った。

学校が夏休みに入って、生徒相手の授業をしなくてよくなったのは圭介にとっては幸いだった。夏休み直前の日曜日、一人でハガレ谷に行ってから圭介は心的な安定を欠いていた。

あの奇形木の谷の中をおぼつかない足取りで歩き回り、ようやく目印の赤いロープを見つけたのだった。そこに至るまでに、甘く饐《す》えた匂いと霧の中で、彼は忘れかけていた四年前の最後のレースで感じた、ひりひりと痛いような感情を何度も追体験していた。このまま走れなくなるのではないかという恐怖。自分の人生はもう終わりだという絶望感。それから、その原因を作った林選手に対する嫉妬と憎しみまでが、ぱっくりと口を開いた傷口から流れ出る血液のように溢れ出してきたのだ。

あの尋常でない形態の粘菌と合わせて、あの異常な体験をどのように考えればいいのか。この思いを吐露《とろ》できる相手は哲弘以外に思いつかなかった。だが、どういうふうに説明すればいいのか。自分の中にはある仮説が立っているのだが、それをうまく言葉に置き換えられなかった。そこで口を衝いて出たのは、

「哲弘さんたちが中学生の時、枡見先生に連れられて森へ行って、黒い水を撒《ま》かれたって言われてましたよね。あれ、ハガレ谷だったんじゃないですか?」

という質問だった。

「うん、そうや。ハガレ谷やった。この前、治平と秀三との話で思い出したんやが――」

「浅井という猟師が大沢正を射殺したのもハガレ谷。二十年後に木嶋校長にとり憑《つ》いたものを退治したのもハガレ谷。なぜハガレ谷ばかりなんでしょう」

哲弘は答えない。

「もしかしたら、八百年前に平家の落人《おちうど》たちが命を断って葬られたのもハガレ谷だったんじゃないでしょうか」

「さあ、それは――」

　あまりに話が飛躍したせいか、哲弘は絶句した。

「枡見先生がハガレ谷で黒い水を撒いて調伏の儀式をした時、何か哲弘さんたちに話されませんでしたか？」

「いや、とにかく枡見先生は事件の顚末《てんまつ》を聞くと、口を利くのももどかしいというあんばいで山に登っていったけんな。あの頃、枡見先生と浅井忠明さんは、しょっちゅう不入森《いらずのもり》に入って、新種の植物か何かの研究をしよったみたいやったけん、忠明さんが殺されたと聞いたら、そら先生も平静ではおれんわな。忠明さんは先生の右腕やったから」

「枡見先生が見つけた新種の生物って、粘菌のことじゃないんですか？」

　そう言うと、哲弘は「うーん」と唸《うな》って空《くう》を見上げた。圭介は覚悟を決めて、先日、自分一人でハガレ谷に行った時に見た粘菌の奇怪な様態のことを一気にしゃべった。

「きっと枡見先生は、あの粘菌に気づいていたんだと思います。あの谷の底で変異した粘菌に」

　年を重ねたブナの木々を、ことごとく奇形木に変えてしまったあの深い谷――。

「そんなら枡見先生は、その粘菌を退治したわけか。なんでや。その粘菌はいったい……」

　圭介は哲弘のそばに膝をついた。

「そこですよ。枡見先生は研究の途中で、山の案内人であり、相談相手でもあった忠明さんを失ってしまい、ご自分も急死されてしまった。でも粘菌の性質を知る鍵は残されています。それが大沢正の射殺と木嶋校長が犯した事件です。あの二つの事件は、ただの偶然じゃないんじゃないでしょうか?」

「と、言うと?」

「あれは大沢正の復讐だったんじゃないでしょうか? あまりに狂気にとらわれ恨みが深すぎたから、彼の念が残ったのではないかと思えてきたんです。そしてもし、それを受け継ぎ、二十年も経ってから木嶋校長にその復讐心を伝えたものがいたとしたら――」

「それが――粘菌?」

「そうです。森の中からやって来て木嶋校長にとり憑き、あの行動をとらせたのは、怨霊なんかじゃなくて、粘菌なんじゃないでしょうか? 迷信に基づいたあやふやなものじゃなく、核分裂と細胞の成長を繰り返し、大型のアメーバ状生物に成長する粘菌。そいつが地中を伝ってやって来る。ハガレ谷の森の中から」

圭介は教員住宅での異常な体験も告白した。

「僕自身、半分以上はまだ信じられないんです。でも見てしまったんですよ。ハガレ谷で這い回るおかしな粘菌の塊を。あれを見た時思ったんです。木嶋校長が『森の中から何かが来る』と言ったのは粘菌のことを指しているんじゃないかと」

哲弘はじっと耳を傾けていた。この山を知り尽くした博学の人は、このいかにも荒唐無稽《こうとうむけい》な話をどう判断するのだろう。じっと考え込んだ哲弘に、圭介は言葉をついだ。

「以前、祥吾と粘菌について調べてみたことがあるんです。粘菌には優れた情報処理能力と、物事に柔軟に対処する能力とがあるんです」

圭介は哲弘の顔をちらりと見た。腕組みした彼からは何の感情も読み取れない。

「それに、変形体と子実体という二つの形態を無限に繰り返す粘菌には、生死の境界もないんです」

圭介は舌で唇を湿らせた。

「だから、つまり、その――」

こんなことを大真面目にしゃべっている自分は、さぞかしばかげて見えるだろうな。しかも、これから口にしようとしている事柄は、もっともっと突拍子もないことなのだ。それでもこの推理は、自分の胸の内に留《とど》めておくには大きくなりすぎた。どうしても哲弘に話して理解してもらいたかった。

「その変異した粘菌は、記憶することができるんじゃないでしょうか」

「記憶――?」

哲弘の片眉がぴくりと上がった。先を促しているのだ。自分を鼓舞して、圭介は続けた。

「ずっと昔の人の気持ち。たとえば無念だとか憎しみだとか怨念、そういった負の心情を粘菌が受け継ぐことができるとしたら？　それをもたらした人間の寿命は尽きてしまった後まで。ある意味、粘菌は不死ですから」

そこまで一気に言ってしまって、圭介はふうっと息を吐いた。

「粘菌の研究は、南方熊楠以降、しばらくはほとんど手付かずの状態でした。熊楠も数多くの粘菌を採集して分類し、同定しましたが、奴らの性質にまで研究が及ばなかった――」

「奴ら」と言ってしまってから、圭介は身震いした。土の中で、ひっそりと生き、狂気を熟成させていた黒い塊。その内部で、速い原形質流動を行ない、境界のない個体がくっついたり離れたりしながら、奴らは囀《さえず》るように相談していたのではないか？　自分たちが守り温めてきたおぞましい記憶を伝達する相手を選んでいたのではないのか？

「人間だけが進化したと思っているのは、人間だけかもしれませんね」

祥吾が言った言葉を、圭介はそのまま口にした。

「つまり、八十年前に撃ち殺された殺人鬼は、自分を殺した猟師の子供に復讐したわけか」

一度言葉を切ってから、哲弘は続けて言った。

「粘菌がそれを実行させたと――」

二人は黙り込んだ。雑木林の中のどこかの水辺で囀るミソサザイの声が響いてきた。日本最小の鳥、十センチほどの体に似合わない、思わぬ大きな鳴き声だ。その声にうっとりと耳を傾けているがごとくに、圭介と哲弘は静かに向かい合って座っていた。が、心の中には、ハガレ谷から吹き上げてくるみぞれ混じりの冷たい風が吹きすさんでいた。

「先生の考えが合っとるとして――」

哲弘は慎重に言葉を選んだ。

「なんでまたそいつは動きだしたんじゃ？　なんで先生にとり憑こうとしたんか？　木嶋校長先生の時みたいに」

その言葉に、はっとしたようにミソサザイの声がやんだ。

「なぜまた六十年も経ってから、森の中から粘菌がやって来たんやろ」

「――わかりません」

圭介は力なく言った。

「あのな、先生。もしハガレ谷の粘菌が、あの殺人犯、大沢正の記憶を受け継いで、浅井の一族を恨み、根絶やしにしようとしとるんなら、もう心配せんでええ」

「は？　なんでですか？」

「浅井忠明さんに子供はなかった。あの人も茂壱さんの一人だけの子供やったから、忠明さんで浅井の血筋は途絶えてしもうたんじゃ。つまり――」

　哲弘は圭介の方へぐっと身を乗り出した。

「大沢の復讐は完結したんじゃ」

「ああ……」

　その後に、何と続けていいのかわからなくなって、圭介は言葉を呑んだ。

「ただな――」

　哲弘は言葉を継いだ。

「先生は誤解しとるよ」

「は？」

「原生動物が行なう行動は己《おのれ》の生存に関することだけや。どれほど環境に適応して生き延び、子孫を残すかということだけ。それが常に本能の指し示す方向なんやと、わしは思う。憎んだり復讐したりするんは人間だけじゃ」

　哲弘は、それだけはきっぱりと言った。

　圭介は全身の力が抜けていくのがわかった。ひどく疲れていた。ただ哲弘が、まともに自分の話に耳を傾けてくれたことには感謝していた。

　家の前の道の方から、ガヤガヤと賑やかな話し声が聞こえてきた。圭介と哲弘の間にピンと張っていた空気が緩んだ。二人が顔を振り向けると、石本治平と山本秀三、それに秀三の孫の祥吾と夏樹までが一緒にやって来るところだった。

「あれー、先生、何しよるん、こんなとこで」

夏樹が呑気《のんき》な声を上げる。

「いや、金沢先生はいつだって、山田の爺ィ《じじ》のところへ入り浸《びた》っとるんさ。こんな山の中じゃあ遊びに行くとこもないし、若い娘と遊ぼう思うても、婆ァ《ばば》ばっかりじゃし」

圭介が答える前に治平が言った。祥吾と夏樹が笑い声を上げた。

「何事ですか？　皆さんお揃いで」

「いやなに、ここの宿泊客のために、夏には毎年ソーメン流しをやるんでな。竹を伐《き》り出してきて、ソーメンを流す樋《とい》を作るんじゃ。こいつらは暇そうにぶらぶらしとったから連れてきた」

そう秀三が言うと、夏樹が「強制的に」と付け加えた。

それでも、民宿のすぐ裏にある竹林から太い孟宗竹《もうそうちく》を伐り出し始めると、祥吾も夏樹も楽しそうにその作業に没頭した。圭介も伐り出した竹を庭に運び込むのを手伝った。老人たちは、慣れた手つきで適当な長さに切り揃えた青竹を鉈《なた》で縦に割っていく。こういう時、長年山仕事に携《たずさ》わってきた老人たちの手際のよさと、とても年寄りと思えない体力を思い知る。鋸で青竹を伐るにしても、圭介や中学生たちは何度も刃を往復させなければ伐り落とせないのに、老人たちはあっという間にそれをする。半分に割られた竹の中のフシも、ノミでさっさと取り払われる。

作業が終盤に近づいた頃合に、家の中から富久江が顔を出した。

「皆さん、ご苦労さんです。お茶にしますか？　おチャケにしますか？」

「そらあ、やっぱりなあ――」

治平がそう答えると、富久江はホホホと笑って家の中に引っ込んだ。青竹の樋を民宿の軒《のき》の下にずらりと立てかけた頃には、一升瓶と湯呑み茶碗が出てきた。子供たちには茹《ゆ》でたてのトウモロコシが出て、圭介もそれに手を伸ばした。トウモロコシの粒を口の中で嚙《か》み潰《つぶ》すと、甘い汁が口の中に広がった。祥吾と夏樹も夢中で頰張っている。

学校では、中三生を対象に補習をやっている。三年生たちは補習を受けながらも、合格倍率の低いS市の高校にはもう受かったような気でいる。しかし、こうして山里でのんびり育ったこの子らが、尾峨に留まることはほとんどない。若者はどんどん地元を去っていき、この地区もご多分に漏れず過疎という問題を抱えている。中学が廃校になれば、この傾向には拍車がかかるだろう。

圭介はトウモロコシにかぶりつく祥吾の顔をちらりと見た。最近の祥吾には、以前はあったあっけらかんとした子供っぽさがなくなった。それが何に起因するのか、圭介には見当がつかない。ただの少年の成長過程というものなのか、進路について思い悩んでいるのか、それとも別の何かに気をとられているのか。

別の何か――？

「おーい、そこの中学生！」

治平が祥吾と夏樹を呼んだ。もう完全に酔っ払っている。

「ここへ来て、尾峨中の校歌を歌ってみろ！」

祥吾と夏樹は顔を見合わせて、「えー」と言っている。その後秀三にも促されて、しぶしぶ二人は腰を上げた。

「ほれ、先生も。三人でここへ並んで」

「え？　僕もですか？」

秀三が三人の手を引っ張ってきちんと整列させた。哲弘と治平が拍手をする。それにつられて富久江も顔を出した。

「それでは、尾峨中校歌、せーの！」

治平の音頭で三人は校歌を歌いだした。

「声が小さいぞ！」

秀三に茶々を入れられ、夏樹がヤケクソで声を張り上げた。二番まで歌い終わって、圭介が芝居じみた礼をすると、三人の老人は「へ？」というふうに口をぽかんと開けた。

「もう終わりか？」

「ちゃんと歌ったやろ！」

夏樹が口をとんがらせる。

「いや、待て、待て。三番までちゃんと歌え」

「三番？」

今度は圭介たちのほうがきょとんとした。

「尾峨中の校歌は二番までしかありませんよ」

「嘘やろ」

「わしらはちゃんと三番まで歌っとったぞ」

老人たちは口々にそう言った。

「この校歌、三番まであったんですか？」

「そうや。確かに三番があった」

「ええっ!?　ほんとに今はないんか。わし、いっつも三番歌わんのは長いけん省略しとんやとばっかり……」

「わしもそう思うとった。自分の子供らの入学式や卒業式では、わざと二番で止めよるんかと思うとったわ」

「そんなら爺ちゃん、歌ってみいや」

夏樹にそう突っ込まれて、秀三は目を白黒させた。

「おい、お前、覚えとるか？」

「うーん」

治平も哲弘も考え込んでしまった。

「何せ六十年も前のことじゃろうが……」

「無理やな。頭の中に霞がかかってしもうとる」

「何か、この土地に関係があるような……なんとか色みたいな……なんかそんなようなことが歌い込まれとったような気がするけどな」

「なんじゃそれ。土地とか色とか全然わからん！」

夏樹がケラケラと笑う。だが圭介はにわかに興奮してきた。

「本当なんですね。校歌が作られた時には三番まであったというのは？　おい、これは大ニュースだぞ。もし三番の歌詞を見つけ出すことができたら。そして、それを『廃校誌』に載せられれば」

ぽかんとしたままの祥吾と夏樹の肩を、圭介はパンパンと叩いた。

「きっと、学校に残っている古い資料のどこかにあるはずだぞ。枡見先生が三番まで作詞して、実際に歌われていたことがあるんだったら」

夏樹は「はあーあ」と呆《あき》れたような大仰なため息をついてみせ、祥吾は心ここにあらずといった体《てい》で空を見上げていた。

5

祥吾と杏奈は天井裏に体を横たえて、下の座敷を見下ろしていた。この前鋸で切り取ってしまった天井の穴は、大きく口を開いている。二人が同時に覗き込めるほどの大きさだ。しかし、二人が見下ろしているのはタキエがただ「寝間《ねま》」とだけ呼んでいる、床の間も何もない殺風景な狭い畳敷きの部屋だ。

「どう思う?」

杏奈は祥吾に問いかける。部屋からの薄い光に浮かぶ祥吾の顔を、杏奈はちらりと見やった。

「僕の考えはな――」

もったいぶって、そこで祥吾は言葉を切った。

あたし、何してんだろ。杏奈は思った。こんなガキと顔をつき合わせて、天井裏で寝そべっているなんて。

でも――。

不本意ながら、そうする価値は充分にあるとも思う。この前杏奈は、確かにここから、ここにはない部屋を見た。そして、そこには幼い女の子がいた。絶対に見間違いなんかじゃない。東京でもやったことはなかったけど、まるで悪いクスリでトリップでもしたような体験だった。

「この天井裏からだけ見える、異次元の世界なんじゃと思う」

「は？　イジゲン？」

「つまり、あの部屋はどこかに存在するんや。もちろん空間を越えて。それはお前にもわかるやろ？　だって実際にこの下には、あんな部屋はないんやから」

お前にもわかるやろ、だって？　何でこんなやつにあたしがこんなことを言われなきゃならないわけ？　こんなとこじゃなきゃ、蹴りを一発入れてるとこだけど、それは何とか我慢した。この前のように梁で頭を打ったのではたまらない。

「この穴は、あの子がおる部屋につながっとったわけや」

「どうやって？」

つい祥吾の言葉に釣り込まれてしまう。杏奈は小さく咳払《せきばら》いをした。今のところ、このニキビ面《づら》の同級生としかこの秘密を分かち合えないんだから仕方がない。二人で申し合わせたわけでもないのにあの時体験したことは、杏奈も祥吾も誰にも伝えていなかった。未だに信じられない、というのが二人ともの本音だった。それから毎日のように、杏奈は押入れからここへ上がってきたけれど、あの時に見た部屋も女の子も二度と見ることはできなかった。

「どうやってかはわからんけど……」

ついに我慢できなくなって、杏奈は祥吾の脇腹をげんこつで強く突いた。祥吾は「うっ！」と情けない声を出した。

「そこまでごたくを並べたんだから、もうちょっと脳みそを働かせなよ」

「どうやってつながっとったんかはわからんけど、ここに穴を開けて飛び下りたやろ、僕ら。きっとあの行為が、つながっとったトンネル――ていうかどうかわからんけど――それを切ってしもうたんやと思う」

「ふーん」

杏奈はその考えを頭の中で素早く検証した。曖昧《あいまい》ではあるが、おおよそそんなもんじゃないだろうかと自分でも思った。

「あんなことせずに、もっとここからあの子としゃべっとけばよかったなあ」

杏奈はそう言うなり、頭を穴から下へ突き出した。

「ヤヤコちゃーん！」

もちろん返事はない。

「で、どうする？　これから」

「ここをふさいどいて、様子を見てみようや。穴を開けたんも何かの影響を与えたんかもしれんし」

「トンネルに?」

「そう、トンネルに。それぐらいしか思い浮かばんわ」

「じゃ、そうしよう」

祥吾は、この前切り取った天井板を元の位置にそっと戻した。天井板の裏には別の板を打ち付けてある。その新しい板のほうの寸法をちょっと長くしてあるのだ。それが引っ掛かりになって天井板は下に落ちない。さっき土間で、その簡単な細工をしている祥吾の手元を杏奈は感心して眺めたものだ。こんな応急措置では、もしタキエが下の部屋から見上げでもしたらすぐにばれてしまうだろう。しかし、そのことよりも、もう一度あの女の子に会いたいという気持ちのほうが強かった。

「どれくらい待てばいいと思う?」

そんなことを祥吾に聞いても仕方がないと思いつつも、そう聞かずにはいられなかった。案の定、祥吾は「さあ」としか答えない。

「あんたじゃ話になんないね」

杏奈はずばりと言った。

「ほんなら誰かに相談する?」

怒りもせずに祥吾は答えた。むしろそうしたいといった風情だ。杏奈が「そうだね」と言うのを待っているように、祥吾は暗闇の中からじっと杏奈を見つめてくる。杏奈の頭の中には担任の金沢の顔が浮かんでいた。それを祥吾に気取《けど》られないように杏奈は考え込んだ。

夏休み前に、金沢に呼ばれて個別面談をした時のことを思い出していた。彼は黙り込む杏奈に、自分が陸上競技の選手だったことを語り始めた。そして、その時に味わった挫折感や絶望感のことも。身の上話なんか勘弁してよと思いながら聞いていた杏奈だったが、いつの間にかその話に引き込まれていた。

金沢は正直に、自分は教師には向いていないのだと言った。そういう事情で、教師になりたくてなったんじゃないのだと。訥々《とつとつ》としゃべる金沢の話を聞いていて、ああ、この人も自分の中の芯を折ったんだと思った。あすみと付き合うことで、「いい子」から「悪い子」へひょいと飛び移った時に、杏奈が折ったのと同じものをこの人もぽきんと折っちゃったんだ。

それがよくわかった。折れ曲がった自分をもう一度ピンと立たせようと四苦八苦してる。あたしと同じだ。

「なあ、どうする？　先生に言ってみよか」

祥吾にそう持ちかけられて杏奈は我に返った。

「冗談じゃないよ。あんな奴に言えるわけないじゃん」

しかし杏奈の口からは、ついそんな言葉が出た。暗闇の中で落胆する祥吾の顔が見えた。


二人はまた天井裏を這い進んで押入れから外に出た。

「おい、当分、あそこの板を動かすなよ」

祥吾に言われて、杏奈は素直に「うん」と頷いた。それだけではなく、祥吾が道具類の入ったリュックを肩に掛けて土間から出ていこうとした時、

「んじゃあね」

などと言ってしまった。とびきりの不思議を二人で経験し、今もそれを二人の胸の内にしまっているという状況が、何となく杏奈と祥吾を親密にしていた。

それに気づいた杏奈は「バカみたい」と呟いたが、いつものような毒がこもっていないのは自分でもわかっていた。


祥吾は、ひとり坂道を上がっていった。

セミの声が森の中から湧き上がってきている。森のそばでは美しいミドリシジミが、自分のテリトリーを守るために卍《まんじ》飛翔と呼ばれる舞うような飛び方を見せていた。

終業式が終わって下校する時、杏奈が祥吾を呼び止め、そっと囁《ささや》いたのだ。「あの部屋もあの子も、あれから出てこないよ」と。その事実を告げた杏奈はひどく幼く見えた。その時初めて、杏奈も自分と同じ中三生なんだなあなどと思ったものだ。しかしすぐ、「ち

ょっと聞いてんの？」と杏奈に低い声で言われて、祥吾はやはりしどろもどろになったのだが。

そして今日、タキエの留守を狙って杏奈とともに天井裏に潜り込んだというわけだ。

「祥吾！」

中学校の校門前を通り過ぎようとして呼び止められた。偶然にも、金沢がショルダーバッグを肩に校庭を横切ってくるところだった。

「どこへ行っていたんだ？」

そう問われて、「いや、ちょっと」と言葉を濁した。金沢は祥吾と並んで歩き始めた。教員住宅は祥吾の家と同じ方向にあるのだ。

「今な、佐々木と一緒に学校中の資料、ひっくり返して調べてたんだ」

祥吾は何のことかピンとこなかった。

「どうしても見つからないんだ、三番」

ようやく、金沢が亜美と校歌の三番の歌詞を捜していたんだと思い至った。祥吾は校歌の三番があろうがなかろうが、たいして関心はなかった。来年の春には歌われることのなくなる校歌の三番を、今頃になって見つけようとするなんてばかげている。

「あれから哲弘さんたちも気になったらしくていろいろ聞き合わせてくれたんだけど、どうも三番が歌われていたのはごくごく初期の――いや、それこそ校歌が出来た時分のみだということがわかった」

祥吾の気持ちなどおかまいなしに、金沢はしゃべり続ける。

「枡見先生と三好先生が作ってくれた校歌の、どうして三番だけが歌われなくなったんだろう？」

祥吾は、「わかりません」と小さく答えた。今日は、こんなはっきりしない答えばかりしている。

「なあ、祥吾——」

金沢は足を止めて祥吾に向き合った。祥吾も仕方なく立ち止まった。

「この前、一緒にハガレ谷へ行った時な」

祥吾ははっとした。

「お前、粘菌が逃げたって言ったよな」

「はい」

「あれ、本当に粘菌だと思うか？」

祥吾は答えない。どう答えていいのかわからなかった。見たのは確かに粘菌だと思う。枝分かれした、ねっとりとしたゴムのような塊。森の中で見たものよりも数倍大きく、信じられないほどの速い動きをしていた。それは膿《うみ》のような赤い粘液を滴らせながら、肉襞《にくひだ》のごとくに体を波打たせて空洞の中に消えていったのだった。あれは粘菌の変形体に間違いなかった。しかもあの直後、谷を包み込んだ背筋が凍りつくような気味の悪さ。まるで邪《よこしま》な陰謀が張り巡らされたような気配を感じたことを、どう言葉に置き換えればいいのか。あの時に哲弘から聞かされた凶悪犯罪者の最期と、どうしても結びつけて考えてしまう。いやそれどころか、黒い連想は後に聞いた木嶋校長先生の事件まで絡《から》め取る。

いつの間にか、どちらからともなく二人は歩きだしていた。それからは一言も口にすることなく教員住宅の前にまで行き着いた。

「じゃあ」

と言った金沢は、それでも家に入ろうとせず祥吾を見つめたまま立ち尽くしている。何かを言おうかどうか迷っているといった表情だ。

「先生――」

しかし、口を開いたのは祥吾のほうだった。

「今、吉田の家に行ってきたんです」

「そうか」

「吉田の住んでいるあの家なんですけど……」

そこまで言って、祥吾は言葉に詰まった。何を口走ろうとしているんだ？　先生がハガレ谷のことなんか持ち出すからだ。もうとっくに忘れていたのに。あの不思議な少女の存在は、杏奈と二人で共有するには重すぎる。誰か大人に打ち明けたくてたまらなかった。

だが杏奈はそれに反対したのだ。ここで金沢にしゃべるわけにはいかない。

「いや、何でもないです」

「そうか」

そこで二人は別れた。金沢も祥吾も、お互いに持て余した何かを腹の底に沈めているということだけはわかり合えた。


隆夫の田は、見事にツマグロヨコバイにやられた。ツマグロヨコバイの成虫は体長五ミリくらいの緑色の体をしている。穂の中の汁を吸ってしまい、実が入らないモミを多発させる害虫だ。これを捕食してくれるはずのアオガエルはどこへ行ってしまったのだろう。スカスカのモミを指で潰しながら、隆夫はぼんやりと考えた。自分一人が無農薬にこだわったってダメなんだ。周囲で農薬を撒《ま》かれたら、アオガエルも益虫のアメンボも死んでしまう。

隆夫の田の中には稲によく似たヒエがたくさん生え、今や稲田なのかヒエ田なのか見分けがつかなくなっていた。きっとこういう田のことを、弓子が言ったように「人に笑われる」というのだろう。もはや田の中に入って一本一本ヒエを抜く気も起こらず、隆夫はとぼとぼと山道を帰っていった。

「ねえ、早く支度をしてよ。時には皆さん集まるんだから」

黒い喪服の上にエプロン掛けをした弓子が、きびきびと立ち働きながら言う。隆夫は朝食の食卓に着いた。最近は胃の調子が悪く、あまり食が進まないが、長い一日になりそうな今日はしっかり腹に入れておかねばならない。近所の家で葬式があるのだ。この地区には、冠婚葬祭で下働きをする隣組というものがある。その隣組が通夜と告別式の手伝いをするのだ。夫婦者は必ず二人で出るようにあらかじめ決まっている。会社勤めの者も文句も言わずに会社を休んで来る。

「お香典はいくら包めばいいのかしら」

箸《はし》を持ったままぼうっとしていた隆夫は、ゆっくりと頭を巡らせて弓子の方を見た。

「一万円は包んでおかないとダメなんじゃないか？」

「そうよね。恥ずかしい思いをしたらいけないものね。多すぎて文句を言う人、いないでしょうしね」

隆夫は箸を置いて深々とため息をついた。昨日の通夜も朝早くから手伝いに行った。女たちは台所で通夜の際の食事の支度をしたり、家の中の片付けをしていた。時折、女たちの笑い声の中に弓子の声が混じる。亡くなったのは八十九歳の老人で、死を悼《いた》むというよりは、大往生を祝うという雰囲気に満ちていた。忙しく働く女たちにひきかえ、男たちはあまりすることがない。通夜までかなりな時間があるというのに、簡単な打ち合わせが終わると後はただひたすらに酒を飲む。隆夫の属する隣組には炭焼き体験会のメンバーも、田を貸してくれている山城もいない。近所の人でも隣組が違うと線香も上げに来ない、というしきたりを初めて知った。ここに来た当初は、早くこういうことを覚えてこの地に溶け込もうとしゃかりきになっていたけれど、今はもう、そんなふうには思わなくなってしまった。

心が鈍くなって何も感じなくなってきた。情動がなくなると同時に、仕事に対する意欲も、美しい自然に感動することもなくなった。隆夫はじっと目の前の酒のつまみを見下ろしていた。食べ物の味すら覚束《おぼつか》なくなってきていた。いったい、自分は何のためにここにいるのか。

ふいに手に持った湯呑みに酒が注がれ、隆夫は反射的に頭を下げた。隣組のその老人は酒を注ぐだけ注いで、一言も声を掛けることなくすうっと離れていった。以前から地区の住民との間に感じていた薄いベールは、どんどん厚くなっていくような気がする。

「あの――」

隆夫はカラカラに乾いた声を上げた。びくんとしたように話し声が静まり、皆が隆夫の方を注目した。

「あまり用事がないようなら、また通夜の時間に出直してくることにしましょうか」

意味のない酒盛りが苦痛でそう言った。すると、

「組内の衆というのは、用事があるから来て、用事がないから帰るというもんじゃない。

用事があろうがなかろうが、詰めているもんだ」

とぴしゃりと言われた。

あれと同じことが今日も起こるのかと思うと気が重い。隆夫はのろのろと腰を上げた。

有り難いことに、告別式のほうは手持ちぶさたになることもなく、とんとんと進んだ。斎《とき》の食事まで済ませて家に帰り着くと、体中の力が抜けた。後片付けを手伝って、少し遅れて帰ってきた弓子は疲れも見せず、

「どうします？　お茶漬けでもこしらえましょうか？」

と問いかけてくる。

「いや、いいよ。少し横になる」

隆夫が自室に向かおうと廊下に出た時、玄関の引き戸がガラガラと開いた。

「ごめんください」

入ってきたのは、さっきまで一緒にいた隣組の老人だった。「用事があろうがなかろうが、詰めているもんだ」と通夜の席で隆夫に苦言を呈した本人だ。まともに目と目が合い、今さら引っ込むわけにもいかず、隆夫は「はい」と玄関口まで歩いていった。

「これ」

老人は、無造作に香典袋を差し出す。意味がわからず、隆夫は反射的に手を出した。自分が包んで持っていった香典袋だった。

「あんた、いくら包んだ?」

ぶっきらぼうにそう問われても、まだ理解できないで首を傾《かし》げた。

「うちの組の香典は、一律三千円と決まっとる。勝手に過分に包まれては困る。あとあとのことがあるけん、わしが代わりに返しにきた。香典包みたかったら、決まった金額を明日届けておいてくれや」

能面のような顔でそれだけ言うと、老人はすたすたと帰っていった。香典袋を持つ手がワナワナと震えた。顔を出さずに居間の入り口で聞いていたらしい弓子が、

「三千円でいいの。ずいぶん安いのね」

と、あっけらかんと言いながら出てきた。

「お香典の額まで決まってるなんて知らなかったわ。お手伝いの途中にでも誰かに聞いてみたらよかったわね。いいわ、明日、三千円、包みなおして持っていくから」

奥へ引っ込んだ弓子の後をついて行って、隆夫はダイニングテーブルの上に香典袋を叩きつけた。弓子がはっとして振り向いた。

「当てつけだ!」

「何が?」

「僕たちが香典の額を知らないのは、隣組の連中は知っていたはずだ。それなのに、あんなに長い時間暇を持て余している間、誰一人として教えてくれなかったじゃないか! 僕

たちが失敗をおかして恥をかくのを待っていたんだ」

弓子がいきなり高い声で笑った。今度は隆夫のほうがぎょっとして弓子を見返した。

「考えすぎよ。どうしてそう悪いほうへとるのよ」

「いや、それがあいつらの目論見《もくろみ》なんだ。僕らを除《の》け者にしようと画策しているのさ」

「僕ら?」

ふいに真顔になった弓子が言う。

「そんなこと考えるの、あなただけよ。言っとくけど、私は除け者になんかされてないから。だいいち、田舎の人は裏表がないって言ったの、あなたでしょ?」

隆夫はぐっと詰まった。そこまで言うと、これ以上言い争うのはごめんとばかりに弓子は背を向けた。

隆夫はぐっと拳《こぶし》を握り締めた。弓子はもう向こうに与《くみ》しているのだ。

――等級づけをやっているんだ。

――こいつは仕事ができないと踏むと、絶対に言うことを聞かないぜ。

隆夫は、込み上げてくる吐き気を抑えるために口に手をやった。弓子の背を見据えながら後ずさる。そしてなんとか廊下に出ると自室に向かった。電灯を点《つ》けずに布団の中に潜り込んだ。怒りのために目が冴えて眠れない。目を閉じても瞼《まぶた》の裏に、ヒエだらけの田、畦を越えて流れ出す水、野辺送りの葬列の先頭を行く五本の幟《のぼり》、青田の向こうからじっとこちらを見つめる金髪の少女。そういった情景が、次々と浮かんでは消えた。

隆夫は寝返りを打った。

その時、窓の外に立っている人影が目に入った。隆夫は、はっとして目を凝らした。ぼんやりとした門灯がかすかに窓の外を照らしている。その光に浮かび上がる人影。隆夫が身を起こすより前に、その人影はぐっと窓に近寄ってきた。両の手が持ち上げられて、くもりガラスの向こうにペタリと貼りついた。隆夫はくぐもった短い叫び声を上げた。こんな時分に誰なんだ？

両手の間に今度は顔がくっついてきた。目鼻立ちははっきりしないのに、妙に赤い唇だけがガラスにぴったりと密着している。それが動いた。何か言葉を発している。

「あんた、いくら包んだ？　いくら包んだ？」

さっき尋ねてきた老人が口にした言葉だ。だが、あの老人ではない。

隆夫は布団を頭まで被《かぶ》って思いきり身を縮めた。しかし、視線は窓から離せない。

その人影はぎゅうぎゅうと力まかせに顔をガラスに押し付けてくる。とても正気の人間がすることとは思えなかった。肌色の皮膚がガラスの向こうでベタリと広がる。その顔には……本当に目も鼻もなかった。

その瞬間、いきなりそれは形をなくしてどろどろと溶けだした。頭も両手も軟泥《なんでい》のように、ガラスの向こうを流れ落ちる。

ぬ、ぬ、ぬぅり……

隆夫はあまりのことに微動だにできない。同時に、部屋の中に何かの匂いが忍び込んできた。甘ったるいが、顔をそむけたくなるような匂いだ。

あの人間、生きながらに腐っている——？　まさか。

とろけた人肉は、窓全体に広がって蠢《うごめ》いていた。

にゅり　にゅり　ぬぅり　ぬぅり

それは、今や蠕動し、筋肉攣縮《れんしゆく》を繰り返す得体の知れない異形《いぎよう》の生物に見えた。そして少しずつ窓を這い下りていった。

隆夫は思わず鼻と口を押さえた。押し寄せてくる腐敗臭。あまりに不快な匂いに吐き気を覚えた。

それが窓から消えても、隆夫はじっと身を縮めていた。

おかしくなっているのは自分なのか、それとも——。

6

尾峨中は、昔は大勢の生徒で溢れかえっていたのだ。空き教室の多さがそれを物語っている。そういった教室の一つが資料室に当てられている。教室の中のキャビネットや段ボールに押し込められた資料はたいして整理されることもなく、年を経るごとにかさを増やし続けている。だから、本来なら捨てられてしかるべき雑書やメモ書きの類《たぐ》いまで雑然と残っている。にもかかわらず、尾峨中校歌の三番の歌詞だけはどうしても見つからなかった。

「金沢先生、ほら、見て。ここ」

資料の間から、得永の顔がひょっこりと現われた。机の上の段ボール箱を脇にずらして、圭介の方へ古びた大学ノートを差し出してくる。

「これ、昭和二十二年当時に教頭先生をされていた玉田《たまだ》先生という方の日記というか、覚え書きというか、そういうものみたいなんやけど……」

圭介はその黄ばんだページに目を走らせる。

「ほら、ここ。生徒たちに初めて校歌を歌わせたとあるでしょう?」

校歌に三番があったらしいという話に興奮した得永は、その歌詞捜しの手伝いをすると申し出てくれたのだ。

「『生徒たちは、堂々と三番まで歌い上げた』て書いとるよね、確かに」

「『素晴らしい歌詞に胸が一杯になった……』」

圭介はその後を声に出して読んだ。

「問題は、ここよ。ほれ」

得永がページを繰る。次のページは一枚、破り取られていた。

「ここに教頭先生、絶対歌詞を写しとったと思うわ」

圭介は破られたページの残りをまじまじと見つめた。歌詞に関わる資料を見つけたと思っても、歌詞そのものには手が届かない。それもたいていは、こういう不自然な消え方をしているのだ。圭介の手から大学ノートを取り戻した得永も、何とも腑《ふ》に落ちないといった表情でもう一度ページを繰っている。彼女ももう気がついているだろう。三番の歌詞は故意に隠匿《いんとく》され、破棄されたのだ。

誰が――？　たぶん、木嶋校長が。

あの時分、こんな操作を行なえたのは、組織のトップにいた人物しか考えられなかった。彼は周到な工作を施して三番の歌詞を握り潰したうえで、あの犯行に及んだのだろう。でも、なぜ？　三番の歌詞にはいったい何が書いてあったのだろう。

「先生、金沢先生！」

開けっ放しになった資料室の戸口の所で、神田真也が呼んでいる。

「おう！　何だ？」

「先生、ビッグニュースやで！」

真也は真ん丸い顔を紅潮させながら、どしどしと室内に入ってきた。

「あのな、うちの爺ちゃんちの蔵で、枡見先生が残していった手紙の束が出てきてな

――」

真也は言葉を切って丸い目をくりくりと動かした。

「その中に南方熊楠さんから来た手紙があったんや」

「えっ？　本当か？」

圭介が素《す》っ頓狂《とんきょう》な声を上げ、得永が「すごいじゃない」と言うと、真也は得意げな顔になった。八月に入って補習もなくなり、普段着のまま大急ぎで学校にやって来たらしい真也は、「先生、今から見に来るか？」と問いかけてくる。

一瞬どうしようと迷った圭介に、得永がすかさず、

「行ってきなさいよ、先生。ここは私が片付けとくから」

と言う。老眼鏡をはずして顔の汗を拭いながら、「何かわかったら、絶対私にも教えてよ」と付け加えた。

真也とともに彼の祖父の家へ行く道々、圭介は手紙が見つかったいきさつを聞いた。枡見源一郎は、どうやら神田家の分家に当たる家の離れを借りて住んでいたらしい。もう何十年も前に、その分家は町から出ていってしまい、母屋も納屋《なや》も壊して更地にしてしまった。その時にめぼしい家財道具や何かを本家の蔵に移したのだという。熊楠からの手紙は、真也から枡見源一郎と校歌の歌詞のことを聞いた祖父が何か関連したものがあるかもしれないと、三日にわたって蔵の中を捜索して発見したという。

説明する真也の鼻の頭には玉の汗が浮いてきた。

「おい、真也。まるで乗り気じゃなかったのに、凄いお手柄じゃないか」

圭介が言うと、真也は照れて下を向いた。

真也の祖父は涼しい座敷に圭介を通した。その座卓の上には、すでに古い封書が三通置かれてあった。

「うちの孫がえらい騒ぐもんでな、蔵の中をさらってみたのよ」

麦茶を出してくれながら、真也の祖父、松男《まつお》は言った。

「分家を取り壊したのは二十年も前のことですっかり忘れとったんじゃが、ふと思い出してな。分家の爺ィが大事にしとったものを預かったんが、手紙のようなもんじゃったとな」

松男は枡見源一郎宛の封筒をひっくり返した。三通とも、裏には達筆で「和歌山県田辺《たなべ》市中屋敷町《なかやしきまち》　南方熊楠」とある。

「分家の爺ィはな、離れが火事になった時に、枡見先生の大事なもんが焼けてしまうと思うて火の中に飛び込んでやな、この手紙の束だけを引っつかんで出てきたんや。あとは全部焼けてしもた」

「火事？　枡見先生が住んでた離れが火事に？」

それは初耳だった。

った後やったし」

「うん、そうじゃ。幸いにも母屋や納屋には燃え移らんかったけどな。枡見先生も亡くな
「枡見先生が亡くなったのは昭和二十二年ですよね。校歌を作詞されたその年だったと伺《うかが》っていますが……」

「そうや。火事はその年の暮れのことやった。枡見先生のお骨は弟さんが引き取って帰って、大分の墓に納骨されたんやが、先生の荷物はそのままにしてあった。年が明けたら弟さんが遺品整理に来るというんで、分家の爺ィは手をつけずに戸締まりだけして預かっとったのや」

「火事の原因は?」

「それがはっきりせんのや。まったく火の気がなかったけんな、離れには。ただ分家の爺ィは、中学校の校務員が怪しいいて、最後まで言いよった。火が出る前に離れの辺りをうろついとった校務員を見たらしいんやが、火をつけたという証拠はない」

「惜しかったなあ! 火事にならんかったら、熊楠さんの手紙ももっと残っとったのに」

じっと聞いていた真也がそう言った。圭介も大きく頷いた。枡見の遺品が残っていたら、その中に校歌の三番の歌詞も含まれていただろう。松男はしゃべり続ける。

「中学校の校務員ちゅうのは傷痍《しょうい》軍人でな。片腕を失《な》くして尾峨に帰ってきたんやが生活が成り立たんで難儀しよったとこを、木嶋校長先生が嘱託員で学校に雇ってやったの

や。頼りにしとった校長先生があんなことになって、その職もどうなるかわからんようになったやろ」

松男はちょっと声を落とした。

「分家の爺ィの推測はこうや。離れにあった貴重な物は、お骨と一緒に枡見先生の弟さんが持って帰ったはずやったんやけど、わかりにくい所に現金か金目のもんが隠してあったんやなかろうか。それを校務員は忍び込んで盗んだ。そんで犯行がばれんように火をつけた」

「はあ」

「それが証拠に、その後すぐに校務員は学校を辞めて町を出ていったんや。噂によると、よその町で小商いを始めたらしい。そんな金、どっから出たんやというこっちゃ」

何かが圭介の頭の中を過《よぎ》った。が、それは形をつかまえる前にもやもやと消えていってしまった。

「ま、昔のこっちゃ。今はもう皆、死んでしもた」

松男はカラカラと笑うと、封筒を圭介の方に滑らせた。

「先生、中を見てみなさい」

松男に促されて、圭介はうやうやしくその封書を持ち上げた。熊楠という人は非常に筆まめな人であったらしく、書簡は数多く残っているというが、それでもこれは貴重なものに違いない。畳まれた横長い和紙を恐る恐る開けてみて、圭介は詰めていた息を吐いた。のたくったような筆文字が、あっちに飛んだりこっちに跳ねたりしながらくねくねと続き、紙幅が足りなくなると、虫眼鏡で見なければならないほど細かい字になっている。

「どうや、先生。それ、読めるか？」

明らかに「読めないだろう」と踏んでの物言いだ。

「いや、さっぱり……」

圭介が小声で答えると、隣に座った真也が、おおげさなほど落胆するのがわかった。

「いや、あの、僕は読めませんけど、校長先生なら大丈夫だと思います。国語を教えていらっしゃいますし、古典に親しんでおられるようだから」

「ほうか。そんなら先生に預けとくから、解読してみてくれや」

「えっ？　お借りしてもいいんですか？」

「ああ、ええよ。わしも何が書いてあるんか知りたいしな」

「ありがとうございます」

圭介は三通の封書を、学校から持ってきた茶封筒の中にそっと納めた。

江角校長は心の底から嬉しそうに笑った。

校長室のデスクの上には、熊楠が書いた三通の手紙が広げて置いてある。あと三日で盆の入りという時期なので、中学校には今、校長室にいる江角と圭介二人きりだ。

「さあて――」

江角は両手を擦《す》り合せた。神田真也の祖父、松男から借り受けてきた熊楠の手紙を、そのまま校長に渡して解読を依頼してから十日が経った。今日、圭介は江角から内容を教えてもらえることになっていた。

圭介はちらりと窓の外に目をやった。谷の向こうの山はきれいに揃ったスギの人工林だ。まだあの辺りは手入れが行き届いているのだろう。明るく輝く緑を目でなぞりながら、圭介はぼんやりとそんなことを思った。

「これはまあ、貴重なもんやから、神田さんにお返しするとして……」

江角の声に、圭介はデスクの上に注意を向けた。江角は三通の手紙を脇へよけて、手紙をコピーしたものを出してきた。江角自身が書いた書き込みや注釈が見えるが、それでも圭介には何のことやらさっぱりわからない。眉間《みけん》に皺《しわ》を寄せてコピーを凝視する圭介を面白そうに眺めた挙句、江角は今度は原稿用紙を取り出した。それには、きちんと清書された手紙文の写しがあった。

「ああ――」

思わず圭介はそう呟いて、ぐっと紙面に顔を近づけた。今はもう使われなくなった難しい漢字や旧仮名遣いが多く用いられてはいるが、これなら大雑把《おおざっぱ》な意味合いくらいは取れそうだ。

「どうだ。黙読してみてわからん箇所があれば、そう言いなさい」

これではまるで国語の授業を受けている生徒だ。圭介は苦笑した。しかし、視線は紙面に釘付けになったままだ。江角の丁寧な文字を追っていく。日付は、一番古いものが昭和十二年五月になっている。枡見から受け取った初期の手紙に対する返事らしく、「四月廿五日《にじゆうご》附御状、本日拝見仕候《つかまつりそうろう》」で始まっている。自己を紹介して、「小生、海外に歴遊十五年、帰朝後は熊野《くまの》に退居し、不断自ら山海を跋渉《ばつしよう》して其生物の蹈査《とうさ》に従事しをり。傍《かたわ》ら日々諸生物の標本を保存し、図説して海外の専門家に贈る事を力《つと》め――」とある。しかし一方で、「小生も大《おおい》に年とり、七十二に罷《まか》り成《な》り候。また昨年季より行歩不自由甚《はなは》だしく――」という記述も見える。熊楠は昭和十六年に満七十五歳で亡くなっているから、枡見源一郎と書簡の交換を始めたのはいよいよ晩年の頃であったことがわかる。

しかし、在野での菌類の収集、研究を励ますべく、「某博士、某教授などと学位をひけらかす輩《やから》は学問を持久することならず」と断じ、「西洋においても素人《しろうと》学問の中からえらい奴が輩出する故《ゆえ》、独学者と称するが至当ならん。学問を一生の楽しみとする者のほうが、学問が悠々として、真実の域に進むなり」と記している。枡見へのアドバイスらしき、「採集品は柔らかな紙にふわりと包み、マッチ箱などに入れて運び、なるべく潰《くず》さぬ様に心がけられ度候《たくそうろう》。検鏡のため、虫めがね（ルペー又はレンズなど申す）を一つ用意されたし」などと細かく指示している。

「南紀《なんき》は本島の最南端にして、海岸に半熱帯の諸生物有り。深山に半高山的生物多し。小生、多年努力して見出せし植物新種多くあり。異品の発見多き南紀は、従前非常に生物種数に富ありしを證《しょう》するに足れり。然《しか》るに四国山地も同様に斧鉞《ふえつ》の入らぬ土地なれば、新変種の蘚苔《せんたい》、地衣、藻《そう》、菌類等の種数莫大なるを推《お》し考えらるるものなり。何卒貴下に貴辺地のものを集めもらわんと存候《ぞんじそうろう》。つまらぬと思うものも、なるべく多量にとられ度候。つまらぬような物に大発見が見え候」

と括《くく》られていた。非常に丁寧な手紙である。年を取り、体の具合が悪くなった後も、学究にいそしみ、その事柄を書き記すことが好きで、楽しんでいるといった文面である。

「昭和四年に熊楠は、田辺湾の神島《かしま》で、昭和天皇にご進講をしたんじゃが、熊楠はこの神島の豊かな自然を守る運動を続けとったのや。それが、この前々年に神島が天然記念物として国の指定を受けたんや。熊楠の長年の労苦が実ったというこっちゃな。何とも意気軒昂《いきけんこう》でおったはずや」

江角が解説を入れる。彼も熊楠の直筆を手にして、大いに気持ちが昂《たかぶ》っているといった風情だ。熱心な江角のことだ。ただ手紙を清書するだけでなく、熊楠のこともかなり調べたのだろう。

「さて、二通目や。この辺から面白《おもしろ》うなってくる」

江角はいそいそと原稿用紙を重ねてきた。日付は昭和十四年五月となっている。ここでは、主に粘菌のことについて書かれてあるようだ。圭介は体をこわばらせながらも、一字一句も見逃すまいと目を凝らした。

「小生は植物学に潜心するほかに、あらゆる方面の書籍に親しみ、又、古話、俚談《りだん》を知ることおびただし。小生は生まれも卑《いや》しく、独学で何一つ正当の順序を踏んだことなく、常人の軌轍《きてつ》をさえはずれたものなれば、貴下の談話《はなし》、小生は面白く拝見仕候。ついでに申す。小生、那智山《なちさん》などに採集のため長く滞在せし時には、一人さびしき限りの生活をなし、夢想、霊感的変態の心理作用を得ること頗《すこぶ》る多し。夜叉《やしゃ》、地霊、魍魎、邪魔などは、人が気づかぬだけで、久しく人間《じんかん》に住んでおるものと心得候。井上円了《いのうええんりょう》の『妖怪学講義』などにもこのようなものどもの話、多くありと存知候。加之《しかのみならず》、因果説なども一概に笑い陋《いやし》むべきにあらず。因、それなくしては果はおこらず。さて、粘菌類と申すは動物ながら素人には動物と見えず、外見植物に似たこと多きものなり。およそ粘菌は、専《もっぱ》ら土中や腐敗せる植物の中に住んでこれを食い、結実成熟するなり。しかるに、フィサルム・クラテリフォルムという粘菌などは、死んだ物に這い上がらず、必ず遠くとも生きた物に限りてその上に這い上り結実するなり。それより小生このことに注意して不断観察すると、必ず死物を避けて生きた物にとりつく粘菌また十余種斗《ばか》りあることが分かり候。貴下が報告せし、粘菌が人にとりつき、これを意のままに操るということもあるやもしれずと思い候」

圭介は、ごくりと唾《つば》を呑み込んだ。枡見は昭和十四年の時点で、粘菌が意思を持ち、人にとり憑く可能性に気づいていたということになる。そして、それを伝え聞いた南方熊楠は、西洋崇拝、権威主義の学者とは違い、科学一辺倒ではない柔軟な考えをもってこれを肯定している。

「粘菌は又変形菌とも訳し、発生の最初胞子より遊走体を生じ、食事し乍《なが》ら這ひ廻る。恰《あたか》も痰の如き粘液にて肉眼にて認め得るもの多く候。然るに粘菌は下等なる単細胞生物に有之《これあり》候。ただ之集まりて人の丈より上の大きさになること有り。小生、深山朽ち木のほとりにて菌類など採集しをる折、地面に大なる滴りあるをみとめ候。それより四方八方へやや長くなりて、よくよくその滴りを見ると、蠕々《じゅじゅ》として動くから粘菌の原形体と分かるなり。小生調べしに、青色の粘液様のものが湧きかえり、そのうち諸処より本当の人血とかわらざる深紅の半流動体を吐き出す。いかに科学の尺《ものさし》を用い、文献を渉猟《しょうりょう》せしと雖《いえど》も、生物の万態千様《ばんたいせんよう》なるはその限りなきことはなはだしからん。また小生、この熊野の民に聞き及ぶに、深山に棲《す》みたる樵夫《しょうふ》に粘菌らしき痰状の生物とりつきて、かの妻をうち殺し、自身も狂ひ死にしたと申しをり候。大昔のこととて、その上のことはその語る人も知らざりし。すべて山民の話はこんなことにて、根ほり葉ほり問うたところが委《くわ》しきことをしらず。倦《う》まずに注意しておれば、いつかは証拠が出て来るならんも、材料はいかにも不足に候」

圭介は顔を上げてちらりと江角を見た。江角のほうも、圭介がこれを読んでどのような反応をするか、じっと観察しているようである。二人の視線が宙で絡み合い、圭介はまた紙面に目を落とした。

「凡《すべ》て粘菌は動物とも植物とも判然せざる生物にして人間世の一大関節たる生死の現象、子孫の永続等の大問題を比較研究するに最好の大原形を有するものに有之候。今の人智を以て知り得ざる業識《ごつしき》因縁により、胞嚢を形成し、胞子を蔵して蕃殖《はんしよく》に備ふるなり。小生は粘菌の生涯より推理して霊魂不滅説を草せし事有り。今日、科学万能の時代と雖も、すべてそれで解き明かせりと思うは、之《これ》人間のおごりなり。科学とは、真言曼荼羅《しんごんまんだら》のほんの一部に御座《ござ》候。小生は科学の厚薄浅深《こうはくせんしん》を論ずるにあらず。ただ主として物質の科学は世にいわゆる科学者に任せ、取るに尽きず量るに限りなき心、物、理、事の諸不可思議の幾分を自分の思うままに斉整《せいせい》順序するほうが、はるかに満足有益なる研究と存じ申し候。貴下の研究、考察進みし折には、小生にも報《し》らせ被下度《くだされたく》候也」

圭介はこめかみを揉《も》んだ。目が疲れたのではない。行間から立ち昇る熊楠の鋭利な思惟《しい》に圧倒されたのだ。特に「霊魂不滅説」という言葉には、圭介が粘菌に対して感じていた疑いをずばりと言い当てられたようで、全身が粟立《あわだ》つ思いがした。

江角は何も言わない。いつの間にか立ち上がって窓のそばに行き、こちらに背を向けていた。空には入道雲が重なり合うように浮かんでいた。もくもくと縦に伸びるその姿が増殖していく粘菌を思わせて、圭介はまた眉間に手をやった。気を取り直して三通目を手に取る。日付は二通目からほぼ一年が経過した昭和十五年四月。

この手紙より以前に、枡見とは密にやりとりがあった様子で、その部分が抜けている分、意味が取りにくい。圭介は何度も読み返し、想像力を働かせた。江角は背中を向けたままじっとしている。読み進むうちに、どうやら枡見は、この人にとり憑こうとする粘菌の動きを封じ込める方策を思いついたらしく、それに対する熊楠の考えを問うた書簡への返事らしかった。

熊楠はこう答えている。

「貴下の粘菌が人の念を伝達しをるといふ説、面白く受け給《たまわり》候。諸国で狂人を悪魔につかれたといふで知るべき通り、諸国で悪魔邪魔の所為として伝うる所は、貴下の説にて道理の通るものと存候。心的項要は死後に留まらず。しかしながら、またみな一時に滅せず。多少はのこる（小生、永留の部分ありと信ず）。分けても人の慾とか情慾とか強慾は、之、現世に印し留めゆく（このことは小生、実見せしことなり）。世には異様の事多きには驚き入申候。加様《かよう》な異類異形のこと、人は悉《ことごと》く血迷いの甚だしき事と笑い候が、小生は、『民俗学は科学なり』といふ信念をもつ者なれば、参考になることは歓んで早速用に立ててこそ然るべけれ。森羅万象すなわち曼荼羅なり。人間の識にて分かる、また想像の及ぶ事柄は、宇宙に比しては、ほんの粟一粒に候。

さて貴下の発見せし粘菌を却《しりぞけ》し物質は、寺島良安《てらじまりようあん》の『和漢三才図会《わかんさんさいずえ》』に見えたりと記憶候。その用途としては『本草綱目啓蒙《ほんぞうこうもくけいもう》』、古くは唐《とう》の『本草拾遺《ほんぞうしゅうい》』にその項ありしが、利用法のみにて生態などは無之《これなく》候。ただ薬としてもっとも験《げん》あるよし見え候。また白井光《しらいみつ》太郎《たろう》博士の『植物妖異考《しょくぶつよういこう》』の中に見える笹魚《ささうお》などもこの一種であると心得候。凡《およ》そ粘菌の変形体では原形質流動が起こり、それすなわち動物の筋肉を構成すると同じと承知する。その動きを封じるものかと推察するが、小生くわしきことを知らず。粘菌といふ生物は人間がいろいろの種族に分かれぬうちからすでに存せしものならんと思われ申し候。粘菌類は唯今も変化進退して一日もとまざるものなれば、不知不識《しらずしらず》のあいだに全く異形特殊のもの、生まれくること有之。小生万々《ばんばん》これを感じおり候。生きたものに這い上る粘菌について考察するに、生きたものには死んだものになき一種の他物を活《い》かす力があるものと存ぜられ候。貴下は粘菌人にとりつきてといふが、小生これ寄生と呼ぶが正しからずやと考え候が御説奈可《いかん》。また不断朽木腐草など有機物の少なき中に活きおりては、体内に摂取する養分も少なかるべし。しかるに寄生などして生物を食うものども、その像形《すがたかたち》、奇体なるほど身体大きくなると考え候えども、之、よほど不たしかなる想像説ならん。貴辺地の粘菌が如何《いか》にしてかような奇異な性質となりしか、あるいはもともと異源のものかは分かりぬべく候えども、粘菌などといふ下等なる単細胞の目的は己の蕃殖のみに有之候。小生、推論するに人に寄生するには、人には滋養分多しと見え候。粘菌といふもの、乾燥と光線、高温とを忌み嫌うものに有之候。陰湿の地にさえあらば多量に蕃殖せしめ得る。木々密生して昼なお闇《くら》く、光線入らずといふ森の奥は蕃殖には好適の地なり。よって粘菌といふもの、夏なお冷《さむ》き森より出ずることならず。貴地の変種粘菌も深林僻地《へきち》に留まり居ると存じ候えども、人にとりつきてその何かを食らふとなれば、餌は不足し森より外をうかがうことを小生患《うれ》えたり」

その後熊楠は、枡見の立てた仮説に深い興味を抱きながらも年老いて体が弱り果て、研究はもとより普段の生活もままならず、枡見が請うような全面的な協力はできかねるというような旨を綴《つづ》っている。それもそのはずだ。熊楠が亡くなるのは、翌十六年のことである。

それでも在野の独学者として、「貴下の発見、発明進みし折には何卒小生にも御一報被下度候。このこと分けて願い上げ候。学問、研究とは本人の信念を以てして初めて成就するものなり。貴下が倦まず怠らず、科学の方に鋭意尽力されんことを望み申候」と励まして筆を擱《お》いている。

粘菌をしりぞけし物資？　戦争が始まる前に、枡見源一郎は粘菌がこの地で得た力——殺人者の邪念を伝える生物的なしくみ——に気づいていたのだ。そしてそれを封じる方策までも。三通の手紙を圭介は何度も読み返した。しかし、何度読んでもその物質の具体的な名前も、それを知る手がかりすらも書かれていない。思わず吐いたため息に、江角が振り返った。

「そのコピーも原稿用紙も全部持っていきなさい。手紙は貴重なものやから、すぐにお返ししとくのがよろしい」

「はい」

「金沢先生――」

江角は穏やかな笑みを浮かべた。

「これは役に立つかね？」

圭介は一度手元の書類に目を落としてから、また江角を見上げた。

「ええ。とても」

「それはよかった」

江角はまっすぐに圭介を見つめて言った。

「なあ、金沢先生、ものごとには常に時機というもんがある。何で今、尾峨中は廃校になるんやろうなあ。何で今、この手紙が見つかったんやろ。そして、何で今、先生はここにおるんやろ。先生が今、しようとしとることは――」

そこで江角は言葉を切った。圭介は身じろぎもせず、江角の次の言葉を待った。しかし、江角はそれ以上言葉を継ぐことはなく、また窓に向き直った。

「持っていきなさい」

もう一度そう促されて、圭介は書類をまとめた。立ち上がり際、また思った。

粘菌をしりぞけし物質?

第四章　曼荼羅《まんだら》

1

　圭介は、パソコンのディスプレイを見つめてため息をついた。

『和漢三才図会』は一七一三年に刊行された、当時の絵付きの百科事典というべきものだとある。百科事典なのだから、ありとあらゆるものが記載されているに違いない。もし現物を見ることができたとしても、その中から熊楠が手紙の中で語ったものを見つけ出すことは無理だろう。

　次に「笹魚《ささうお》」を検索してみた。これはネマガリダケなどの枝にタマバエが寄生したものが、魚のような形に成長したもの、とある。昔はこれが川に落ちてイワナになると信じられていたらしい。記述の最後に「虫こぶの一種」とあった。虫こぶのことなら以前哲弘に聞いたし、実際にそのものも目にしていた。

ついでに虫こぶを検索してみると、「生物の寄生の影響で、植物体の細胞に生長や分化の異常が起こり、結果として奇形化したり、過度に肥大化、あるいは未発達に終わるような組織や器官のこと」と出た。主に虫こぶを発生させる昆虫は、タマバチ類、タマバエ類、アブラムシ類らしい。それでも何のことやらさっぱりわからない。

さらに検索を続けると、書面に出てくる「本草《ほんぞう》」とは、近代以前に記録された、動物、植物、岩石、鉱物などについての博学的情報という意らしい。もっと狭い意味で「医薬品としてどう使うか、どんな効能があるか」が述べられていることが多いようだ。

ここまで調べても、枡見が見つけた物質が、どうやら漢方薬のような薬のことではないだろうかとおぼろげながら推測できるだけだ。熊楠の書簡を読むと、かなり科学的に考察を行なったうえで見解を述べているようなので、まじないに属する類《たぐ》いのものではなさそうだ。

この後、熊楠は亡くなり、枡見は一人研究を続けた。そして木嶋校長が粘菌によって邪悪な想念を受け継いで行動を起こした時、枡見はこの物質を用いたのだ。そうすることで、この山地にはびこり、勢力を伸ばそうとしていた狂った粘菌を退けたに違いない。枡見が中学生たちと一緒にハガレ谷で撒《ま》いた黒い水――それこそがその正体だ。魔除《まよ》けまがいのものではない。きっともっと科学的な裏づけを持つ物質だろう。

圭介は諦《あきら》めてパソコンをシャットダウンした。机の前から立ち上がって居間を横切る。

ミニコンポのスイッチに手を伸ばすと、その姿勢のまま耳を澄ました。山からの気配、地中を這《は》い進んでくる粘菌の動き、空気の震え。それらに含まれる邪念を感じ取ろうと、全身の感覚を研ぎ澄ます。何もない。山から吹き下りてくる気持ちのよい夜気が、かすかに木々の葉を揺らしている。圭介は体の力を抜いてスイッチを入れた。

部屋中にドヴォルザークの交響曲『新世界より』が響き渡った。ドヴォルザークが書いた最後の交響曲に、圭介は浸《ひた》りきった。目を閉じてそのスケールの大きな曲に聞き入っていると、ふいに窓のガラスが外から叩かれた。圭介はぎょっとして飛び上がりそうになった。すりガラスの向こうに人影が見える。恐る恐る近づくと、外から「先生、先生」と呼びかけているのが石本治平の声だと気がついてほっとした。

窓を開けた。治平の後ろに別の老人が立っていて、人のよさそうな笑みを浮かべていた。

「先生、こいつ、わしらと同級の相原照延《あいはらてるのぶ》ちゅうんや」

治平が親指を立てて後ろを指しながら言った。照延はひょこりと頭を下げ、圭介もそれに応じた。そういえば、この近くの稲田という集落にもう一人同級生が残っていると聞いた気がする。

「こいつ、ついこの前まで入院しとってな。今日、寄り合いで顔を合わしたもんじゃけん、ちょっと枡見先生のこと聞いてみたら——」

圭介が家に上がるように促すが、治平は「いい、いい」と手を振った。

「枡見先生の容態が悪うなって病院に運ぶ時な、こいつとこいつの親父とが付き添うたっちゅうことがわかってなあ」

「ああ、そうなんですか」

圭介はそう窓越しに答えた。

「あの当時、材木を運ぶのに、うちにオンボロトラックがあったもんじゃけんな。幌《ほろ》を掛けた荷台に布団を敷いて病院まで運んだんじゃや。親父が運転して、わしが先生のそばに座って」

照延が代わって口を開いた。

「ガタガタ道をトラックで揺られたんが悪かったんかなあ。病院に着く頃には真っ白な顔で、ものも言えんようになって――」

「病院に入院してから亡くなるまでが早かった。意識もほとんどなかったんと違うかな」

治平がそう付け足した。

「ほんでもな、こっちでトラックに乗せた時には、先生、まだしっかりしとったんや。トラックで運ばれる途中、先生はわしにこう言うた。『校歌を大事にしなさい。特に三番を。きっとまた何かの役に立つから』て。そう言われたことも忘れとったぐらいじゃけど」

「特に三番を――？」

圭介は思わず照延の言葉をなぞった。

「それやのに、今、治平から聞いたところじゃあ、三番の歌詞がわからんようになっとるらしいの。そう聞くと、何や枡見先生の言葉に深い意味があったような気がしてきてなあ」

ふいに圭介の直感が働いた。まるで一度も会ったことのない枡見源一郎が、耳元で囁《ささや》いたような気がした。枡見はきっと校歌の三番の歌詞に、粘菌を潰滅《かいめつ》させる方法を織り込んだのだ。

いつまでも歌い継がれる校歌の歌詞に、恐ろしい性質の粘菌を滅する方法をそれとなく込めておくというのは妙案だ。この未知の生物が森の中から触手を伸ばして、尾峨の人々を再び脅《おびや》かし始めることを枡見は予見していた。老いて体が弱り果て、周囲とも没交渉に近かった枡見は、研究の成果をまとめ上げるより前に、機転を利《き》かせて依頼された校歌の歌詞にそれを託したのではないだろうか。

校歌が出来上がった時期が正確には昭和二十二年のいつかはわからないが、その時にもう木嶋校長が粘菌にとり憑《つ》かれていたとしたら？

枡見と以前から親しくしていた木嶋校長は、この地の粘菌が変異していること、それを叩き潰《つぶ》す物質の研究を枡見が浅井忠明の助けを得て行なっていることを知っていたのだ。だから、三番の歌詞がそのことを謳《うた》っているのにすぐに気がついたはずだ。彼は念入りにその三番を葬り去る手配をした後、粘菌から伝えられた殺意に従って、大沢正を射殺した猟師の息子である浅井忠明を手にかけたのだ。忠明を殺してしまえば、老いて衰えた枡見一人では、彼の研究は頓挫《とんざ》してしまうことも校長はわかっていただろう。だから枡見は、未だ効果のほども定かでない何らかの薬品、黒い水を中学生たちに持たせてハガレ谷に行ったのだ。その効用で粘菌をまた森の奥深く、ハガレ谷の谷底に封じ込めることができ、枡見は力尽きてこの世を去った。その後三番が、二度と歌われることがないなどとは思いもせずに。

圭介はそう確信して気持ちを昂《たかぶ》らせた。そんな圭介の様子に気づきもせずに、治平は部屋の中から流れ出してくる『新世界より』に対して、

「何か聞いたことのある曲やなあ」

など呑気《のんき》に照延に話しかけている。我に返った圭介も、クラシック音楽の方へ気持ちを振り向けた。曲は第二楽章に入っていて、イングリッシュ・ホルンによる美しい旋律が流れているのだった。

「ああ、この旋律には詩が付けられていて、合唱曲になっているんですよ。『家路』っていうタイトルで」

圭介が言い終わる前に、治平と照延は曲に合わせて歌いだした。

遠き山に　日は落ちて　星は空をちりばめぬ
きょうのわざをなし終えて　心軽く　安らえば
風は涼し　この夕べ
いざや楽しき　まどいせん　まどいせん

二人の老人があまりに朗々と歌い上げるものだから、圭介は思わず聞き惚《ほ》れてしまった。歌い終えると、治平はにっこりと笑った。

「ああ、思い出した。これ、中学の音楽の時間に習うたんやった」

「そうや。この歌を組で合唱したんじゃや。よう練習したんで憶《おぼ》えとるんやな」

二人は何度も繰り返される第二楽章の主題に、うっとりと聞き入っている。

また今、粘菌はその戒《いまし》めを断ち切って動きだした。なぜ今なんだ？　圭介は老人たちを見ながら考えた。「ものごとには、時機というもんがある」――江角校長の言葉が頭の中に甦《よみがえ》ってきた。

二人の老人が去っていってから、圭介は頭の中を整理しようとした。

圭介が粘菌に対して立てた仮説は、熊楠の手紙によってかなり本質を衝《つ》いたものだと実証されたといってもいいだろう。熊楠と枡見、この二人の学者によって裏付けられたということが、圭介の気持ちを高揚させていた。真也が言うように、もっとたくさんの熊楠と枡見とのやりとりの手紙が残されていたら。いや、それよりも枡見が粘菌に関して知り得た研究の成果を書き残していたら。でもそれはすべて灰になってしまった。

枡見が住んでいた離れが火事になったと神田松男から聞いた時に、さっと心の中を通り過ぎていったものがはっきりと形になった。

たぶん、事件の後尾峨を去ったという校務員の男が、文書類を処分すべく火を放ったに違いない。彼は恩のある木嶋校長の意を受けて、木嶋が逮捕された後も自由に動き回って、校内で校歌の三番の歌詞を葬り去った。灰燼《かいじん》に帰したものの中には、粘菌にとって毒となる薬品の成分や製法を書き記していたであろう書類もあったのだ。木嶋は放火という犯罪を犯させる見返りに、かなりの額の金を校務員に渡しておいたのだ。その執念深さに圭介は怖気《おぞけ》をふるった。

それらすべてが粘菌の意思なのだろうか。木嶋校長をそんなに巧妙に操《あやつ》って己《おのれ》が生き延びる術《すべ》を画策するようなことが、単細胞の生物にできるのだろうか。祥吾が粘菌やアメーバについて調べた文献に、こういう件《くだり》があった。

「原生動物のような単細胞生物の細胞は、単独でいろいろな働きを行なう万能選手でなければならない。大胆な想像をすれば、多細胞の生物は一定の構造や機能をたくさん持つという方向へ進化し、単細胞生物は細胞内の構造が複雑化する方向へ進化したものということができる。より正確には、長い歴史の間にそのような複雑な細胞内構造を持つようになったもののみが生き残ったのであろう」

人間の歴史にそっと寄り添いながら、森の奥の原生生物はどれほどの進化を遂げてきたのか。人間の与《あずか》り知らぬところでこの怪異な粘菌は、いつからこの生態的特質を獲得してきたのだろう。彼らがもし人の昏《くら》い情念にのみ反応するとしたら、何というおぞましい生き物だろうか。

あの大沢という凶悪犯の浅井に対する恨みや殺意は、撃ち殺された一瞬で消え去ったはずだ。大沢は死に、その攻撃的な黒い念も失われたはずなのに、それを受け継いでしまったものがいたのだ。それが森の中で蠢《うごめ》く生命《いのち》の曼荼羅《まんだら》、粘菌という死のない生物——。

変幻自在に姿を変え、動物とも植物ともしれぬ生命体が、はるか昔に無念のうちに討たれた平家の残党と、狂気の殺人者の怨念《おんねん》とを融合させたのだ。奴らは時折、尾峨の地表に現われてはその暗い情念を伝達しようと試みた。人を狂わせたり、自殺に追い込んだり——。

粘菌は何のためにそんなことをするのだろう。あの不定形で極彩色《ごくさいしき》のアメーバが、森から這い出してくる図を想像すると、体が震えてしかたがなかった。


祥吾はそっと天井の穴の中を覗《のぞ》き込んだ。

絣《かすり》の着物を着た女の子と目が合った。その子も小さいながらも興味津々《しんしん》という感じで、くりくりした黒い目でこちらを見上げているのだった。追いついてきた杏奈が、反対側から穴を覗き込んだ。

どうしてこれが幻なんだろう。決してそこに存在しないとわかっているのに、なぜこんなに鮮明に見えるのだろう。祥吾は思った。古い着物の端《は》ぎれでこしらえたらしいお手玉を小さな手で握りしめ、軽く揉《も》みしだいている様《さま》。長い睫《まつ》毛《げ》の影が頰《ほお》の上に落ちている様。井桁《いげた》の形の絣模様。何もかもが手を伸ばせば触れられそうなのに。でも触れられない不思議。

二学期が始まり、一大イベントである体育祭も終わった。そんな時、祥吾の家の前に杏奈が立っていた。声を掛けるのをためらっている様子の杏奈を、祥吾は二階の窓から見つけたのだ。靴をつっかけて外に出ていくと、そのまま肘《ひじ》をむんずとつかまれた。

杏奈は無言のまま、祥吾を引きずるようにして歩き始めた。こんな格好を同級生、特に夏樹にでも見られたらと思うと、祥吾は気が気ではなかった。杏奈は、そんな祥吾にはおかまいなしにつかんだ手を離さない。祥吾の顔のすぐそばで揺れる金髪からは馴染《なじ》みのないシャンプーの香りが立ち昇ってくる。ぼんやりしているといきなり杏奈が立ち止まり、祥吾はその金髪にまともに顔をのめり込ませた。

「何やってんの!?」

強い口調でそう言われて我に返ると、杏奈の家の前に立っていることに気づいた。ヤヤコがまた現われたのだとピンときた。

しばらくは祥吾も杏奈も、そして下の女の子も、無言のまま見詰め合っていた。

「ヤヤコちゃん！」

杏奈が呼びかけた。女の子の肩がびくんと震えた。その子が泣きだしてしまうのではないかという祥吾の懸念もおかまいなしに、杏奈は穴の中に体をずり込ませていく。いきおい、祥吾を押し除《の》けるような形になって、祥吾は仕方なく身を引いた。

「そこはどこなの？」

杏奈の問いかけに、ヤヤコは首を振るばかりだ。天井から逆さ吊りになって金髪を垂らしている杏奈の姿を思うと、ヤヤコの怯《おび》えが手に取るようにわかって、祥吾は嘆息した。

「ねえ、何かしゃべってよ。そこはどこ？」

「わからん」

思いもかけずしっかりした声でヤヤコは答えた。祥吾が隙間《すきま》から覗き見た感じではその顔に、小さいながらも自分の居場所をはっきり伝えられないもどかしさのような表情が見て取れた。賢い子なのだ。その印象がまた、ヤヤコの存在感を濃いものにする。

「あんた、いくつ？」

杏奈の問いにヤヤコは、片手を広げて「五つ」と伝えてくる。

「どうしてそんな格好してんの？」

杏奈はヤヤコの古臭い形《なり》のことを尋ねたのだろうが、ヤヤコはよく意味がわからないというふうに首を緩く左右に振った。ヤヤコとコミュニケーションがとれることに気分を高揚させた杏奈は、気が急《せ》くように次々と言葉を連ねる。

「ねえ、今度あたしに会うまでに、あんたのいる所をはっきり言えるようにしといてね」

杏奈のその言葉が終わらないうちに、彼女の胸ポケットから携帯電話が滑り落ちた。

「あっ!!」

祥吾は小さな叫び声を上げた。またヤヤコに当たるのではないかと思ったのだ。しかし、祥吾が見たのは、古びた畳の上に落ちて軽く跳ねるピンクの携帯電話だけだった。ヤヤコも彼女がいた座敷も、一瞬にして消え去った。杏奈がゆっくりと天井の穴から首を引き抜いて、祥吾と顔を見合わせた。二人とも無言だった。あんなに鮮明に見えていた幼い子供が消える瞬間を、目《ま》の当たりにしたのだ。不思議と怖いとか不気味とかいう感情は湧いてこなかった。あのヤヤコという子が繰り返しここに現われることに、祥吾も杏奈もどんな意味があるのだろうかと考えていた。

もしかしたら、あの子は何かを伝えようとしている――？

それは何なのだろう。ここの座敷に現われること、祥吾と杏奈だけがそれを知っているということに関係があるのだろうか。

祥吾はもう一度座敷を見下ろした。杏奈の携帯がぽつんと転がっている。くすんだ色の座敷にはまったく馴染まないもの。あれは異物なのだ。この前ヤヤコのいる部屋に飛び下りた祥吾と杏奈同様、ここと ヤヤコのいる場所とのつなぎ目を断ち切ってしまう異物。そうに違いない。もっと前に祥吾が天井板を踏み割った時、あの破片はヤヤコの体に当たったけれど、下の座敷は消えることがなかったのだから。どこまでがつながっていて、どこからがつながっていないのだろう。

「わからん!」

祥吾は唸《うな》るようにそう言うと、埃《ほこり》だらけの天井裏で大の字に寝転がった。

2

米の収穫はひどいものだった。ツマグロヨコバイにやられたうえに、イモチ病も入ってきた。宮岡辰巳が予言したとおりの出来栄《できば》えだった。山城がコンバインを貸してくれた。あっという間に見事なクズ米の袋詰めが出来上がった。山城の息子の雅義が、

「これじゃあ、豚の餌《えさ》くらいにしかならんな」

とぼそりと呟《つぶや》いたのにも、もはや腹立たしいという気持ちも湧いてこなかった。何もかもに心が動かない。砂をガジガジと噛《か》み続けているような毎日だった。

隆夫の息子家族は、この一年の間、結局一度も顔を見せなかった。孫たちと一緒に稲刈

りをして、おいしい新米を食べようと夢見ていたのが、はるか遠い過去のことのように思える。それでも弓子とだけは初めての手作りの米を分かち合おうと、乾燥させた米を少しばかり精米して持ち帰った。

「まあ、まあ！」

米を研ぎながら弓子が笑っている。

「ちゃんと形のあるご飯が炊《た》けるのかしら」

また笑う。いかにもおかしそうに肩を震わせて笑う、笑う、笑う――。

隆夫はひどい目眩《めまい》に襲われた。直線で形づくられているはずのシステムキッチンが、ぐにゅりと歪《ゆが》んだ。天井が落ちてくる。弓子の要塞に押し潰される。

弓子が頭だけこちらへ向けた。振り向いたのではない。ロボットのように首だけが百八十度回転したのだ。何かものを言おうとしている。口角《こうかく》が裂けてぱっくりと口が開く。隆夫は目を逸《そ》らした。酸《す》っぱい液体が、後から後から喉《のど》を伝って上がってくる。どうかしている――自分でもそう思うが、不穏な連想を止められない。

「あなたは――」

後の言葉は耳鳴りに掻《か》き消されて聞こえない。でも、わかっている。

「あなたは、いてもいなくても同じですものね」

隆夫は身を翻《ひるがえ》すと、後も見ずに自室に駆け込んだ。大急ぎで引き戸を閉め、最近取り付けたばかりの鍵を掛けた。旧尾峨町のこの一帯の集落、いや町全体の奴らは、俺をばかにしてあざ笑っている。全財産をこんな家や田畑に注ぎ込み帰る場所もなく、作物も満足に作れず、家族にも見放された俺を思う存分笑いものにしている。もっと何かとんでもない失敗をしないか、不幸にならないか、笑いをこらえながら見張っているのだ。俺が望んだ田舎暮らしは、娯楽の少ない山間集落の住民に胸が躍《おど》るような見世物を与えただけだった。

このままで終わるものか。

問題は――。

隆夫は抜け目なく頭を働かせた。

問題は、誰がここの群れのボスかだ。

三日前に炭焼き体験会の中尾から、来週あたりから炭焼き用の原木の伐採を始めると連絡があった。体験会のための伐採に便乗して、隆夫も一緒に作業をさせてもらうことになっていた。独立した炭窯《すみがま》を持った時から、炭焼きだけはどうにかして採算性のある事業にしたかった。米の収穫に失敗した今はなおさらだった。

少しでも炭焼きにかかる費用を浮かすために、隆夫は製材所へ軽トラックを走らせた。春先にバーク堆肥《たいひ》を買った時、製材所のオーナーから、炭焼きをするなら口焚《くちた》き用に木っ端《ば》をただで分けてやると言われていた。そのオーナーは隆夫の顔を見るなり、「あー」と声を上げた。

「木っ端はよう、S市の風呂屋に分けることにしたんじゃや。今、燃料も高くつくけん、いろんなもん燃すみたいで、ちょっとばかし金を払ってもらえるから、そっちへ回すことにしたんだ。悪いなあ」

本当にすまなそうな顔をした。それなのに、隆夫は身の内から震えがくるのを抑えることができなかった。皆、つるんでいるんだ。俺が炭焼きでも失敗するように。オーナーの言葉を最後まで聞かずに隆夫は踵《きびす》を返した。金を出してまで木っ端を買うことはできない。焚きつけ用に、炭に焼く価値のない雑木を取ってくるという仕事が増えてしまった。

一度家に帰って、弓子の用意した昼食を食べると、そそくさと家を飛び出した。これから長い間山にこもるというのに、弓子のほうも何も言わなかった。アクセルを踏んで乱暴にカーブを曲がると、カーブの先にいた二人の中学生が驚いて道端によけるのが見えた。電器屋の息子と例の金髪の女の子だ。女の子のほうが怒りのこもった眼差《まなざ》しを投げてくるのをバックミラーで見ながら、隆夫は軽トラックを飛ばした。

山の生活で必要なものはあらかた居小屋の中へ運び込んであった。その中から鉈《なた》と鋸《のこぎり》を取り出すと、炭焼き体験会のメンバーたちが原木の伐《き》り出しを行なっている山の斜面へと急いだ。現場に近づくと、チェーンソーの音が響いてきた。七、八人の老人たちが働いている木々の間から、中尾が「よう」と手を上げて合図してきた。炭焼き体験会を主催する老人たちとは尾峨に移り住んでくる前からの知り合いだし、ここへ定住するきっかけを作ってくれた人々だ。だから、冬になってまたこの面々と仕事ができることを隆夫は喜んだ。自分に手取り足取り炭焼きを教えてくれ、炭窯まで作ってくれたこの人のいい老人たちが、隆夫に残された最後の味方のように感じられた。

挨拶もそこそこに、隆夫も作業に加わった。山仕事のプロとでもいうべき老人たちは、その年を感じさせない動きをする。急な斜面を重たいチェーンソーを担《かつ》いで上っていく。足場の悪い場所で踏ん張って、素早く原木を伐採する。他のメンバーがすぐに鉈で枝を払う。窯に入る長さに伐り揃《そろ》えることを「玉伐《たまき》り」というが、それをして斜面を投げ下ろす。

林業に携《たずさ》わる「山師」として鍛えた老人たちは、現役を引退した今でも粘り強い足腰をしている。隆夫にできることはせいぜい鉈で小枝を払うくらいのことだったが、皆のように一発でスパッとは切れない。二度も三度も刃を当てなければ枝を落とせない。そばで同じ作業をしていた一人の老人が、隆夫の手つきを見て笑った。

「そんなへっぴり腰じゃいかんよ。もっと腰を入れにゃあ。そんなんじゃ、よけいに疲れてしょうがないやろ」

そう言うと、隆夫の手から鉈を取り上げ、太い枝をスパッと切ってみせた。内心、自分の使っている鉈は、適当に金物屋で買ったものだから質がよくないのだろうと思っていた隆夫は、呆気《あっけ》に取られてしまった。

「あんたは余計なとこに力が入っとんじゃ」

老人はまた笑う。隆夫の額に冷たい汗が浮いてきた。以前は、同じようなことを言われても気にならなかった。教えてもらっているという気持ちで素直に耳を傾けていた。なのに今は、いちいち神経に障《さわ》るのはなぜだろう。隆夫はよろめいて切り株にストンと腰を下ろした。

「何じゃい、早《は》や疲れてしもたんか」

老人は自分の鉈に持ち替えて作業に戻った。ギィイィーンというチェーンソーの音が脳みそに切り込んでくる。老人はさらに何か隆夫に話しかけているようだが、聞き取ることができない。いくらも作業していないのに何たるザマだ。自分でもそう思う。思いつつも、隆夫は腰を上げることができなかった。

その時――。

背後の林の中でカサリと動くものの気配を感じた。振り返ってみるが、暗い林の中に降り積もった落ち葉の重なりが見えるだけだ。この前、窓に貼り付いてきたどろどろした得体の知れないものの姿を思い出した。あれは精神錯乱に陥《おちい》った自分が作り出した幻影だと思っていたのだが――。

また冷たい汗をタオルで拭《ぬぐ》う。

ギイイーン。耳を聾《ろう》するチェーンソーの響き。他の音は何も聞こえない——はずなのに、何かの動きを感じる。目を凝《こ》らすと、枯れ果てた落ち葉がふわりと動いたような気がした。土の中だ。何かが土を伝ってやって来る。隆夫はふっと腰を浮かした。その切り株の側面に鮮やかな色が見える。森の中には似つかわしくない極彩色の毒々しい色。はっとして後ずさる。が、次の瞬間にはその色は消えていた。落ち葉の下、土の中へ。

「松岡さん、あんた大丈夫かな？」

さっきの老人が心配そうに顔を覗き込んできた。あまりの近さに、隆夫は咄嗟《とっさ》に彼を突き飛ばした。老人の手から鉈が飛んで、地面に突き刺さった。その鉈の周囲から、ザザーッと波が引くように何かが森の中へ撤退していくのがわかった。

隆夫は泳ぐような手つきで宙を掻き分け、その場を後にした。突き飛ばされた老人も、山肌に取り付いて作業をしていた人々も、全員が動きを止めてそんな隆夫を見ていた。


口焚きも終わりに近づいた。窯はもうすぐ自然炭化の過程に入る。火入れをしてからすでに一昼夜が経った。隆夫はじっと煙の色を見ていた。

こうして何とか炭焼きにとりかかれたのは、中尾たち炭焼き体験会のメンバーのおかげだ。作業を放棄して自分の炭窯に戻ってしまった隆夫のところに、一窯分の原木を届けてくれたのだ。しかし、ぼそぼそと礼を言う隆夫を見るメンバーたちの目は、今までとは違っていた。無理もない。理由もなく老人の一人に乱暴を働いてしまったのだから。

煙突から出る煙は、青い粘土のような色だ。口焚きを始めると、原木に含まれる水分が水蒸気になって抜けていく。この「蒸気乾燥」の段階が終わり、真っ白い煙が青みを帯びてくると、「自然炭化」が始まったことがわかる。炭焼きは順調だ。隆夫はとりあえず、この窯の炭をうまく焼き上げることだけに集中しようとした。

頃合をみて口焚きをやめた。ここの見極めが最大の勘所《かんどころ》だ。隆夫は煙に手をかざし、その粘り具合や味を確かめた。炭焼き職人独特の感覚だ。中尾に何度も教わったのに、一人ですべてを判断するとなると自信がない。だが、ここでぐずぐずするわけにはいかない。心を決めて焚き口を塞《ふさ》いだ。あとは中の原木が自ら炭化するのを待つだけだ。それが進むだけの最小限の酸素を供給する穴を残して、あらかた空気の入り口を塞ぐ。

ここまできて、ようやく体の力が抜けた。もう真夜中だ。焚き続けてきた火を消したので、辺りは暗闇に支配されている。自分で何とか都合をつけた焚きつけ用の雑木の、そのパチパチはぜる音もなくなった。森の中で何かが蠢いている。何かがこちらを窺《うかが》っている。

あれは——。

いや、もう考えるのはよそう。

隆夫は懐中電灯を灯《とも》して居小屋の方に戻った。電気は来ていないから、キャンプ用のランタンを点《つ》ける。ぼんやりした明かりが揺れ、隆夫自身の影をあちこちに躍らせる。この二日間、緊張していたので疲労困憊《こんぱい》しているのに、なぜか目は冴えていた。無理矢理、白飯に茶をぶっかけて掻き込んだ。ランタンの灯を消し、毛布に二重にくるまってごろりと横になる。

いつの間にか眠ってしまっていた。

目が覚めた時、隆夫は一瞬自分がどこにいるのかわからなかった。ぐるりと辺りを見回し、炭焼きの居小屋にいること、日が高く昇っていることがわかった。そうだ、俺は炭を焼いているんだ。ぼうっとした頭で考えた途端、がばっと飛び起きた。油断をしていた。居小屋に戻ってきた時、目が冴えて眠れそうになかったから、横になってもそんなに長く寝てしまうことはないだろうと思ったのだ。ちょっとだけ休もうと思って目を閉じたのだが、思いのほか深く眠ってしまったらしい。

隆夫は炭窯の前に来て愕然《がくぜん》とした。煙が異様にもくもくと出ている。それも黄色っぽい白の煙だ。これは、中で炎が立っているということを意味する。すっと血の気が引いた。酸素が入りすぎて、中の原木が炭にならずに燃え上がってしまっているのだ。

大慌てで空気の入り口と出口の調整をしてはみたが、煙の様子は変わらなかった。夕方近くになって、とうとう隆夫は諦めた。窯の口を塞いでいたレンガと山土を崩した。これからまだ数日かけて炭化と精錬とを続けるはずだった窯の中から、熱風がどっと噴き出してきた。空気が中に勢いよく流れ込んだせいで、また激しく燃え出した。煙の勢いも増した。それらが一段落してから、隆夫は窯の中を覗き込んだ。原木は炭になるどころか、全部真っ白な灰に変わってしまっていた。灰の中でまだ熾火《おきび》が赤くくすぶっている。隆夫はその場にへなへなと座り込んだ。

しばらくそうしていた後、隆夫はくつくつと笑いだした。笑いはしだいに大きくなり、しまいには大声を上げて笑った。笑いすぎて涙が出た。もう終わりだ——。全世界の人間が、俺を指差して笑うに違いない。何一つまともにやれない男。等級付けでは最下位の男。自分は逃げ回っているだけだった。この土地でだけはうまくやれると思っていたのに、それも幻だった。

——ほんとは農業なんてたいしてしたくなかったんじゃないの？

——元の同僚たちを見返したかったのよ。自分はここでこうしてのびのびと自然と共生してやっているんだって。

——ソロバンを弾けよ、松岡君。

——だから、なめられたらおしまいなんだ。

——群れの中のボスを見つければいい。

数々の言葉が刃《やいば》となって隆夫を切りつける。隆夫は窯から噴き出す熱風を全身に浴びながら、じっとそれに耐えていた。

日が傾き始めた頃、隆夫はのそりと立ち上がった。

窯の前を離れ、外に出たが、軽トラックが停めてある方向へ下りていくのではなく、窯の背後、山の奥に通じる道を上っていった。獣道を踏みしめ、急な斜面では両手をついて這い上がるようにして、隆夫は歩を進めた。まる一日近く何も口にしていなかったが、空腹は感じなかった。ふらつくこともない。逆に体には力が漲《みなぎ》っているような気すらした。

深い山に分け入るにつれ、辺りは暗さを増してきた。峠の上に出て歩きやすくなると、歩調を速めた。山の向こうに沈んでしまった太陽の光の燃え残りが、西の空をわずかに茜《あかね》色に染めている。そのほのかに温かみのある色が消えていくと、空は桔梗《ききよう》色から藍《あい》色に、そして濃紺へと変わった。森は真っ黒な塊《かたまり》に凝り固まっている。

隆夫は確たる目的地があるかのように歩き続ける。やがていくつかの峠を越えて、谷の入り口に辿《たど》り着いた。闇に沈んだ谷底を見透《みす》かすようにちょっと覗き込んだ後、隆夫は谷へ足を踏み入れた。道の見分けはつかない。繁った下草の中に踏み込むと、それらは彼を迎え入れるようにさっと左右に分かれるのだった。

風があるのか?

ふと隆夫は立ち止まった。空気は震えている。だが風のせいではない。この谷の空気を震わせているもの。呪《のろ》わしいもの。しとどに濡れそぼって絶えず形を変えるおぞましい何かがうずくまっているのだ。草木の中に、土の中に、空気の中にさえ、それはいる。

だが、それこそが――隆夫は思った。俺が待ち望んでいたものではなかったのか？　野生の獣のように目が利く。何かに呼ばれたように、隆夫は下草を蹴散らしながら大股で歩いた。糜爛《びらん》したものの甘酸っぱい腐臭が、隆夫を呼び寄せる。誘蛾灯《ゆうがとう》に誘い込まれる蛾のごとく、隆夫は飛ぶように駆けた。

谷底に、ぬっと巨大なスダジイが立っていた。その太い幹を這い回っているもの。上になり下になりしながらのたくる粘性のアメーバ。重なり合うその生き物の層は、瘤《こぶ》状になったり平らになったりしながら、にゅるにゅる、ぎゅるぎゅるという湿った密《ひそ》やかな音を発し続ける。

隆夫はひと時、その嫌らしい生き物たちの運動に目を凝らした。挙句《あげく》、そっと幹に手を伸ばした。すっと伸ばした人差し指がアメーバに触れた。網状のそれは、指を伝って隆夫の腕を這い上がってきた。隆夫は自分の腕が原色のアメーバに覆《おお》い尽くされるのを見て、そっと微笑《ほほえ》んだ。

粘菌は素早く仮足《かそく》を放射状に伸ばして、あっという間に右腕から肩へ達した。多くの核を含む裸の単細胞生物は、細胞質の運動を繰り返しながら這い回る。腕を伝って次々に這い上がってきたそれらは、相互に接着して集合流を形成する。体積が大きくなるほどに動きが速くなり、層となって脈打ち始めた。

ぬり　ぬり　にゅるり
隆夫は粘性の膜で全身を覆われた。甘い腐臭の中に体が沈み込んでいく。彼は自分の体の表皮が溶けて、粘菌と同化するのを感じた。体の外と内という境界が取り払われると、やがて細胞壁までが破壊され、自分というものが螺旋《らせん》状にほどけていった。粘菌の内側がゼラチン状になってどろどろと流れていき、それに押し流される。二つの異類の内的宇宙が溶け合う。

隆夫は自己というまとまりを失って浮かんでいた。羊水とも古代海水とも知れぬ水に浸《つ》かっているのだ。原始の単細胞式微生物の生活状態に戻ったようだ。それは個人の記憶をはるかに超えた、数億年という長尺《ちょうじゃく》の生命記憶とも呼ぶべきものだった。

隆夫は胎児の夢と呼ばれるものを見ていた。胎児は母胎内にある十カ月の間に、単細胞生物から人間にまで進化してきた先祖代々の姿を、そのとおりになぞるという。古代魚類がその鰭《ひれ》を四本の足に変化させる上陸の再現。元始人類が熾烈《しれつ》な生存競争に打ち勝つために犯してきた罪業《ざいごう》。それらはすべて細胞記憶として、その核の奥深くにしまい込まれているものだ。それが今、隆夫の中でひもとかれた。

隆夫は胸に顔を埋《うず》めた勾玉《まがたま》の姿勢のまま夢を見続ける。

何かから逃げている。森の中。白い旗。誰かの叫び声。むせび泣く声――隆夫もいつしか涙を流している。裏切られ、失望する。冷たい月の光が刃を照らしている。自分の腹に突き立てた。真っ黒い土が夥《おびただ》しい血のりを吸い尽くしていく。悲しかった――わけもわからず――いったい何の記憶だろう。自分のそばを怒濤《どとう》のごとく流れていった悲傷と無念の感情を、隆夫は呆気にとられて眺めていた。

それから――。

今度は狂気と憎悪。何もかもを呪っている。誰も彼もが自分を陥《おとしい》れようとしているという断片的な記憶。また血だ。血しぶきに顔をしかめる。隆夫は両手にこびりついた血を拭い落とそうと揉みしだく。その時、自分に向けられた猟銃の筒口に気がついた。銃口の向こうの男の目は冷静だ。嘘だろ。俺を殺そうとしているのか？　俺が悪いんじゃないのに。悪いのは、俺を異常者扱いした奴らなのに。

とぷん　とぷん

口の中、鼻の中に流れ込んでくるのは、羊水なのか粘菌の流動体なのか。それと同時に、きれぎれの記憶が隆夫を押し流そうとする。

――俺を殺すのか？

そう口にしたような気がする。銃をかまえた男は何と答えただろう。唇が動いている。

――ここでは、お前みたいな奴は生きていけねえんだ。悪いな。

銃口が火を噴いた。

隆夫はその衝撃に身をのけぞらせた。顔の半分が熱い。残ったもう一方の目は、銃を下ろす男をとらえ続けている。

——呪ってやる。呪ってやる。お前だけじゃない。お前の一族、末代までも。

憎しみ、敵意、悪意、恨み、妬《ねた》み、絶望——数々の幽愁暗恨《ゆうしゅうあんこん》の念が、隆夫の心の奥底から溢《あふ》れ出してきた。その黒い情念は、奔流《ほんりゅう》となって粘菌の中へ流れ込む。すぐさま内肉の中の食胞が満たされ、消化されていく。喉を鳴らして飲み込むがごとくに、隆夫の外をとり巻く収縮胞が伸び縮みしている。

隆夫は陶酔したように意識を拡散させた。

息子夫婦、スーパーの上司、パートの女子社員、宮岡辰巳、隣組の老人、弓子。

一人ずつの顔を思い浮かべるたびに、蛭《ひる》のように吸い付いた粘菌がぶよぶよと太っていくのがわかった。肉の中は熟《う》れて熱を持ち、甘い匂いは頭をしびれさせた。

——呪ってやる。呪ってやる。

ぴゅちょ　ぴゅちょ　ぎゅる　ぎゅる

未明の頃、隆夫は粘菌の塊を破って出てきた。

生まれたての胎児のように、ぬらぬらと体を輝かせて——。

3

清川と実習の看護学校生とが、淳子の体を清拭《せいしき》してくれている。淳子は気持ちがいいのか、うっとりとした表情を浮かべている。ルリ子が用意した新しい下着を受け取り、清川は手早く着替えも済ませてくれた。実習生のほうはまだ要領がわからず、もたついているようだ。

「そっちの手から先に通してあげて」

清川の指示に「はい」と素直に従う実習生は、まだあどけない顔をしている。あの患者の扱いが乱暴な西村は別の病棟に替わったらしく、最近は顔を見ることがない。その点ではルリ子は安心した。西村がいなくなってから、淳子の体に異変を見ることがなくなったことを考えると、やっぱりあれはあの人のせいだったのではと思ったりもする。だが、もう今さら事を荒立てようという気はない。西村もよそへ行ったし、だいいち、母ももうそう長くはないのだから。

下着もパジャマも新しくなってさっぱりしたのか、淳子は目をぱっちりと開け、何やら呟いた。

「え？　何ですか？」

清川が淳子の口に耳を近づける。それと同時に淳子が痩《や》せ衰えた両の腕を差し上げ、リズミカルに動かし始めた。実習生の女の子は、きょとんとした表情でそれを見ている。清川は熱心に淳子の言葉を聞き取ろうとしている。しばらくそうしていた後、清川が顔を上げてにっこりと笑った。

「ああ、わかりました」

ルリ子に向かってそう言う。

「お母さま、お手玉歌を歌っていらっしゃるんですよ。ほら、この手の動き。これはお手玉をされているつもりなのね」

ルリ子は、「えっ？」と答えて母のベッドに近寄った。清川が、ほら、聞いてごらんなさい、というふうに淳子の口を指差す。ルリ子も体を曲げて淳子の口に耳を近づけた。いつもはぶつぶつとしか聞こえない呟き声が、今日は体調がいいのか、言葉になってルリ子の耳に届いた。それでも途切れ途切れのその意味を取るのは難しい。やっとのことで聞き取れたのは、

「一かけ二かけ三かけて……四かけて五かけて橋をかけ……」

という歌だった。

「本当だ。お手玉歌だわ、確かに。清川さん凄い。娘の私でも聞き取れなかったのに」

「私、お婆ちゃん子でしたからね。よく教わったの、お手玉とか、おはじきとか」

清川が照れたように笑った。

淳子も満足したのか、口を閉じて両手を下ろした。清川は、その手をそっと掛け布団の下に入れてくれた。そうしながら、

「こういうちょっとしたことも、実習ノートに書いておくといいわね。患者さんのことは何でも」

そう実習生に話しかける。実習生ははっとして、ポケットからメモ帖を取り出した。

「はい。ええと、五三七号室のカンダジュンコさんが——」

「何度言ったらわかるの」

清川は厳しい声で注意した。

「こちらの患者さんは、菅田《すげた》淳子《あつこ》さんとお読みするのよ。患者さんの名前を覚えられなくてどうするの」

「すみません」

実習生は顔を赤らめた。清川は、ルリ子に向かって「ごめんなさいね」と言い、ルリ子は笑って手を振った。母の名字も名前も読みにくく、読み間違えられるのには慣れているのだ。

その時、廊下の方から話し声が聞こえてきて、ドアがノックされた。ルリ子が返事をするとドアが開き、頭の禿《は》げあがった初老の男が入ってきた。一瞬誰だかわからなかった

が、声を聞いて従兄弟《いとこ》の正憲《まさのり》だとわかった。

　清川と実習生は軽く目礼をして出ていった。正憲はドアを押さえている。

「婆ちゃん、何しとる。早よ入り」

　その声に促されるように、杖《つえ》をついた腰の曲がった老婆が入ってきた。

「まあ、竹代《たけよ》伯母さん、わざわざ……」

　ルリ子は驚いて声を上げた。淳子の姉に当たる竹代は、もう九十近い年のはずだ。息子夫婦と共に瀬戸内海の小島で暮らしている。まさか見舞いに来てくれるとは思ってもみなかった。大急ぎでベッドのそばの椅子に掛けさせる。竹代と正憲に挨拶とお礼とを言うと、竹代は椅子ごとベッドににじり寄った。

「淳子、わかるかね？　ワシだよ、竹代だよ」

　姉の声に、淳子のほうも目を開いてうんうんと頷《うなず》いた。

「ああ、よかった。お母さん、わかったのね。よかったわねえ、伯母さんが来てくれて。嬉しいでしょ？　お母さん」

　また淳子は頷く。

「本当にすみません。こんな遠くまで」

「いやいや、今、会っとかんと、ワシも何度も来られんでな。もうこれが最後じゃと思うて、正憲に連れてきてもろうたのよ」

竹代は淳子の手を取った。

「あっちゃん、しっかりせないかんよ」

心なしか、淳子の目が潤《うる》んでいるように見える。竹代は淳子の手をいとおしそうに撫《な》でた。そうしてその手をひっくり返すと、手のひらにマジックで書いてある文字に気がついた。

「おやおや、何じゃね、これは？」

「ああ、それはね、お母さんが自分の今いる所がわからないって言うの。だから、こんなに大きく書いてあげたのよ」

ルリ子は笑いながら説明した。

「家でもよくやったの。お母さん、いろんなことが少しずつわからなくなっていったものだから。家の住所とか、孫の名前とか、夕べ食べたものとか、そういうものをお母さんに言われるままにいろいろとね」

竹代は「ほうほう」と言いながら、淳子の手のひらに書かれた「さいたま市大宮《おおみや》区櫛引《くしひき》町《ちょう》さいたま西病院」というマジックの文字を読んだ。

「ほんとになあ。ワシらは七人兄弟じゃったけど、とうとうワシと淳子だけになってしもた。順番でいくとワシのほうが先に逝《い》くはずじゃがなあ」

竹代は、今度は手を伸ばして淳子の髪を撫でた。淳子はされるままにじっとしている。

それから竹代は、ひとしきり自分たちの子供の頃の話をした。貧しかったが、七人が仲良く助け合って暮らしていたこと。戦死した兄の話。父親が姓名判断に凝っていて、考え抜いて七人の子供にそれぞれの名前を付けたこと。

「ルリちゃん、あんたも知っとると思うけど、この子の戸籍上の名前はアツなんだよ。菅田さんと結婚する時に、字画が合わんていうんで、父親が淳子という字に変えさせたんじゃ」

「そうですってね。お母さんから聞いたわ、その話」

「特に淳子は末っ子じゃったから父親に可愛がられてなあ。すぐ上のワシとも六つも離れとったじゃろう。いつまでも赤ん坊扱いよ」

竹代は口をすぼめてホホホと笑う。竹代の話がわかるのか、淳子も穏やかな表情で姉をじっと見つめている。

「父親はこの子のことをいつも『ヤヤコ、ヤヤコ』て呼んどったわ。『ヤヤコ』いうんは、ワシらの田舎の言葉で赤ちゃんていう意味や。じゃけん、淳子は学校に上がるまで、自分の名前をヤヤコじゃ思うとったぐらいで……」

ルリ子も正憲も、思わずぷっと噴き出した。今、子供返りしてしまった母、淳子の子供時代の話を聞くと、親や兄弟に可愛がられ、幸せに暮らしていた少女時代の姿がまざまざと目に浮かぶような気がした。

よかったね、お母さん。いい人生だったんだね。もう私は引き留めちゃいけないんだね。帰りたいんでしょう？　みんなの所へ——。

ルリ子は晴れ晴れとした心境で、そう母に語りかけた。

「本当に利発な子だったんだよ、淳子は」

ルリ子の思いに添うように、竹代は言葉を継いだ。

「兄弟の中でも、いっとう勉強が好きで、歌が好きで。じゃからな、学校の音楽の先生になったんじゃ」

「伯母さん、本当に来てくれてありがとう。私、そういう話、聞けて嬉しい……」

とうとうルリ子は、ポロポロと涙を流した。竹代は手を伸ばしてルリ子の頬の涙を指で拭ってくれた。ガサガサとした手触りが心まで撫でてくれるようで、ルリ子はいつまでも温かな涙を流し続けた。

4

杏奈が土間に沿ったいくつもの座敷の襖《ふすま》を開けていく。そして、その一つずつをいちいち覗くように圭介に促した。圭介は五つかそこらある部屋の中を見ていく。何の変哲もない古びた畳の敷かれた和室だ。振り返って後ろをついてくる祥吾の顔をちらりと見た。

祥吾は真一文字に結んだ唇の端をちょっと上げてみせたが、何も言わない。杏奈と祥吾、この二人が一緒に行動すること自体が意外なのに、いきなり理由も告げられず、吉田杏奈の家に連れてこられてこうして使われていない部屋を見せられているのだ。

最後の部屋の襖を開けた杏奈は、靴を脱いで座敷へ上がった。

「先生も、早く――」

訳もわからず圭介も、杏奈に倣《なら》って靴を脱いだ。

杏奈自身が二学期になってから少しずつ変わっていくのには、圭介も気づいていた。夏前までは級友を含む周囲のことにまったく無関心だったし、常に親や自分自身や体制的なものに対する小さな怒りでどこかしらを尖《とが》らせていた。だが、今は違う。言葉にするのは難しいが、何かについて一心に、そして必死に思索しているような感じだ。そのことが、杏奈の心を開かせようとしている気がする。

祥吾に恋しているのか？　まさか、それはないな。圭介はすぐさまその考えを否定した。

「何してんの？　早くしてよ、先生」

「あ、ああ――」

杏奈は部屋の奥の押入れの襖をガラリと開けた。そして、慣れた動きでひょいと上段に飛び上がった。上段の上の荷物は片側へ寄せられていて、小さな踏み台が置いてある。杏奈は踏み台に上がると、やおら天井板を横にずらした。

「え？　まさか。この上へ上がるのか？」

驚く圭介を尻目に、杏奈はジーパンを穿《は》いた足をバタつかせながら、圭介が口にしたとおり天井裏へよじのぼった。

「大丈夫、埃はあたしと祥吾とで掃除しておいたから、這いずってもたいして汚れないから」

「這いずる……？」

言いながらも思わず踏み台の上に立った圭介の上半身を、杏奈は上から引っ張り上げようとする。いつの間にか祥吾も押入れの中に入ってきている。

「いいよ、自分で上がれるから」

とうとう観念して、圭介は自分で自分の体を押し上げた。すかさず祥吾も後を追ってくる。

「何だ、お前ら、天井裏で何やってんだ？」

「だからそれを今から教えるんだってば」

すぐさまそう答えることも、以前の杏奈にはなかったことだ。

祥吾が手にした大型の懐中電灯を点けた。その光の輪の中に、前を這っていく杏奈が浮かぶ。祥吾がその後をついていくように目で促す。圭介は小さなため息をつくと、匍匐《ほふく》前進を始めた。

やれやれ、こうなったらとことん付き合うしかなさそうだ。圭介は広々とした天井裏を見回して思った。杏奈はかなり先にまで進んでいる。もたつく圭介をもどかしげに振り返っている。いくつかの梁《はり》の下を頭を低くして通り抜けながら、何とか圭介も杏奈に追いついた。

杏奈は祥吾がやって来るのを待って、目の前の天井板に目をやった。祥吾の懐中電灯が追いつき、その部分を照らし出した。天井板は両端が切り取られていて、裏に打ち付けられた木切れのせいで、かろうじて天井に引っ掛かっているといった具合だ。知らずに踏んでしまったら、大変なことになる。

杏奈が目で合図すると、祥吾が懐中電灯を下に置いて、天井板を持ち上げた。

「先生、下を見てみて」

「何だ?」

「いいから」

圭介は大きく開いた穴の上に顔を突き出した。

「は?」

女の子と目が合った。つぶらな瞳でじっと圭介の方を見上げている。

「誰なんだ?　あの子」

「ヤヤコちゃん」

「はあ」

「先生、あの子の名前はいいからさ、部屋の様子をよっく見てみて」

そう杏奈に言われて目を凝らす。女の子の背後には床の間、大ぶりの瓶に茎《くき》の太いササユリが何本も挿《さ》してある。ササユリって初夏の花じゃないのか？　何で今頃？　そこでようやく圭介は、その部屋の異変に気がついた。あんな花瓶のある部屋なんて一つもなかったぞ。床の間に掛かっている雉《きじ》の絵の軸にも見覚えがない。もう一度、女の子に目を移す。だいいち、どの部屋にも誰もいなかったじゃないか。

「嘘だろ、おい」

圭介が押入れのある部屋まで這い戻るのを、杏奈と祥吾は無言で見つめていた。圭介は押入れの上段から飛び下りようとして足を滑らせた。畳の上に思い切り尻餅をついたが、そのまま土間を走って全部の部屋を見て回った。

軽い目眩を感じながら天井裏の元の位置に戻った。杏奈がくすくすと笑っている。

「あたしと同じことしたね、先生」

「僕も最初はそうやった」

杏奈の笑い顔を初めて見た。が、すぐに圭介の注意は穴の下の女の子に戻った。

「あの子は――」

「あの子はね、あんなにはっきり見えるのに、ここにはいないの。あの子も、この部屋も」

「そんなバカな」

「そんなバカなことが起こってんの」

「どう思う？　先生」

祥吾に問いかけられて、圭介は言葉に詰まった。この二人を結び付けたものは、これだったのか。そしてこのまったく理にかなわない現象が、杏奈の心を開かせようとしている？　きっと、二人で相談して圭介にこのことを打ち明けようと決心したのに違いない。

暗闇の中で息を殺して、自分が何かを言い出すのをじっと待っている祥吾と杏奈を彼は交互に見返した。

杏奈は――担任教師に力を借りようとしてくれたのだ。人間的にも弱く、落ちこぼれ教師だと告白した自分を選んでくれた。意外だったが、それ以上に嬉しかった。

「ねえ、ヤヤコちゃん！」

杏奈が下の女の子に向かって声を掛け、女の子のほうもその声に応えて上を向いた。しかも会話が成立するのか。圭介はまた目眩を感じた。這いつくばっていてよかった。立っていたら、卒倒していたかもしれないな。

「あんたのいる場所、わかった？」

その問いかけにオカッパ頭がコクンと頷いた。

「え？　ほんとに？」

三人が見つめるその前で、女の子はそろそろと左手を上げた。すっと開かれた手のひらに、黒々とした文字が書き付けられている。三人は目を凝らしてその文字を読んだ。

「さいたま市大宮区櫛引町　さいたま西病院」

ヤヤコの手のひらには、はっきりとそう書いてあった。


車輪が滑走路に接するガクンという衝撃が、下から突き上げてきた。松山発東京行きのジェット機は、定刻通りに羽田《はねだ》に到着した。十一月の下旬、勤労感謝の日に土、日を合わせて三連休になった。圭介はその休みを利用して横浜の実家に帰ることにした——というのは口実だ。

夏休みにも帰らなかったのに、なぜバタバタとこんな時期に帰郷しようなどと思いついたのか。その理由はあのヤヤコという女の子にあった。あの子はいったい誰なんだろう。どうしてあの屋根裏から、ないはずの部屋が見えるんだろう。杏奈は考えた末、ヤヤコは何か伝えたいことがあるんじゃないかと言った。それをあたしたちは気づいてあげなきゃ、と。杏奈がこんなに物事に夢中になるなんて。でもこれは、閉ざしていた杏奈の心さえとりこにするほど、とびきり奇妙で不可解な事柄であるのは確かだ。

もしあの子に、こちらに伝えたい何かがあると仮定すると、それはあのヤヤコの手のひらに書かれた文字に関係するのかもしれない。あの日、手のひらに書かれた文字を圭介たち三人に見せて以来、もうあの子は現われなくなったという。だから、あの手のひらに書かれた住所には意味があるんだ、と杏奈は言い張った。インターネットで検索して、「さいたま西病院」が実際にあの住所に存在することがわかった。のみならず、詳しい地図もプリントアウトして、圭介のショルダーバッグの中に入っているのだ。

どうかしてる——。

圭介は今、実家のある横浜ではなく、さいたま市に向かおうとしている。行ってどうしようというのだ。こんな曖昧《あいまい》な気持ちで出向いても、おかしな言動を繰り返して不審がられるのがオチではないのか。しかし、何かに突き動かされるように圭介は飛行機に乗ったのだった。

こうなったら、とことん杏奈たちに付き合ってやろう。腹の据《す》わった圭介は、モノレールに向かう人の流れの中に入り込んだ。

大宮の駅前からタクシーに乗った。タクシーの窓から外を流れる風景を見ながら、うまくあの子のことを尋ねる方法はないものかと考えた。その答えが見つからぬまま、たいして走りもせずにタクシーは停車した。

さいたま西病院は中規模の病院だった。その名称からして公立の病院かと思ったら、私立の総合病院だという。聞けば、この病院に小児科はないという。その時点で、もう圭介は行き詰まってしまった。四国の山の中の古い家の座敷に幻のように現われる少女が、こんな近代的な病院に入院しているのではと思った発想がそもそも間違っている。ここまで来て、自分の能天気さを思い知り、圭介は途方に暮れた。

「あの、五歳の女の子なんです。下の名前しかわからなくて——その——ヤヤコちゃんとしか……」

受付の女性はあからさまに眉根を寄せた。間違いなく不審がられている。

「そんな年齢のお子さんは、入院されていませんわ。うちに入院されているのは、ご高齢の方が多いので」

つっけんどんにそう言われて、ロビーやその先の廊下を見渡すと、ソファに座っている人も歩いている人も年配者が多い。高齢者専用ということはないだろうが、そういった年代の患者が多くかかっている病院だという印象を受けた。けれども、せっかくここまで来たのだ。もうちょっと粘ってみようと心を決めた。

「入院してたんじゃないかもしれません。もしかしたら、誰かをお見舞いに来たのかも……」

まだ若い受付の女性は、不機嫌そうに唇をとんがらかした。「見舞い客のことまでわかるわけないじゃん」と顔に書いてある。

カウンターの後ろから、同じ制服を着た中年の女性が、「どうかしたの?」と声を掛けてきた。若い女性のほうがひそひそと事情を説明している。どうなることかと思ったが、中年の女性が人のよさそうな笑顔を向けてきたので、圭介はもう一押ししてみた。

「左の手のひらに、大きくマジックでここの住所と『さいたま西病院』という名前が書いてあって……」

そう言うと、受付の女性は二人とも、「ああ」というような顔をした。何だ、知ってるんじゃないか。今度は圭介のほうが心の中で呟いた。早くこのことを言えばよかった。

「それなら菅田さんのことね」

年上の女性が言う。

「長い間、ここに入院されてらしたんですよ。時々、手のひらにマジックでいろいろなことを書き付けていらっしゃったから」

「でも――」

勝ち気そうな若い女性が横から口を挟んだ。

「その人、八十過ぎのお婆ちゃんですよ。それにもう亡くなっちゃったし」

中年女性のほうが「ちょっと」と若い受付の子をたしなめた。すると若い女性は、ぷいとふくれっ面《つら》をして奥へ引っ込んでしまった。

「お知り合いなんですか？」

残った職員のほうが声を掛けてくる。

「亡くなった……」

茫然《ぼうぜん》として圭介は繰り返す。

「お気の毒です」

見舞いに来てみると患者が亡くなっているという状況も、ままあることなのだろう。慣れた口調でそう畳み掛けてくる。

「ああ、ちょっと、清川さん！」

その女性に呼ばれて、若い看護師が近寄ってきた。

「この方、菅田さんのお見舞いに来られたらしいの」

「そうですか。私が主に担当させていただいてたんですけど、ちょうど一週間前に亡くなられたんです」

圭介はこの展開についていけず、言葉を失ったままだ。たぶん、彼女らは勘違いをしているのだ。自分が捜しているのは、あくまでも五歳の小さな女の子なのだから。「先生、きっと見つけてきてよ」そう言って送り出してくれた杏奈の声が耳の奥に残っている。

「私どもの一存ではご住所はお教えできませんが、ご家族の方に連絡を取ってみましょう。先方さんから了承が得られましたらご住所をお教えしますので、ご自宅のほうへ訪ねられたらいかがですか」

受付の女性はマニュアルどおりの言葉をすらすらと並べたてる。

「私が電話してみますね。娘さんがずっと付き添ってらしたから、その後どうしていらっしゃるか、気になっていたんですよ」

看護師の清川は事務室の中に入っていった。事務の男性職員に頼んで、亡くなった老婆の自宅の電話番号を調べてもらっているらしい。

「ええと……。お名前をお伺《うかが》いしてもよろしいでしょうか」

目の前の受付係は、穏やかな笑みを浮かべて問いかけてきた。

「あの、僕は金沢といいますが、でも、あの、もしかしたら、あちらさんは心当たりがないかも……」

もしかしたらどころか、ぜんぜん知らないと突っぱねられるに違いない。

「あの、ですね。僕が思うに、その亡くなられた方と僕が捜している人物とはですね――」

「ああ、つながったようですよ」

受付係は見事に圭介の言葉を無視した。そして清川のそばに寄っていって、何事か耳打ちしている。おそらくは圭介の名字を伝えているのだろう。そんなことをしても何にもならないのに。清川は、また受話器に向かって何かを語りかけている。受付係がそばでじっと聞いている。ガラス戸の向こうのやりとりは、圭介の所にまでは届かない。中年女性がまた戻ってきた。

「電話を替わってもらえます？　先方さんは、どういうお知り合いなのか、すぐに思い出せないようですので」

「あの、ですから……」

　電話が切り替えられたらしく、受付の女性は、にっこりと笑ってカウンターの受話器を持ち上げた。圭介は差し出された受話器を反射的に受け取ってしまって、ますます混乱した。こうなったら、先方には素直に人違いだったと言って謝ろう。腹を決めて受話器を耳に当てた。

「もしもし……」

「もしもし、菅田です」

　落ち着いた女性の声が聞こえてきた。

「ごめんなさい。母を見舞ってくださったんですってね」

「いや、その……」

「どちらの金沢さんでしょうか。母は先週亡くなってしまったんです。私も母の交友関係全部を承知しているわけではないので、いろいろと皆さんに失礼をしてしまって」

「僕は、愛媛県S市にある尾峨中学校で教師をしている金沢という者です」

勘違いだったと詫《わ》びて早々に電話を切ろうと、圭介は早口で言った。

「尾峨中学校⁉」

思いもかけず、電話の向こうの女性は驚いた声を上げた。

「まあ、わざわざ遠くからすみません」

「は？」

「母は生前、よく尾峨中学校の話をしていましたわ。山の中のとてもいい学校だったと」

「え？」

「尾峨中に勤めていたのは、母が若い時で。でも、新しく出来たばかりの中学校の校歌の作曲をさせていただいたことをとても誇りにしていました」

「ちょっと待ってください。お母様のお名前は——？」

「菅田淳子。いえ、あの頃は、アツと名乗っていたはずです。旧姓は三好です」

圭介の肩からショルダーバッグが大きな音をたてて床に落ちた。

受付の女性はびっくりしたように、棒立ちになったまま受話器を握りしめる圭介の顔を見た。

5

古いピアノの上に、ゴブラン織りのピアノカバーが掛かっている。その隣《となり》には、それよりもやや新しいアップライトピアノが置かれている。圭介は二つのピアノをかわるがわる見比べた。

「こっちの古いピアノは、私が子供の頃に両親が無理して買ってくれたものなんです。ピアノ教師になって新しいピアノを買いましたけど、処分する気になれなくて。まだとてもいい音が出るんですよ」

圭介の前に紅茶のカップを置きながら、ルリ子が言った。

「でも、とても不思議な気がします。きっと母が、あなたを導いてきてくれたのね」

圭介は向かい側に腰を下ろし、菅田ルリ子をまじまじと見つめた。あの後病院で住所を聞いて、またタクシーを飛ばしてここまで来たのだ。小柄で細身だけれど、背筋をすっと伸ばし、まっすぐにこちらを見つめてくるルリ子からは、弱々しいという印象は感じられない。

三好アツ先生にこんなふうに出会えるなんて。ルリ子の言うとおり、尾峨中学の校歌の作曲者である三好先生に呼び寄せられたような気がしていた。あと一歩のところで、本人に会うことはかなわなかったけれど。圭介は、さっき手を合わせた仏壇の中に置かれてあった淳子の写真を思い出した。温和な笑みを浮かべた老女からは、とうていあのヤヤコにつながるものを見つけることはできなかった。

しかし、この古くて小さいけれど、気持ちよく整えられた家へ迎え入れられ、娘のルリ子と言葉を交わしているうち、圭介はすべてを包み隠さず話そうという気になっていた。それで気味悪がられたり、信じてもらえなかったりしても、それはそれで仕方がないと。

紅茶を一口、口に含むと、圭介は語り始めた。

尾峨中学校が今年度限りで廃校になること。もう歌われなくなる校歌のことを調べ始めて、三番の歌詞が失われてしまっていることに気づいたこと。八十年前の凶悪犯の射殺事件。その男を撃ち殺した猟師の息子がその二十年後に、三好アツも在籍した新制中学の校長によって殺されたこと。その後の調査で、突然変異したとしか思えない粘菌という不気味な生命体が、凶悪犯の死後もその邪念や狂気を引き継いでいくのだと確信したこと。

そして——。

あの座敷に現われたヤヤコという名の女の子の話。その子のことを話すと、ルリ子はきっぱりと「それは母です」と言い切った。

「母は幼い頃、ヤヤコという愛称で呼ばれていたと聞きました。母の老いた体は病院のベッドに縛り付けられていたけれど、魂は小さな子供になって四国山地へ飛んでいったのね。あなた方が校歌のことを調べていると知ったからかしらね」

ヤヤコという少女がお手玉歌を歌っていたこと、三好先生の教え子にあたる老人たちが、今も『家路』をすらすら歌っているということを圭介が話すと、ルリ子ははらはらと大粒の涙を流した。

「私、母が死んでも泣かなかったの。長い間、病院で付き添っていて、すっかり覚悟が出来ていたからだと思ってた。でも違ってたわ。母はこうやって、あなたが来てくれるのがわかっていたのね。その時にお泣きなさいってことだったのかも……」

圭介が祥吾から聞いたヤヤコのしぐさや言葉を伝えると、ルリ子は今度は泣き笑いをした。

「五歳の子に返った母は、そこで転んだり、上から落ちてきた天井板に当たったりしたのね。きっとびっくりしたんでしょうね。その時の痣《あざ》や傷は、ベッドで寝ていた母の体にも現われたの。私ったら、その時担当だった乱暴な看護師の仕業《しわざ》だと思ったりしたわ」

死ぬ前に、自由にならない体から抜け出しワクワクした子供らしい体験ができて、母は幸せだったと思うとルリ子は付け加えた。

圭介はルリ子の様子をじっと観察した。この人は本当に自分の話を信じたのだろうか。死んでしまった母親のことを美化したくて、圭介が語る奇妙だが、幻想的な母親の姿にすがり付いているだけではないのか。でも、ここまで話してしまったのだ。もう後戻りはできない。圭介は慎重に言葉を選んだ。

「とても怖いんです」

正直にそう言った。ルリ子は居住まいを正した。

「ばかげていると思うでしょ？　粘菌のような単細胞生物が人間の念を身の内にしまい込み、それをまた別の人間に伝えるなんて、そんなことが……」

「いいえ」

ルリ子はきっぱりと言った。

「私は粘菌というもののことはよくわかりません。けれど、人の心のことはわかります。恨み、妬み、憎しみ、そういった負の感情が凝り固まったものは信じられないほどのエネルギーを持つわ。そして、それはいとも簡単に人を殺してしまうの」

圭介は小さく身震いした。

「きっと、そういうふうに人の心がねじれて裂け目を作るのを、向こうも待っているのよ」

「向こう？」

「そう。私たちの知らない向こう側。こうとははっきり言うことはできないけど」

それは異界だ。圭介は思った。人の心がそういう方向に傾くと、異界の中から何かがやって来る。粘菌の触手は異界につながっているのだ。

「僕に力を貸していただけますか？」

「どうすればいいんでしょう」

「尾峨中学校の校歌の三番の歌詞を捜しているんです」


圭介とルリ子は淳子の居室だった部屋に移動した。ちょうど遺品を整理していたところなのだ、とルリ子は言った。彼女は押入れを開くと、段ボール箱を二つ取り出してきた。

「たぶん、この中に、母が教師をしていた頃の品がしまってあると思うんです」

ルリ子はさっさと段ボール箱を開けた。

「ああ、でもアルバムなんかはこっちかも」

立ち上がっていって、書棚のガラス戸を開ける。圭介はルリ子の許可を得て、段ボール箱の中身をあらため始めた。しばらくは紙類の触れ合う音だけが部屋の中に満ちた。

「ああ、ほら、これだわ。母の字で、尾峨中学と書いてある」

ルリ子が黄ばんだ台紙のアルバムを差し出してきた。いつか尾峨の老人に見せてもらったのと同じような、生徒と先生との集合写真がいくつか貼り付けてある。昭和二十二年とある。新制中学が発足した年だ。職員室の中を写した写真もあったが、一番若い三好アツは、後方の隅っこに小さく写っているきりだ。ルリ子がページをめくった。二人ともが、はっと息を呑んだ。音楽室らしく、五線譜の書かれた黒板やオルガンを背にして、二人の人物が写っていた。写真の但《ただ》し書きを見なくても、それが誰かわかった。丸い黒ぶちの眼鏡を掛け、単衣《ひとえ》の着物を着流し、それでも何とか体裁《ていさい》を取り繕《つくろ》うためにところどころが綻《ほころ》びた夏羽織を羽織った小柄な老人。その隣で若き日の三好アツが、生真面目な眼差しで、まっすぐにカメラを見つめていた。既存の着物をアレンジした更生服という洋服は、自分で仕立てたものだろうか。

「枡見源一郎先生と」

ルリ子が母親の文字を読み上げた。

「この方が作詞をされた先生なのね。きっと校歌を作った記念に撮ったんだわ」

初めて見る枡見源一郎。圭介はもう一度じっくりとその写真を見直した。「いつでもボロを着て」「キノコのことになると夢中で」「貧乏したって平気の平左《へいざ》で」「変わり者で」――今まで耳にしてきた古老たちの言葉にぴったりと当てはまる人物がそこにいた。

「校歌を大事にしなさい。特に三番を――」

六十年の時を経て、枡見が圭介に語りかけてくる。

二人の写真が残っていたことに力を得て、圭介は段ボール箱の中の探索に再び取りかかった。ルリ子の協力も得て一心に捜したが、それらしきものは見つからなかった。圭介はひどく落胆した。木嶋校長の手を逃れた歌詞が作曲者の手元に残っていても不思議はないと思っていたのだが、やはり長い年月のうちに失われてしまったのか。

「待って。歌詞だけを捜していたからダメだったのかも。こっちに楽譜がいっぱい入っている箱があったはずよ」

ルリ子はまた押入れに頭を突っ込んだ。ごそごそと中を探った後に、やや小ぶりの段ボール箱を引っ張り出してきた。カラカラに干からびたガムテープをぴりりと剝がす。中からは大量の楽譜が出てきた。二人で半分ずつに取り分けて確認していく。印刷されたものが大半を占めているが、中には五線紙に、アツが手書きしたものも含まれている。どれも大事にされていたらしく、紙は黄ばんでいるが皺《しわ》や染《し》みは少なく、音符もきちんと読み取れる。

久ぶりの茶封筒があった。表書きは何もない。中からは、今まで見てきたものと何ら変わらない手書きの楽譜が出てきた。題目を見て、圭介は目を見張った。

『尾峨中学校校歌』とあり、その下に「作詞枡見源一郎　作曲三好アツ」と万年筆で書かれてあった。

「あ、あった。これだ！」

圭介の声にルリ子も、手に持っていた楽譜の束を下に置いて近寄ってきた。二人で無言のまま楽譜を覗き込む。きちんと清書したのだろう。わかりやすい音符が丁寧に書いてあり、その音符の下にひらがなで一番の歌詞が記されてある。

「それだけ？　一番だけなの？」

ルリ子に言われて茶封筒の中を見てみるが、中は空《から》だ。茶封筒の前後にあった楽譜も全部別のものだった。圭介は唇を嚙んだ。

「もしかして――」

ルリ子が楽譜を裏返した。その瞬間、圭介の目は釘付けになった。そこには、校歌の歌詞が写し取られていたのだった。

「ほらね。あの当時、五線紙はとても貴重なものだったって母が言ってたのよ」

その言葉を圭介は、ろくに聞いていなかった。歌詞はきちんと三番まで書かれてあったからだ。貪《むさぼ》るようにその三番の歌詞に目を走らせた。

重なる緑　山深く
森の霊気に　包まれしとき
五倍子染むる　うつぶしの色
地に撒くときぞ　ゆるぎなき
ああ我ら踏み鳴らす　その大地
たぐひなき友情　尾峨中学校

五倍子？　うつぶしの色？　何だ？　それ。

圭介は何度も何度も三番を読み返した。枡見源一郎がこの歌詞に込めた言霊《ことだま》を読み取ろうとした。枡見が尾峨の地に残し、そして三好アツがヤヤコに姿を変えて、今の自分たちに伝えようとしたもの。

「森の霊気に包まれしとき」は、まさに無念の死を遂げた凶悪犯の怨念を想起させた。それが瘴気《しょうき》となってハガレ谷から溢れ出し、森の中を這い進んでくる様子を表わしているのではないか。その黒い情念が粘菌を通して人に伝えられた時、はっきりとした殺意に昇華する戦慄《せんりつ》の構図を思って、圭介は怖気《おぞけ》をふるった。

「地に撒く」「踏み鳴らす　その大地」は、哲弘らから聞いた、枡見と当時の中学生とがハガレ谷で行なったという調伏《ちょうぶく》の儀式を彷彿《ほうふつ》とさせた。いや、あれはまじないや気休めなどではない。科学的な根拠のあるものなのだ。それを熊楠の手紙は裏付けていたではないか。それがきっと「五倍子」であり、「うつぶしの色」なのだ。粘菌を退散させ、殺意や怨念を封じる物質――でも、これではさっぱりわからない。

「金沢先生。ちょっとこっちへ」

ルリ子の声に、はっと我に返る。圭介の肩越しに三番の歌詞を読んでいたらしいルリ子も、同じことに思い当たったのだろう。一度廊下に出て、自分の部屋らしい隣の部屋にさっさと入っていく。圭介がおずおずとその部屋を覗いた時には、もう机の上のパソコンを起《た》ち上げていた。

素早く「五倍子」と打ち込んで検索にかける。出てきた画面には、これを「ごばいし」と読むと記されていた。漢方薬の一種であるとある。効用としては、傷口や潰瘍《かいよう》の出血を止め、分泌物を減らす作用、下痢止めなど。別の用途では、染料や皮なめしなどにも用いられると出ていた。ルリ子は要領よく画面をクリックして検索を進める。「五倍子は、ウルシ科の落葉樹ヌルデに、アブラムシ科の昆虫ヌルデシロアブラムシの刺傷によって生じた虫癭《ちゆうえい》（虫こぶ）を乾燥して作る」という記述があった。

虫こぶ？　どこかその言葉に引っ掛かりを覚えつつも、先へ目を走らせる。五倍子にはタンニンが多く含まれている。これがタンパク質を凝固させるために、止血としての薬になる。それから、獣皮の主成分であるコラーゲンを変質凝固させ、硬化したりひび割れることなく上等の皮革を作ることができる。また、染料として用いる場合には、木酢酸鉄《もくさくさんてつ》で媒染《ばいせん》すると空五倍子色《うつぶしいろ》と呼ばれる伝統的な黒茶色に染め上がる。高級和服の染料として利用される、とあった。校歌の歌詞にある「うつぶしの色」とは、このことを指していたのだ。うつぶし色という色見本も出ていた。豊かな土の色に似た、優しい自然の色だった。

ルリ子は肝心な箇所を次々とプリントアウトして、圭介に手渡してくれた。二人とももう口を利かなかった。核心へ近づいているという確かな感触があった。

五倍子と似たものに没食子《もつしよくし》という、やはり虫癭を乾燥したものがあるが、これは中近東のナラ、カシ類にインクタマバチが寄生して出来た虫こぶが原料だという記述が目に入った。五倍子は、中国、日本、韓国が産地なのだ。続けて読み進むと、日本国内では資源の枯渇と需要の減少などで、五倍子はほとんど生産されることがなくなった、とある。しかし、明治、大正時代は輸出されるほどさかんに生産されており、昭和三十年代までは細々とその生産は続いていたらしい。国内での主な産地は中国、四国山地、という文字に行き当たり、圭介の目はそこに釘付けになった。

「ああ……」

ここですべてがつながった気がした。校歌の三番には、色に関係する事柄が歌い込まれていたような気がすると言った老人たちの言葉。哲弘が森の中で指し示した虫こぶ。もしかしたら尾峨の辺りでも、五倍子は生産されていたのかもしれない。祥吾が粘菌について調べていた時、熊楠以降中断されていた粘菌の研究が近年また盛んになり、「変形体から動物の筋肉を構成するのと同じ、アクチンとミオシンというタンパク質が見つかった」ということを得意そうにしゃべっていた。圭介はプリントされた用紙を繰って、もう一度、五倍子の特質について述べられている部分を捜した。

「タンニンには、粘膜や組織を収斂《しゅうれん》させ、タンパク質を凝固させる作用がある」

そう口に出して読み上げる。

枡見源一郎はこれを発見したのだ。ハガレ谷で中学生たちに撒かせた黒い水。あれは五倍子を使ってうつぶし色に染め上げる染料だった。その中にはタンニンがたっぷり含まれていたから、粘菌は固まって動けなくなって死んでしまう――。

熊楠はこれを近代以前の『本草書』に書かれていると知っていて、笹魚などの虫こぶの例を挙げて指摘していた。熊楠が書面で、「粘菌の原形質流動は、動物の筋肉を構成するものと同じで、この物質はこの動きを封じるもの」としていたことを思い出し、彼の洞察の深さを圭介は思い知った。

圭介は、ようやく見つけ出した尾峨中校歌の三番の歌詞を丁寧に手帖に写し取った。木嶋校長がもみ消そうとして消しきれなかった三番の歌詞。作曲者の手によって、六十年の間、大切に保管されていたのだ。

そうやって写し取りながら、今、この歌詞に辿り着いた意味を考えた。粘菌という黒々とした生命体がハガレ谷から溢れ出し、不穏な動きを見せ始めたこと。一方で、失われていた歌詞が見つかったこと。ここに何かのつながりがあるのではないか？

「あの子は、何かを伝えようとしてる」

ヤヤコのことを指して杏奈が言った言葉が、圭介の頭の中で渦巻いた。ヤヤコに姿を変えた三好アツは、ただ三番の歌詞を見つけてほしかっただけなのだろうか。枡見源一郎と三好アツとが並んだ白黒写真をもう一度見せてもらった。

「母はずっと尾峨のことを気にかけていたみたい」

ルリ子が話しかけてきた。

「それは、ただ尾峨を懐かしがってのことだけじゃなかったのかもしれない。母が亡くなる少し前、愛媛に住む伯母とその息子とがお見舞いに来てくれたんだけど、母は尾峨でおかしな事件や事故があったら教えてほしいと頼んでいたそうなの」

「アツ先生は、枡見先生から何か聞かされていたんでしょうか」

「それはわからないわ。少なくとも私には何も言わなかったから」

人は死を前にして、今まで自分を飾ってきたものや背負ってきた荷を下ろしてだんだんシンプルになり、本来の姿に返っていくのかもしれない。そうやって子供返りしたアツは、死ぬ前に何かの使命感に駆られたのか。でもなぜ杏奈の所に現われたのだろう。何かまだ自分に知り得ないことがあるのだろうか。

――とても怖いんです。

さっき自分がルリ子に対して語った言葉が、また圭介を震え上がらせた。

「母はそんなに尾峨のことを気にしていたのに、あそこを離れて以来、一度も戻ったことがないらしいの」

ルリ子の話は続いている。

「これ、父が生きていた時、母には内緒で私に話してくれたことなんだけどね――」

ルリ子は思い出し笑いのようにフフフと笑った。

「母は尾峨にいた頃、あまりに町の人たちに気に入られちゃって、町内の人と結婚させられそうになったらしいの。相手は戦争の後もしばらくシベリアに抑留されていた復員兵だったらしいけど、母はその縁談を嫌って、とうとう尾峨から別の中学校への転勤願いを出したんですって」

「へえー」

「父は『よっぽどその人のことが気に入らなかったんだろうな。でもそのおかげでお父さんとお母さんは出会うことができたんだよ』って言って笑ってた。結局、その人は、跡取り息子のなかった家の娘さんと一緒になったっていう話よ。最後は、ちょっと嫌な思い出とともに尾峨を後にしたってわけね」

圭介は三時間ほどルリ子の家に滞在した後、そこを辞した。ルリ子は玄関の前まで出て、圭介を見送ってくれた。教えてもらった最寄りの駅までの道を辿りながら、圭介の心はもう尾峨へ飛んでいた。

第五章　斉唱

1

　隆夫は清々《すがすが》しい気持ちで夜明けを迎えた。

　この数カ月の間、心にのしかかっていた重しがすっと取れたような気がしていた。しびれたような高揚感が、あの谷から出て来た時からずっと続いている。力が体の中から、後から後から湧いてくる。獣のような軽い足取りで、峠を駆け下りた。

　一度、炭焼き小屋に立ち寄った。この冬中、火を落とさずにフル回転させようと思っていた炭窯《すみがま》は、完全に冷えきっていた。それを見ても、隆夫は何の感情も持たなかった。居小屋の床に放り出していた鉈《なた》と小ぶりの斧《おの》を拾い上げて腰に下げた。どうしてこんな簡単なことに気づかなかったのだろう。自分がやるべきことは作物をうまく作ることではない。炭を焼いて現金収入を得ることでもない。息子の家族や妻に認めてもらうことでも、田舎暮らしを成功させることでもない。

奴らに復讐することなんだ。

奴ら――？

そうだ。奴らは俺の周りで手を組んでいる。それに気づくのが遅すぎた。俺を陥《おとしい》れるために策を弄《ろう》したうえに、無能呼ばわりしてさげすんだ。それにまんまと嵌《は》められた俺は、会社を辞《や》めるように仕向けられたのだ。あのスーパーの売り場を仕切っていた女のパート社員のせいで。

隆夫は苦々しい思いで女の顔を思い出した。ぶよぶよと太った体。手の甲には大きな赤い痣《あざ》があった。太った愚鈍な女の芋虫のような指。あれが触れたものは何もかもがダメになった。不必要に生鮮品を並べ替えながら、ペチャクチャと無駄口を叩いていた女。あれが目印だったのだ。あの手の甲の赤い痣が。

停めていた軽トラックの横を素通りして、隆夫は徒歩で山を下りた。いくら歩いても疲れなかった。口では呪詛《じゅそ》のようにあの女への恨み言を連ねながら。

「おう！　松岡さん、どうやね？　炭焼きの具合は」

山道で、顔見知りの石本治平とすれ違った。隆夫は見向きもしなかった。治平は道端によけて、そんな隆夫をやり過ごした。

あの悪魔のような女が率《ひき》いる一団から抜け出してきたと思ったのに、こんなに離れた山の中にも奴らの手は伸びていた。また俺がここで新たな失敗をして、失意のうちにここを追われるという構図を仕組んでいたのだ。きっとどこへ行っても同じなのだろう。俺がへとへとに疲れ果て、自分の首にロープの輪を掛け、踏み台を蹴倒すまで、この堂々巡りは続くに違いない。

だから――逆襲するのだ。復讐だ。

すごく簡単なことだった。隆夫は腰で揺れる鉈と斧に手をやった。集落が見えてきた。隆夫は獲物を狙う野獣のような面持《おもも》ちで、油断なくあちこちに目を配りながら山道を下っていった。人の姿はどこにもない。隆夫は腰から斧だけをはずして、革のカバーを取った。どんよりと曇った重たい空が、山の先端に掛かったように垂れ下がっている。冬の山の風景は緑も輝きを失い、空と同じようにモノクローム の中に沈んでいる。

家々の点在する山腹斜面に、急に明るい色が現われた。目を凝《こ》らすと、それは金色に髪を染めたあの女子中学生だとわかった。ぐるりと回り込んだ先にある斜面の端にまで出てきて、その女の子は隆夫の方をじっと見た。

隆夫もそれを見返した。

女の子のカーキ色のトレーナーの胸には、オレンジ色で大きく89の数字が入っており、その上に羽織ったジーンズのジャケットが風にはためいていた。

あの子だ――あの子がここの群れのボスだったのだ。

その考えは、天啓のごとくに隆夫の頭の中に落ちてきた。群れのボスには、それとわかる印が付いている。右手の痣、金色の髪。

ああ、こんなにもはっきりと刻印が打たれていたというのに――。隆夫は斧を握り直すと、足を速めた。

「あのさあ、あすみ――」

中学生は下ってくる隆夫に背を向けて、谷底に向かって話しかけている。そこまで来て、ようやく彼女が耳に携帯電話を当てているのがわかった。

「あたしね、来年、そっちに帰らないかも。まだもうちょっと、こっちにいたいんだよね。やりきれてないことがあるような気がしてさ」

やりきれてないこと――俺を徹底的に叩く相談をしているんだ、この女は。電話の先は、あの手の甲に痣がある女かもしれない。

隆夫の気配に振り返った少女が、隆夫が手にした斧に気がついて、目を大きく見開いた。

圭介は思いっきり車のアクセルを踏み込んだ。

松山空港の駐車場に置きっぱなしにしていた車を飛ばして、S市の奥、尾峨地区まであと一時間。制限速度をオーバーしているのはわかっていた。

　その電話を受けたのは、羽田で松山行きの便に乗るために搭乗口に向かっていた時だった。後藤教頭からだった。

「吉田杏奈がいなくなった」

　と彼は言った。

「いなくなった？」

　意味がわからず圭介はオウム返しに言った。

「どういうことですか？」

　まず頭をよぎったのは、彼女が家出をしたのではないかということだった。山の生活に嫌気がさして、あるいは東京に戻りたくて。だが、教頭の言葉は、圭介の予測を裏切るものだった。

「誘拐された可能性があります」

「は？」

　自分でも間抜けた返答だと思った。誘拐された？　あの山の中で？　いったい誰に？

「松岡隆夫という行友集落の住人に連れ去られるところを、別の人が目撃していたんです」

「松岡……」

　圭介は頭の中で、その男の名前と顔を一致させようと試みた。行友集落は中学校や教員住宅のある集落だから、たいていの住人の顔は知っているはずだ。

「去年、こっちに移り住んできた人で……」

教頭の言葉が助けになって、ようやく初老の男の顔が浮かんできた。説明しながらも、教頭もなぜ松岡が杏奈を無理矢理連れ去ったのか腑《ふ》に落ちない様子だった。

教頭が畳み掛ける。

「とにかく早く戻ってきてください。こちらはもう大騒ぎで……」

電話を切った後、圭介は哲弘に掛け直した。今、山狩りの準備をしているのだという哲弘から、手短かに松岡隆夫のことを聞き出した。以前、石本治平から、松岡がよそからIターンで尾峨にやって来たけれど、近隣の住人とトラブルを起こして就農の意欲を失っているということは聞いていた。哲弘はそれに加えて、どうも最近松岡の様子がおかしかったらしいと伝えてきた。張り切っていた移住当初の思いが空回《からまわ》りしたような形で、地域に馴染《なじ》めずに孤立していたこと。夫婦の間もぎくしゃくし、融通《ゆうずう》の利《き》かない性格もあって、どうも精神的に参っていたらしいということ。

「哲弘さん――」

ガラス越しに滑走路を見ながら、圭介は唾《つば》を呑み込んだ。

「それって、木嶋校長先生の場合と、とても似通っていますよね」

哲弘は何も答えない。しばらくの沈黙の後、

「今朝早く、つまり吉田の孫娘が連れていかれる直前のことやけど、治平が、山道で松岡とすれ違《ちご》うたらしい。どうも、その――」

哲弘が適切な言葉を選び取るのを、圭介は辛抱強く待った。

「どうにも尋常なふうには見えんかったと言うとる。狂気じみとるというか、血迷うとるというか……」そしてとうとう、「何かにとり憑《つ》かれとるというか……」と言った。

圭介は目を閉じた。

「山道ですれ違ったんですか？　何をしてたんです？　松岡さん」

「炭を焼いとったらしい。一人で山にこもって」

森の中で。たった一人で。気を病んで。善久寺の庫裏《くり》。炭焼き小屋。

圭介が礼を言って電話を切ろうとすると、今度は哲弘のほうから呼び止めた。

「これ、先生の耳に入れといたほうがええと思うてな」

電話の向こうの哲弘の声に逡巡《しゅんじゅん》の色が滲《にじ》んでいる。いつになく自信のなさそうな哲弘の声に、圭介は耳をそばだてた。

「何でしょう」

「いや、なに、吉田の孫がさらわれたと聞いたら、うちの親父がちょっと妙なことを言い出したもんじゃやけん……」

どうにも歯切れが悪い。

「この前、先生が言うとった粘菌の話な。あの、人にとり憑いて殺人を犯させるていう――」

哲弘はそこで唾を呑み込んだ。自分が口にした事柄の確かさに迷いを抱いているのだ。

「あのことに関係することなんやが」

「ええ」

「あの時、先生の考えでは、浅井茂壱の血を引く息子だから、忠明さんは殺されたんじゃと言うたよな。つまりその――大沢っちゅう殺人犯の恨みを粘菌が木嶋校長先生に伝達して」

「はい」

「あの時、わしは浅井の家系はもう途絶えてしもうたと言うたやろ」

今度は圭介が唾を呑んだ。

「あれ、間違いやった」

「は？」

「うちの親父が言うにはな――」

哲弘は声を落とした。誰に聞かれまいとしているのだろう。粘菌に？　あの音もなく忍び寄る意思を持ったアメーバに？

「シシ撃ちの浅井茂壱な。あの人は尾峨に住み着いた後、あるおなご衆《し》と内縁関係にあったらしい。これはごく一部の人しか知らん話やと親父は言うとる。けど確かな話や」

「と、いうことは？」

「この下の集落、昔は蔵持《くらもち》と言われとった所の若後家さんとそういう関係に陥《おちい》ってやな、その女に男の子を産ませたというんじゃ」

「それじゃあ、忠明さんだけじゃなかったってことですか？　浅井茂壱の子供は」

「そういうこっちゃ。うちの親父はそう言うとる。でな、その若後家さんはもともとの亭主との間にもう三人も子供がおったし、亭主もないのに子を産んだのを恥じて、その子を遠縁の家に養子に出したんじゃと」

　圭介も思わず、受話器をちょっと耳からはずして周囲の気配を窺《うかが》った。何の音もしない。が、しかし――。

「その子は、大人になってから戦争にとられてな。戦後もシベリアに抑留されとったたゆう話や。忠明さんが殺された時には、まだ復員してなかったらしい。とにかく内地に戻ってきた時には養父母も亡くなっとったしで、世話してくれる人があって、ある家の入り婿になったんじゃと」

「ある家の？」

　冷たい予感――。

「行友集落の吉田家じゃ。タキエさんと所帯を持ったんじゃ。もう本人は死んでしもうて、今はタキエさんとその孫の――」

「吉田杏奈」

冷たい塊《かたまり》は、そのまま背筋を滑り下りた。

吉田杏奈が浅井家の血を引く娘だった？　それで粘菌が騒ぎだしたのか。哲弘もその可能性にもう気づいている。杏奈は今、命の危険にさらされているということに。もっと早くにこれに気づくべきだった。

そしてもう一つの符合点に、圭介は思い至った。シベリアから戻ってきた復員兵。人の世話で入り婿になった男――この設定はまだ耳に新しい。

三好アツ先生が結婚させられそうになったのは、茂壱の息子だったのだ。アツはそれを知っていた。やはり枡見からおおまかなことを聞かされていたに違いない。彼女は怖かったのだ。木嶋校長が浅井忠明を殺し、頼みの枡見まで急死してしまった。そんな時に浅井の血を引く男との縁談が持ち上がった。だから尾峨から逃げ出したのだ。ただ一人、すべてを知っている人物は、尾峨を救うことができる三番の歌詞を守りとおし、遠くから尾峨を見守ることしかできなかった。命の火が消えかけようとした時に、尾峨の異変を感じたアツは、ヤヤコという少女に姿を変えて尾峨に戻ってきた。ようやく、ヤヤコが吉田の家に現われた意味がわかった。あの子は杏奈に危険を知らせようとしたのだ。

圭介は電話を切ると、半分駆けるような足取りで搭乗口へ向かった。とてもじっとしていられなかった。恐ろしい予感にちりちりと身を焼かれた。

六十年前に起きた木嶋校長の事件。あれと同じことが今、再び起ころうとしている。粘菌は、浅井の血を引く杏奈が尾峨に戻ってきたことを感知して動きだした。大沢正の狂気を受け継いだ粘菌は、ぎゅるぎゅると歓喜の声を上げながらにゅるりにゅるりと這い出してきたのだ。

だが待てよ――。

六十年前に浅井忠明を大沢の復讐として始末してからも、忠明の弟に当たるタキエの夫、またその子供たちは尾峨で暮らしていた。なのに、何も起こらなかった。

なぜ今なんだ。

何か自分は大事なことを取りこぼしているのではないか。浅井の血を引く者がいるだけでは足りない。別の条件が必要なのかもしれない。

飛行機の中でも、車の運転をしながらも、圭介はじっと考えていた。

粘菌という原始の単細胞の生き物が、なぜ人の怨念《おんねん》や狂気を受け継いで、復讐などということを為《な》すのだろう。そうする理由は何なのだろう。たぶん、自分は何か大きな思い違いをしているんだ。何かの力が作用し、奇形のブナの森を生み出したあの谷の底、同じようにに変異を遂げた生命体――広がり、またまとまり、仮足《かそく》を繰り出し、おぞましく蠢《うごめ》くあの肉塊のようなアメーバ――あれが求めているものは何なのだろう。

——粘菌などといふ下等なる単細胞の目的は己《おのれ》の蕃殖《はんしょく》のみに有之候《これありそうろう》。

どんなに変異を重ねようとも生物の目的は種の保存、すなわち環境に適応して生き延び、子孫を残すことだけだ。生命《いのち》を支えるもの——その第一は、餌《えさ》を食らうこと。

奴らの餌とは——？

なぜあの生き物は人間にすり寄ってくるのだろうか。そこに答えがあるのだ。圭介は頭をめまぐるしく働かせた。ひらめいて、たちまち消えていきそうになる影の尻尾《しっぽ》をつかまえるべく。

自分に粘菌が近寄ってきた時のことを考えた。あの夜は、確か『シェエラザード』を聴いていた。その後、テレビを点《つ》けて——圭介は、はっと体を硬直させた。あの時にスポーツニュースで林選手が日本新記録を出したということを知ったのだった。それを知った時に感じた嫉妬と憎しみ。あの男さえいなければ、自分はまだ陸上選手として華々しく活躍していたはずだという思い。なのに実際は不遇をかこっている。教師という職にも山の中の中学校にも適合できずに悶々《もんもん》としている。そんな境遇に陥れたのは、林という男。卑劣な手を使って今のポジションを手に入れたあの男に、自分は燃えるような憎悪を募らせた。殺してやりたいほどに。

自分でも抑えきれないほどのそんな黒い思いが、あの森の奥の下等生物を呼び寄せたのだ。バクテリアを食って生きていた粘菌が、奇形木とともに生まれ変わって食い始めたもの。それは、人間という進化樹の先端に立つものが発する負のエネルギーだったのではないか。そして、人と接することのない深山幽谷《しんざんゆうこく》の森の粘菌を変異させたきっかけは、あのハガレ谷で多くの平家一族が非業《ひごう》の死を遂げたことではなかったか。

無念の思いを抱いて都落ちをし、戦《いくさ》にも敗れた者たちが、土着の民と和合することができず自刃し、あるいは殺された時、彼らが発した阿鼻叫喚《あびきょうかん》、流した血、それらとともにもたらされた恨み、つらみ、呪《のろ》いのような強烈な負のエネルギーが、木々の姿をねじ曲げ、粘菌の性質を変えてしまった。ハガレ谷の奥底の、湿った土の中に埋められた平家一族の体が朽《く》ち果てながらも、死に切れない者の残留思念を滲《し》み出させていたのかもしれない。変種の粘菌はその骸《むくろ》を分解しながら、極上の餌を舐《な》め取ったのだろう。

そして、さらに種を繁栄させるために粘菌の細胞は考える。

どのようにしたら大量の餌を得ることができるかということを。

長い歴史の間に、粘菌が細胞内構造の中に編み込んだものは効率のよい捕食の方法。いかにして人間から負のエネルギーを絞り取るかということだったのではないか。餌を取る最短距離を細胞の中に刻み込んでいるのだ。過去に「うまくて栄養になる大量の餌」を得た経験から。

平家一門の最期からは、外から入ってきた者が土地に馴染めずに裏切られ、土着の民を逆恨みする様《さま》を。狂気の殺人者の死に様からは、山の民である浅井一族を呪うことを。その細胞内記憶に感応するものが現われると、粘菌は動きだす。尾峨の住人が作り出す、小さな嫌悪感や狂気を舐め取るだけでは足りず、粘菌は飢餓状態にあった。その多くは菌核となって不入森《いらずのもり》の土の中で眠っていたのかもしれない。そこへ浅井の血を引く娘、自身も怒りや不満に満ちた感情を持て余す吉田杏奈がやって来た。

そして、もう一つの条件――。

尾峨にIターンで入ってきて、地域に溶け込めずに疎外感と失意を募らせ、静かに壊れていった松岡という男が存在した。

二つのピースがぴたりと合ったのだ。

圭介はまたアクセルを踏み込んだ。どうしてもっと早く気づかなかったのだろう。またそう思った。森の中から悪魔の触手は伸びていたのに。

そして――もうわかっていた。

圭介の心の奥底にずっと閉じ込めてあったこと。彼は、ただ忘れたふりをしていただけだった。

足の怪我が治ってから、圭介は一度だけ林とでくわしたことがある。チームにコーチとして残るかどうか迷っていた時だ。後輩たちのレースを応援するために競技場に出かけた。トラックを見下ろすスタンドであの男を見つけた。向こうは圭介には気づかない。オリンピックの選考会で自分が足を掛けた相手のことなど、もうすっかり忘れてしまっていたのだ。

座席の間の狭い階段ですれ違いながら、圭介はまずそのことにショックを受けた。あの事故のせいで自分の人生は大きく狂わされたのに、この男には何の引っ掛かりもなく、ましてや悔悟《かいご》の気持ちなど皆無なのだ。階段の途中で立ち止まり、仲間たちが走る様子を見守る林。彼の背後に回った圭介はその背中を見下ろして立っていた。

辺りには誰もいなかった。トラックで競技に興じる選手や役員も、こちらを見上げている者は一人としていない。

あの時――。

思いきり林の背中を突き飛ばしたい、と強く思った。階段を転げ落ち、足を痛め、もう二度と走れない体にしてやりたかった。いや、殺してやりたかった。体中の血液が大音響で脈動し、「早くやれ」と急《せ》きたてた。圭介はゆっくりと林の背中に歩み寄った。両の手を差し出す。永遠とも思える数十秒が流れ、圭介は結局手を下ろした。林は何も知らずに階段を下りていってしまった。次にもし、どこかで彼に出会ったら、自分はあの衝動を抑えられるだろうか。怖かった。

だから――陸上から離れた。

もうとうに忘れたと思っていた。剝《む》き出しの、痛いほどのあの情動。憎い相手に対する殺意。一人でハガレ谷へ行き、奇怪な粘菌に追われるようにして霧の中をさ迷い歩いた時、あの過去の感情がまざまざと甦《よみがえ》ってきたのだった。

貪欲《どんよく》に餌を食らい、猛々《たけだけ》しく繁殖する原生生物は、本能の指し示す方向へ凄《すさ》まじい勢いでなだれ込む。きわめてシンプルで、それだけに恐ろしい行動だ。すべての生き物がそうであるように。

だが、人間だけはそうではなかった。

――きっと、そういうふうに人の心がねじれて裂け目を作るのを、向こうも待っているのよ。

――憎んだり復讐したりするんは人間だけじゃ。

粘菌はただ捕食活動として食らいついてきただけなのに、負のエネルギーを吸われることによって、人は自分の中の底知れぬ黒い欲望に気づく。蛭《ひる》が血を吸いながら血を凝固させない成分を注入するように、人の中にあった抑制力を取り外して、その邪《よこしま》な情念を増幅させるのかもしれない。より多くの餌を得るために。

とり憑かれるとはそういうことだった。

木嶋校長は粘菌に操《あやつ》られたのではない。彼はそうしたかったのだ。懸命に努めたにもかかわらず山間の住民は、校長の高邁《こうまい》な理想には無関心で、なおかつ排他的だった。やがてそれは息子を捨て石にした国家を呪う心に取って代わった。自分を律していた理性が取り払われた時、彼は危険な犯罪者となった。本能のおもむくままに行動する粘菌と同じ原始の姿にたち戻り、浅井忠明を殺した。その後にとった彼の行動は、彼が望んだことだったのだ。

すなわち、校務員に金をやって、五倍子《ごばいし》が粘菌にとって毒であることを示唆《しさ》する校歌の三番の歌詞を徹底的に破棄し、粘菌の変異体の存在を記してあったであろう枡見の研究を焼いてしまった。いつかまた粘菌が動きだした時、彼が呪ったこの世のすべてが恐慌に陥り、やがては破滅へと向かう布石を打ったのだ。それらはすべて彼が望んだことだった。

圭介が林の死を望んだように。

だが――。

圭介は、ちらりと助手席のショルダーバッグに目をやった。その中には校歌の三番の歌詞を写し取った手帖が入っている。

これだけは残った。ヤヤコが杏奈に伝えたかったもの――たった一つだけ残った校歌の三番。

杏奈を救い出さねば。

圭介はハンドルを切って、山懐《やまふところ》に車を向けた。

まったく訳がわからない。いきなり腕をつかまれて森の中に引きずり込まれた。一度も口を利いたことのないオヤジに。

杏奈は声を上げようとしたが、斧を首筋に当てられて、その叫びは喉《のど》の奥に貼り付いてしまった。

2

東京で援交をやった時にもたまに怖い目に遭《あ》ったけど、こんなに直接的ではなかった。男たちをその気にさせておいては頂くものだけ頂いて、あすみと二人、ゲラゲラ笑いながら夜の街を走り抜けた。時には怒り狂った男に追いかけられたり、捕まえられて交番へ突き出されたりもしたが、たいしたことにはならなかった。

東京ではうまく立ち回ってラブホへ連れ込まれるなんてドジを踏んだりしなかったのに、こんな山の中でとうとう捕まっちゃった。暗い森の中を引きずられながら杏奈は思った。スケベオヤジはどこにでもいるんだ。斧で脅《おど》すなんてひどく原始的だけど、結局、歌舞伎町をうろついているオヤジたちと一緒なんだ。でも逃げるチャンスはまだある。こういうオヤジはどこかできっと気を抜くんだ。頭を働かせているうちに最初のパニックが去り、杏奈も少しは落ち着いてきた。男はまっすぐ前だけを見て、ひたすら斜面を登っている。斧は刃を上向きにして、杏奈の首に当てられたままだ。

「ねえ、どこへ行くの？」

震え声にならないように、努めてゆっくりと尋ねた。

男はちらりと杏奈の方を見やったが、何も答えない。その眼差《まなざ》しを受けて、杏奈は背筋が凍りついた。凄みのある据《す》わった目つき、なのに焦点を結んでいない。唇の端には白い泡がくっついていて、今まで気がつかなかったが何かぶつぶつと呟《つぶや》いているようだ。

ヤバイよ、完全にコワレてる、このオヤジ。下心見え見えのイロ呆《ぼ》けオヤジなんかじゃない。こういう奴は何をするかわからない。杏奈は黙り込んだ。

殺されるんだろうか。実感のまるでないその言葉に、それでも杏奈は戦慄《せんりつ》した。

男は一度も立ち止まることなく、杏奈を引き立てて歩き続ける。肩から首に回された男の左腕が、万力のように杏奈を絞《し》め上げる。凄まじい力だ。時々、息が止まりそうになる。杏奈は普段着姿の自分の体を見下ろした。ジャケットのポケットには携帯電話の重みがある。さっきあすみとしゃべっていてこの男に脅された時、びっくりして切って放り込んだままだ。今はそれを手に取ることはできないが、これだけが命綱だ。こんな山の奥では電波が届かないだろうけど、なくさないでいたらきっと何かの役に立つはずだ。

正気を失わないように杏奈は、ジャケットの上から携帯に触り、そんなことを次々に考えた。

このジーンズのジャケットは、あすみと一緒に古着屋で買ったものだ。ダメージ仕上げであちこちほつれや裂け目があり、生地《きじ》もくたっとしていて体に馴染むところが気に入っていた。こっちへ来て二度目のこの冬、箪笥《たんす》から取り出してみると、その裂け目が全部丁寧に繕《つくろ》われていた。杏奈は噴き出した。裏には古くて薄汚い布が当てられていた。タキエの仕業《しわざ》だ。そう気づいて、杏奈は噴き出した。お婆ちゃんたら、これ、ほんとに破れていると思ったんだ。こんな穴だらけのジャケット着てたら寒いと思って縫いつけちゃったんだ。含み笑いが大笑いになる。笑って、笑って、涙が出た。あすみや麻衣が見たら何て言うだろう。ジャケットに顔を埋《うず》めて笑った。涙がポロポロ流れ出す。寒いだろうなんて誰かに心配されたことなんて、今まで一度もなかったから。

だから、笑って、泣いた。

今もタキエがしてくれたまま、このジャケットは裏にへんてこな布をくっつけて着ている。

ちょっと心強い気持ちになって、杏奈はそっと息を吐いた。きっと自分を見失って叫び声を上げたり暴れたりすれば、この男は躊躇《ちゅうちょ》することなく斧の刃を杏奈の首に突き立てるだろう。それだけは確かなことのように思われた。この男——もう一度、杏奈は横目で松岡とかいう農家の男をちらりと見やった。祖母の家より一段上の、中学校寄りの集落に住む男だ。学校の行き帰りに何度か見かけたことがあるだけの男が、おかしくなっているとはいえ、唐突に自分に向けてきた殺意が理解できなかった。

それにこの異常な力——とても人間業《わざ》とは思えない。

さっきから杏奈の身をすくませているのは、男の狂気だけではなかった。松岡の体からは、妖気ともいえる得体のしれないものが立ち昇っていた。引きずられている杏奈のほうが息が上がってしまったのに、下草に覆われた林床《りんしょう》を一定のスピードで登り続ける松岡には、息の乱れは感じられない。

どれくらいそうやって森の中を歩き続けただろう。ふいに開けた場所に出た。

そこには炭焼き窯と、トタン屋根の掘っ立て小屋があった。松岡は小屋の戸を開けて、その中に杏奈を突き転がした。板敷きの床でしたたかに体を打ちつけながらも、杏奈は斧が喉から離れたことに安堵《あんど》の息を吐いた。転がったまま松岡を見上げると、松岡は喉の奥でくつくつと笑った。

「お前の正体はわかっているんだ」

意味がわからず、杏奈は声も出ない。

「どうだ。面白かったか？　俺がここで失敗していくのを見るのが」

松岡は斧を持ち直し、杏奈のそばにひざまずいた。杏奈は少しでも男から離れようと、背中を壁に思いきりすり寄せた。

「よく考えればすぐにわかったんだよ。俺もバカだよなあ。俺の畑の前、田の中の畦道《あぜみち》、炭焼きに行く時も、お前は俺を見張ってたんだ」

「何のことかわからないよ」

それだけ言うのがやっとだった。だが、杏奈の声は松岡の耳には届いていないようだった。

「お前がうろつくと、俺の作物は皆、悪くなる。何もかもだ。どうやったんだ？　ええ？　あの女と同じに、お前の触ったものはダメになっちまうのか？」

「あの女？」

松岡はいきなり杏奈の金髪を引っつかんだ。杏奈は小さく「ヒッ！」と叫んだ。自分で抑えることのできない涙が頬《ほお》を伝う。完全にコワレてる、この男。頭の中で、わんわんと同じ言葉が鳴り響いた。髪の毛を後ろへ引っ張られて、のけぞった喉にまた冷たい刃が当てられた。

「心配するな。すぐには殺《や》らんよ」

松岡は髪の毛から手を離すと、今度は杏奈の右手を床の上にぐいと押し付けた。「あっ！」と思う間もなく、松岡はその手の上に斧を振り下ろした。斧は大きな音をたてて床板に突き立った。杏奈の指の数センチ横だった。気を失った杏奈の下半身から失禁したものが流れ出て床を黒く汚すと、それを見て松岡はゲラゲラとのけぞって笑った。

松岡の炭焼き小屋には、杏奈の携帯電話だけが落ちていた。松岡は杏奈を連れて、さらに山深くへ踏み込んで行ったらしい。警察と消防、町の住人たちで構成された総勢百人を超える捜索隊は、手分けをして山狩りにかかっていた。八十年前、大沢正を追い詰めるために長期間にわたって行なわれた山狩りを彷彿《ほうふつ》とさせる事態だった。

何度も何度も繰り返される禍々《まがまが》しい歴史――。

尾峨に戻ってきた圭介は、昼過ぎに、中学の空き教室に臨時に作られた捜査本部に駆けつけた。今、山狩りが始められたばかりということで、特に新しい情報は得られなかった。が、杏奈が連れ去られるところを目撃した住人によると、松岡は斧で杏奈を脅していたという。炭焼き小屋に松岡が持ち込んでいた鉈や斧も見当たらなかったという警察の話は、圭介を震え上がらせた。

木の枝に吊るされた背骨、叢《くさむら》の中から天を見上げる頭部、切り落とされた手足。悪夢の残像が圭介を呑み込む。もう杏奈は殺されてしまったのではないかという思いが心を萎《な》えさせる。この時期、山中の夜の気温はともすれば氷点下にまで下がる。杏奈が充分な防寒着を着ていないという情報も、皆の心を焦らせていた。

朝からずっと捜査本部に詰めている校長の江角とも一言二言話した。杏奈の安否を気遣う言葉のほかに江角は、何事か言いたそうに圭介の顔をじっと見つめた。けれども結局、何も言わなかった。あの熊楠の手紙を読んだ江角なら、この地で尋常ならざる事態が起きているということが漠然とわかっているはずだ。

しかし――。

圭介のほうも語る言葉を持たなかった。どう言ったらいいのかわからなかった。確信はあったが、それを今ここでしゃべっても、きっと組織を混乱に陥れるだけだろう。時間がない。自分の信じた方法で杏奈を救わなければ……。

校舎を出て校庭を横切った。車に乗り込もうとして、「先生!」と声を掛けられた。見ると校門の外に、三年生全員が立っていた。祥吾と亜美、それに自転車にまたがった山本夏樹、高内昌之、神田真也だ。

「先生、杏ちゃんは……」

亜美が近寄ってきた。男子生徒も後に続く。三連休の最後の日に級友の身に起こったおぞましい出来事を聞きつけて、居ても立ってもいられずに集まってきたに違いない。おそらくは、家族からも学校からも、自宅で待機しているように言いつけられたはずなのに。

「私たちも何かしたい。杏ちゃんを捜しに行きたい」

不安と焦燥に苛《さいな》まれた生徒たちの顔を見て、圭介は一瞬にして腹を決めた。助手席のショルダーバッグを探って手帖を取り出した。

「校歌の三番を見つけた。三好アツ先生が、大切に保管しておいてくれたんだ」

祥吾がはっとして圭介を見た。ヤヤコを捜しに行ったはずの圭介が、三好先生と校歌に辿《たど》り着いたということに、祥吾もある種の運命を感じとったようだ。だが、彼は何も言わなかった。五人の生徒たちは頭を突き合わせるようにして歌詞を読んだ。

「これが吉田を救ってくれる」

誰一人として「何で？」とも、「説明して」とも言わなかった。圭介を注視する十の目が、何もかもを信じて受け入れる覚悟を示していた。生徒たちは皆、杏奈を助けたいと思っていた。だから理屈も何もいらないのだ。

「山田哲弘さんに力を借りよう」

圭介は祥吾と亜美を車に乗せ、後の三人には自転車でついて来るように言うと、車を発車させた。バックミラー越しに、校舎の入り口で自分たちを見送る江角の姿が見えた。

山田哲弘は山狩りに参加していて留守だった。圭介は嘆息した。冷静に考えればわかるはずだった。山のことを知り尽くした哲弘は、先頭に立って杏奈を捜しているに違いない。応対に出てきたのは哲弘の父の安雄だった。

「親父さん――」

圭介は問いかけた。

「五倍子って知ってます？」

生徒たちは固唾《かたず》を呑んで安雄の答えを待っている。

「おう、五倍子か!」

安雄は血色のいい顔をほころばせた。

「よう知っとるな、先生。そんな懐かしいもん」

「懐かしい――?」

「ほうじゃ。この尾峨や、隣の日之西村《ひのにし》、高知のほうも含むこの山の一帯は、昔は五倍子の一大産地やったんや」

やはり、尾峨で五倍子は生産されていたのだ。だとすれば、人の負の情動を掘り起こす粘菌は、それを滅する作用のある物質を産する場所で生まれたことになる。自然は自然の中で淘汰《とうた》され、その中で生き死にがはかられるのだ。圭介は自然の摂理の中に、神の意思に似たものを感じとった。

「戦前は、こんな山の村に現金収入をもたらしてくれる貴重な産物やったんやが、もうすっかり廃《すた》れてしもうた。江戸の昔からずっと続いとったらしいがな……」

「そんなに昔から?」

「ほうよ。五倍子はな、お歯黒《はぐろ》を染めるのに絶対必要なもんやったんや。わしらが若い頃には、着物を染める染料ちゅうことで取り引きされとったがな」

それを聞いて、圭介はルリ子が印刷してくれた用紙を取り出した。

「こんな色ですか?」

「おう、これこれ！」

安雄の声に、生徒たちもこぞってそれを覗《のぞ》き込む。

「これは何と言うたかなあ……？」

「空五倍子色《うつぶしいろ》、ですね？」

「そうじゃ、うつぶし色や。きれいな色やった」

「校歌にあった色やね、先生」

亜美がうっとりと眺めながらその色を指でなぞった。

「この色の染め方、誰か知っている人、いませんかね」

「染め方？　染め方いうても五倍子がないことには——」

安雄がとまどった声で言う。圭介は庭に停めた車に駆け寄ると、トランクを開けた。そこからビニール袋を取り出した。

ルリ子が五倍子について検索してくれた後、それがどこで手に入るかまで調べてくれたのだ。国内での生産が途絶えた今となっては、中国からの輸入品しかない。漢方薬ではなく、染料としてのそれは、横浜中華街のはずれにある中国からの輸入品を扱う店で見つけた。味も素っ気《そけ》もない無粋《ぶすい》なビニール袋に入った五倍子を、薄暗い店の奥で圭介はようやく手にしたのだった。あのまますぐに飛行機に乗って戻っていればよかったのだ。せっかく横浜まで来たのだからと実家に寄って一泊した。そのせいで今日、杏奈の身に不測の事態が起こってしまった。

「先生、こんなもん、どこで手に入れた？」

安雄は目を丸くした。文献によると、ヌルデシロアブラムシの有翅《ゆうし》胎生《たいせい》雌虫《しちゅう》は、九月から十月の間に虫こぶの開孔部から脱出する。アブラムシが脱出する前の虫こぶを採取し、蒸気、火力で殺虫、乾燥したものが五倍子だという。

「これ、使い方がわからないんです」

圭介は安雄に詰め寄った。知らず知らずのうちに語気が強くなる。

「これでうつぶしの色を染める染料を作るには、どうやったらいいんです？」

中国語が印刷されたビニール袋を示しながら、圭介は焦りの声を上げた。生徒たちは息を呑んで、そんな担任教師を見つめていた。

「ここいらは産地やけん、製品としての五倍子を作るだけやった。けど、それももう古い話や。五倍子を使《つこ》うて染めをやっとった家が一軒だけあったけど、その婆さんもとうに死んでしもた。娘が染め方を憶えとるやろか……」

「誰です？　それは」

圭介は息せき切って尋ねた。こうなったら誰にでも頼らなければ。

「ほれ、行友の、吉田の家じゃ。布を染めよったのは吉田よねさん。娘っちゅうのはタキエというてな……」

「杏ちゃんのお婆ちゃん——？」

亜美が小さな声で呟き、男子生徒たちも互いの目を見交わした。

「そうじゃ、先生。さっき哲弘にも言うたんやが、浅井茂壱の落としだねで生まれた男を入り婿にもろうたのがタキエさんじゃった」

縦糸と横糸は絡《から》み合い、不思議な運命の布を織り上げる。何もかもが一つに収束しようとしていた。

3

吉田タキエは前庭に面した縁側に、背を丸めるようにしてちょこんと座っていた。孫娘が誘拐されたというのに捜査本部へ詰めかけるでもなく、そこから見える谷底平野の景色を呑気《のんき》に眺めているように見えた。しかし、近づくにつれ、その視線は焦点を結ばず、両の手は野良着の膝《ひざ》を力まかせにつかんでいるのがわかった。それでも圭介と生徒たちがぞろぞろと庭に入っていくと、胡散《うさん》臭そうな眼差しをこちらに向けた。

「吉田を連れ戻しに行きます」

唐突にそう言う圭介にも、タキエは顔の筋肉をぴくりとも動かさない。けれども声は届いているはずだ。圭介は五倍子の袋をタキエの前に差し出した。

「これで染料を作る方法を教えてください」

「その染める液で杏ちゃんが助かるんよ、婆ちゃん」

亜美が横から口を出した。タキエはゆっくりと首を巡らせて亜美を見た。目の中に光が戻ってくるのがわかった。

「これで杏奈が?」

手を伸ばして袋を受け取る。

「本当じゃな?」

その理由も根拠も知らない五人の生徒たちがいっせいに頷《うなず》くのを見て、タキエは縁側から立ち上がった。

男の子たちに命じて、家の物置から大きな鍋を持ってこさせた。祥吾と夏樹がポンプの水でそれを洗っている間、昌之と真也はブロックとレンガを積み上げて庭にかまどを作る。圭介と亜美は裏の軒下《のきした》から薪《たきぎ》を取ってきた。かまどの上に据えられた大鍋を水で満たすと、薪に火を点《つ》ける。焚《た》きつけの古新聞の上に、薪を交互に積み上げていくタキエの手際はよい。夏樹が心得たように横から火吹き竹で空気を送り込む。誰もが黙りこくったままだ。

一人としてこの作業に疑問を挟む者はいない。理屈を重んじる大人なら、こうはいかないだろう。きっと何人かは「バカバカしい」とか、「理由を説明しろ」とか喚《わめ》き出すに決まっている。だが、子供たちと七十を超えたタキエは、そんな無駄口が何も生み出さないことを知っている。本能的にそれを感じている。荒唐無稽《こうとうむけい》なことを言いだした圭介を信じきっているのだ。今はそれに応えることだけを考えねば。圭介は身を引き締めた。

　タキエは湯沸しを子供たちにまかせると、物置の奥から取り出した鉄の塊を木酢《もくさく》に浸《ひた》した。

「これは鉄漿《かね》というもんじゃ。ワシのお母はんが大事にのけとったもんや。この液体を媒《ばい》染《せん》にするのや」

　つまり、それが木酢酸鉄《さんてつ》というものだな、と圭介はインターネットで得た知識を思い出した。大鍋にぐらぐらと湯が沸くと、タキエは五倍子を鍋の中にあけた。そして、それをしばらく煮詰める。煮汁は黄土色《おうどいろ》をしている。これがタンニンだ。この成分は、鉄分と結び付く性質があるのだ。木酢酸鉄の液をザアッと鍋の中に流し込むと、黄土色の液は一気に黒っぽく変色した。圭介を含む全員が、「おおーっ」と驚きの声を上げた。同時に、何ともいえない臭《にお》いが鼻を衝《つ》く。

　圭介と男子生徒とで注意深く鍋を持ち上げて、ポンプの下まで運んだ。ポンプの水を掛けて染色液を冷ましている間、圭介は生徒たちを家に帰し、ありったけの空《から》のペットボトルを持ってこさせた。自身も教員住宅に帰って山登りの身支度《みじたく》を整えてきた。そしてまたタキエの家の庭で、全員でペットボトルに冷めた黒い水を詰めた。最後に圭介は、大きめのリュックサックにペットボトルを入れた。七本まで入ったリュックを背負うと、リュックの紐《ひも》が肩に食い込んだ。子供たちはまだせっせとペットボトルに黒い染料を満たしている。

「じゃあ、行ってくるから」

そう言うと、皆は驚いて圭介を見た。

「皆で行くんやろ?」

「杏ちゃんを連れ戻しに行くんよね」

「先生、一人じゃ無理」

口々にそう言う生徒たちを圭介は制した。

「お前たちを連れていくわけにはいかないんだ」

きっぱりと言い切ると、皆は黙った。が、納得したとは言い難い鋭い視線を送ってくる。

「約束する。きっと吉田を連れて帰る」

祥吾が思いつめたような顔で近寄ってきた。

「そんなら、僕だけ、僕だけ連れていって。ええやろ? 先生」

あのヤヤコという子の秘密を共有している自分にはその資格があるのだ、と目顔で伝えてくる。

「ダメだ」

　圭介は冷たく言い放った。時間がない。くるりと背を向けた。子供たちが悔しげに自分を見送っているのがわかった。けれども、圭介は振り返らなかった。松岡は凶器を所持している。そんな危険な所へ教え子を連れていくわけにはいかなかった。彼の正体はもうよくわかっていたから。

　また祥吾が追いすがってきた。

「先生――」

　足を止めない圭介と並んで歩きながら祥吾が言う。

「僕の爺ちゃんがハガレ谷に行った時な――」

　圭介は祥吾の顔を見た。あの時のことを言っているのだとわかった。枡見源一郎が中学生を連れていって五倍子の液を撒《ま》いた時。

「枡見先生は谷に入る前に、皆に黒い水を体に掛けとくように言うたんじゃと。じゃけん、先生――」

　圭介は祥吾に向かって深く頷いた。それが粘菌の変異体から身を守る方法なのだと、即座に理解した。祥吾の視線を強く背中に感じながら圭介は歩き続けた。

　途中で、山狩りをしている一団に何度も出くわしそうになった。人の気配を感じると、圭介は谷すじに下りたり岩陰にしばらく身を潜《ひそ》ませたりした。捜索に加わらず、単独行動をしている理由を問い質《ただ》されると、そこで足止めを食う可能性がある。その時間が惜しかった。それに、背負っている黒い水で杏奈を助け出すということを、うまく説明できる自信もなかった。自分でもまだ確信を持てなかったのだ。とんでもない間違いを犯しているような気もする。だが、今はこれしかない。圭介はそう自分に言い聞かせた。

それに――。

犯罪人としての松岡を追い詰めるだけでは済まないことを、圭介はよくわかっていた。標的は粘菌だ。圭介は背中のリュックに手をやった。この黒い水は本当に奴らの動きを封じることができるのだろうか。失敗すれば、きっとまた杏奈は別の人物によって危険にさらされるだろう。もしかしたら、今度こそ自分がとり憑かれるのかもしれない。圭介は急斜面を登りながら気を引き締めた。ここでしくじるわけにはいかない。やはり信じるしかない。

もう泣く気も失《う》せていた。両手首を前で合わせて縛られ、杏奈は松岡に引き立てられながら山道を歩いていた。引っ張られながら、ジャケットのポケットの重みがなくなっているのに気づいた。炭焼き小屋に携帯電話を落としてきたのだ。それに気づくと、杏奈は絶望的な気分になった。もうどこへも連絡する術《すべ》がない。あたしがこんな目に遭っていると誰にも知らせられない。あたしが何も言わずふっといなくなったとして、誰が捜してくれるだろう。

そう思うと、さらに気分は落ち込んだ。誰も気にしやしない。パパもママも、同級生も、先生も、お婆ちゃんも、あすみでさえ。さっき、この男につかまる前、家の前の小道まで出て、電波を気にしつつあすみとしゃべっていたのだ。来年、中学を卒業したら東京に戻るというあすみとの約束を、もしかしたら反故《ほご》にするかもしれない、もう少しこっちにいようかと思う、ということを一大決心をして話した。なのに、あすみは「ふうん」としか答えなかった。あすみはもう、あたしを待っていないんだ。次から次へと新しく刺激的なことが起こるあの街では、そこにいない者はどんどん影が薄くなる。

松岡に引きずられながら、自分というものの形がなくなっていくような気がした。この異常な男は、この山のどこかであたしを殺すんだろう。

あたしは死ぬんだ。もうあまり心を動かすこともなく、杏奈は思った。あたしという存在がこの世からなくなる――それはいい。もういい。だけど――。

死んだ、ということだけは知ってほしい。強くそう思った。いなくなっても誰にも捜されず、ただ家出したんだろ、そういう奴だったからな、で終わりにされるのだけはたまらない。歯の根が合わず、ガチガチ鳴っているのは、寒さのせいだけではなかった。ごろた石に足を取られて転んだ。縄がぴんと張り、結び目が手首に食い込んだ。杏奈は「うっ」と呻《うめ》いた。バカみたい。もう死んでもいいと思っているくせに、ちっちゃな痛みが我慢できないなんて。

のろのろと立ち上がりながら、ちらりと後ろを振り返ってみた。一度も足を踏み入れたことのないほどの山懐に今、自分はいるのだと思った。森の中が明るく感じられるのは、黄褐色《おうかっしょく》に紅葉した木々が、もう半分以上葉を散らせてしまっているせいだろう。下草も枯れている。この草の中、この森の中で人知れず死んでいくのかと思うと、また細かく体が震えてきた。男を振り切って逃げようとする気持ちを萎えさせているのは、松岡が時折手を当てて確かめている腰の斧や鉈でも、両手首に巻きつけられた縄でもない。この男が、もしかしたら人間じゃないのではないか、という思いだった。狂っているだけじゃない。何かがおかしい。口にするのは難しいけど。

尾根筋のコウヤマキの下を通る時、突風にあおられた。体がふらついた。手の先はかじかんでもう何も感じない。道は緩勾配《かんこうばい》となってブナ帯に入った。大きな筆に墨を含ませてさっと水平に幹を刷《は》いたような模様が浮かんでいる。雨でもないのに、その模様はどこも黒く濡れていた。

ふいに松岡が立ち止まった。杏奈は目の前に広がる底知れぬ谷を見下ろした。さっき転んだ時に擦《す》り傷が出来た頬を、吹き上げてくる風が撫《な》ぜた。その風は毒を含んでいるかのように、傷をひりひりと焼いた。松岡が縄を引いて谷へ下りようとするのに、杏奈は足を突っ張らせて抵抗した。ここへ足を踏み入れてはいけない、と本能が告げていた。

こんな醜《みにく》い形をした木を見たことはなかった。そんな木々が森を成しているところは想像を絶するものがあった。さっき通ってきたブナの森の木肌は苔《こけ》むしてはいたけれど滑《なめ》らかだった。しかし、ここの木々は瘤《こぶ》だらけに波打ち、時にはかさぶたのように重なり合っていた。それらが皆、杏奈の上にのしかかってくるように思えた。身を屈し、腕を伸ばしたその姿は、未来永劫《えいごう》許されることのない罰を受けている罪人のように見えた。

松岡は裸のまま腰にぶら下げていた斧をまた手にした。ここなんだ。ここであたしは殺されるんだ。薄日を反射させている斧の刃をぼんやりと見ながら、杏奈は思った。

松岡は有無を言わせぬ力で杏奈の手首に巻き付けた縄を引くと、大股で斜面を下りた。ほとんど駆けるというほどの速さだった。その力と速さについていけず、杏奈は膝を折った形で引きずられた。陰鬱《いんうつ》な湿気が谷を覆《おお》っている。肩の辺りまで伸びた下草にも不快な湿り気がある。平たい葉がぺたりと頰に貼り付いた。肩を動かしてそれを払おうとした時、その葉の裏側で蠢くものを感じて、杏奈は「ヒッ！」と短く叫んだ。低い姿勢でいられなくて慌てて立ち上がる。視線が上がると、くすんだ落ち葉や枯れ草の中に、網目状になったり粒状になったりした原色の塊があるのが見えた。行く手をふさぐように倒れている朽ち木。その上にも、オレンジや黄色、白、紫、朱――毒々しい色の氾濫《はんらん》。よく見ると、それらは伸びたり縮んだりの運動を繰り返している。爛《ただ》れている――この谷は。

そして、痛いほどの攻撃性。この男だけじゃなく、この谷全体があたしを憎んでいる。この気味の悪い生き物たちは、待ち望んでいた獲物がやって来たとでもいうように喜びの声を上げている。杏奈が通り過ぎると、色のついたネバネバが伸び上がって枝分かれし、糸の先端に細かなボール状のものを無数に実らせた。その球はたちまちのうちに破れて、糸のようなものが飛び出してきた。まるで禍々しい花が次々に咲いていくようだ。花粉のように飛び交う霧状の粒子は、杏奈の鼻腔に押し寄せ、息を詰まらせる。その匂いは、まるで死臭だ。土の中で何かが甘く腐っている――？　形あるものが腐敗して、液状にとろけ出しているようだ。

ここは魔界だ――。激しく咳《せ》き込みながら杏奈は思った。

やがて谷底に屹立《きつりつ》する大木が見えてきた。呪いをかけられ、異形《いぎよう》のものになり果てたような老いた巨木。ねじれ、絡まり合う枝々から糸のように伸びた原色の生物が垂れ下がり、その先端では食虫植物のような奇妙な触手が空中をまさぐっていた。

ここが一番深い谷底だろう。淀み、濁った空気の中の、甘く饐《す》えた臭気が杏奈の目や鼻を刺す。その匂いの発生源が、大木の幹の上に貼り付いていた。ただの薄い粘膜だったものが、杏奈が近づくのを察知したように集合して、一つの形を成し始めた。幹の上で層になり、上になり下になり、のたくる軟体動物。それは体全体を細かく震わせながら、にゅるりにゅるりと這い下りてきた。これは何？　目をそむけたいのに杏奈は逆に凝視した。

死んで腐乱し、形をなくしたものが、また意思を持って何とか元の形に戻ろうとしているみたい。杏奈の全身が粟立《あわだ》った。

杏奈はそれ以上、木に近寄るまいと両足を突っ張って抵抗した。松岡はそんな杏奈を面白がってニヤニヤ笑いながら見ている。彼の左の耳から、白いネバネバしたものが飛び出してきた。それは、あたかもユリの花でも咲くように、耳の穴から夥《おびただ》しいラッパ状の突起物を突き出した。たちまちその花弁から、嫌らしい深緑色の粘液がポトポトと噴き出してきて松岡の肩に垂れた。杏奈は叫び声を上げようと口を開けたはずなのに、それは声にならず、喉の奥をシューッと鳴らしただけだった。

松岡は両の腕で杏奈の肩をつかむと、スダジイにぐいと押し付けた。アメーバどもが左右に分かれ、その下に大きな空洞《ほら》が出現した。松岡はもの凄い力で、その空洞の中にぐいぐいと押し込もうとする。杏奈はとうとう空洞の中に尻餅《しりもち》をついた。立ち上がろうともがくが、空洞の内側にもぬらぬら蠢く痰《たん》状の生き物がいっぱいで、ずるりと足をとられた。

そうしておいて松岡は、一度は地面に捨て置いた斧を手に取った。

あたし、殺されるんだ。杏奈はまた思った。

急に視野が狭《せば》まったのは気を失いかけているせいか、それともこの不気味な生き物の作用で空洞が閉じようとしているせいなのか。

ねえ、あすみ、笑っちゃうだろ？　あたし、こんな山の中で、誰にも知られずに、おかしなオヤジに殺されようとしているんだよ。

急に、両側から体を圧迫されて息ができなくなった。あの気味の悪い生き物が押さえつけているんだ。あの男から逃げられないように！　触手が伸びてきて杏奈の体を探っている。それらが血管網のように体の上で広がる様《さま》を見ると、頭がしびれたようにぼうっとなった。

いつかあすみがシンナーやりながら、「死ぬってどういう感じだろう」ってあたしに問いかけた。「こんなふうに死ぬんだったら、案外簡単なことなのかなあ」って。あたしもあの時は「そうかもね」なんて答えたっけ。

杏奈は空洞の中で両肘《ひじ》を突っ張らせた。不快な甘い死臭が体を包み込む。でも、死ぬのはこんなに苦しいんだ。それに死ぬ前ってこんなに生きているってことを思い知るもんなんだ。それって、すごく残酷じゃん。

ふいに頭の中に一つの言葉が湧いてきた。

生きたい。生きたい生きたい生きたい――。

松岡が大きく斧を振りかぶるのが見えた。

「吉田!!」

誰かが自分を呼んだような気がした。

4

「吉田!!」

ハガレ谷の奥底、あのスダジイの前に松岡が立ち、空洞の中の杏奈を見下ろしていた。

圭介は駆けだした。すでに谷の入り口からうつぶし色の染料を撒き始めていた。荒ぶる生命体は、谷に足を踏み入れる圭介を阻止《そし》しようとするように、執拗《しつよう》に足に絡み付く。頭の上で差し交わす枝から垂れた粘菌は、綾《あや》なす糸を圭介の上に降り注がせた。そこに黒い水をぶちまけると、それらは声なき声を上げるがごとくにジュッと縮み上がった。やはり枡見の考察は正しかった。そう思うと同時に、生きた杏奈を目にしたことで、圭介の心は奮《ふる》い立った。

「吉田!!」

もう一度叫んだその声に、松岡が振り返った。その手に握られている凶器を見て、圭介は動物の咆哮《ほうこう》のような声を上げた。あれは大沢正だ。県境の向こうで両親と弟と許婚《いいなずけ》を惨殺した殺人鬼。八十年前の圧倒的な狂気と殺意が、自分の教え子に向けられているのだ。

圭介は手に持ったペットボトルを叢の中に放り捨てた。そこから流れ出た黒い水は粘菌の変形体を枯れさせ、そのまま凝固させた。やがてそれらはボロボロと崩れていくのだ。

足を緩めることなく、圭介は四本目になるペットボトルを取り出した。松岡は、突然現われた圭介が誰なのか、そしてその男が何をしているのか、計りかねるように首を傾《かし》げた。その一見呑気なしぐさと手に持った斧とがそぐわない。しかし、杏奈の反応は顕著だった。圭介の姿を認めると、縛られた両手を前に突き出して肘で空洞を押し広げ、粘菌で汚れた体を中でよじらせた。しだいに近づいてくる圭介の顔を見て、明らかに安堵と喜びの表情を見せる。この子はこんなに表情豊かだったんだ。

しかし、杏奈の表情はすぐに凍りついた。松岡が圭介に向かって斧を振り下ろしたからだ。圭介はすんでのところでその一撃から身をかわした。だが、背中のリュックの重さにバランスを崩し、繁った下草の中に倒れ込んだ。慌ててリュックの紐から両手を抜こうともがく。その上に、また松岡は斧を振りかざした。今度は地面の上を転がって、その刃から逃れようとした。斧は圭介の頭を狙ったが、大きく逸《そ》れた。咄嗟《とっさ》に体を丸めたが、斧の切っ先は圭介の右の足首をかすめた。肉が切り裂かれ、痛いというよりも熱いという感触に、圭介は「うっ」と呻いた。

圭介の足を傷つけた刃は、勢い余ってリュックから飛び出したペットボトルに突き立った。黒い水が噴き出す。斧を握った松岡の手にそれが掛かると、松岡はヤケドでもしたように呻いて手を引っ込めた。斧はペットボトルを貫通して土に突き立っている。松岡が凶器を手放したことがわかると、圭介は大きく肩で息をした。松岡は斧を取り戻そうとするでもなく、ゆらりと体を揺らして棒立ちになっている。

　森がザワザワと不吉な鳴動を繰り返している。粘菌があらゆる場所で伸縮し、層になり、分裂し、また融合しているのだ。松岡はその音にうっとりと耳を澄ましているようにも見える。松岡の背後で、ようやく杏奈が空洞の中から這い出してくるのが見えた。

　圭介は手の中にまだペットボトルがあるのを確かめ、立ち上がった。右足首はしびれたようになっている。立った途端に、ぬらりと血が流れ出るのがわかった。そうやって対峙《たいじ》しても、松岡は何をするでもなく圭介に向かってにやりと笑った。圭介はゆっくりとキャップをはずすと、ペットボトルの水を松岡の顔に向かって放った。そのうつぶしの色水は、松岡の左側の顔面に掛かった。粘菌にぶちまけた時と同じように、ジュウッという鈍《にぶ》い音がした。同時に何とも言えない生臭い匂いが立ち昇り、圭介は思わず息を止めた。

　松岡の顔が歪《ゆが》んだ。笑ったのか？　いや違う。顔の左側が溶け始めたのだ。肌は毒々しいピンク色に変わって、どろりと下に垂れた。火に投じられたゴムのように、それは伸びきって流れ落ち、首から胸に垂れかかった。そして、松岡の白いシャツの上で網目状に広がった。今、松岡を組成しているのは粘菌なのだ。「左顔面はほとんど原形をとどめぬまでに潰滅《かいめつ》し」「其《その》形状恰《あたか》も柘榴《ざくろ》を踏み潰《つぶ》したるが如《ごと》くなり」——粘菌は、細胞内に記憶したとおりに、猟銃で吹き飛ばされた大沢正の顔面を忠実に再現しているのか。

眼窩《がんか》から眼球から転がり出て、頬の辺りにぷらんとぶら下がった。唇の左側を溶解させながら、右側の口の端を持ち上げて、また松岡は笑う。

そして言った。

「オリンピックに出たかったんだろ?」

圭介の手からペットボトルが落ちた。右足に火のような痛みが走った。大きく上半身が揺らいだ。ぐらりと回った視界の中に、林床の灌木《かんぼく》、苔むした倒木、シイに寄生したハゼノキなどの暗い森の中の風景、それから空を覆い尽くした樹冠部の複雑なレース模様がコマ送りのように映し出された。圭介は堆《うずたか》く積もった落ち葉の中に倒れ込んだ。地中でのたうつものの気配、潮が引き、また満ちるように押し寄せる。囁《ささや》き声、薄ら笑い。

あいつだ——林龍也。

あの接触事故さえなければ、自分は確実にオリンピック代表選手に選ばれていたのだ。耳の奥がキンと鳴る。森が身震いをするように、ゴォォォーと鳴った。そのざわめきは人々の歓声に変わった。スタンドが沸き立っている。

立たなければ。右足に力が入らない。走らなければ。このレースを捨てるわけにはいかない。

林はどこだ?

松岡がゆっくりと腕を上げた。誰かを指差している。圭介は首をもたげてその方向を見た。大木の前で立ち上がった人影があった。薄暗い森の中で、胸に大きく打たれた89の番号が目に飛び込んできた。

89――忘れられない、あの時の林のゼッケンナンバー。

あいつだ、あいつだ、あいつさえいなければ――。心の中から溢れ出してくる憎悪が殺意にまで昇華する。圭介はそのうねりに身をまかせた。剝き出しの感情のおもむくままに行動する快さ。

土に突き立ったままになっている斧が目に入った。あいつさえいなくなれば、オリンピックに出られるんだ。その声が頭の中を駆け巡る。圭介は、斧に手を伸ばした。松岡がけたたましい笑い声を上げた。爛れた顔半分から、蛆《うじ》が湧くように肉片とも粘菌ともつかぬ滴《しずく》をしたたらせながら、

「さあ、やれよ」

と、圭介を煽《あお》る。いや、声にはなっていない。もう唇の肉は溶け落ちて、歯と歯茎が剝き出しになっている。こいつはもう骸なのだ。右足の痛みに耐え切れず、圭介は顔をしかめた。これでは走れない。諦めるしかない。でも、あいつだけは許せない。斧に手が届いた。ゼッケン89の林が大きく息を呑むのがわかった。そして圭介に向かって叫んだ。

「先生!!」

先生？　圭介は目を凝らす。

その時、重なり合った高い樹冠の隙間から一筋の光が射した。その白い光の筋が、自分に呼びかけた人物を照らし出す。

輝くばかりの金色の髪——あれは林なんかじゃない。

——これは、あたしの目印なんです。

そうだ。あの子はそう言った。

「先生!!」

吉田杏奈の声が谷間に響き渡った。圭介は斧を取り落とした。

「吉田……」

圭介を見下ろす松岡が、いまいましそうに舌を鳴らした。その舌もまた形を無くして、歯の間から流れ出す。

くるりと振り向いた松岡の顔を見て、杏奈が絶叫した。そして踵《きびす》を返すと走りだした。両腕の自由が利かないせいで、確かな足取りとはいえない。松岡がその後を追う。あれでは逃げ切れるはずがない。圭介は何とか立ち上がろうと、朽ち葉の中でもがいた。その葉の中からネバネバした塊が伸びてくる。それぞれの先端は投網のように広がって、圭介の体を地面に縫い留めようと絡み付く。

その極彩色《ごくさいしき》の触手に、いきなり黒い水が掛けられた。粘菌は縮み上がり、黒ずんで動きを止めた。山本夏樹が猟犬のように体を丸めて圭介のそばを駆け抜けていった。足の速い夏樹が遠ざかるのを、圭介は呆気にとられて見送った。

「先生、黒い水を体に掛けるんを忘れとったな」

祥吾が、圭介に向かってペットボトルの中身を振り掛けながら言った。

そうだった。谷の入り口で杏奈と松岡の姿を認めた瞬間に、圭介は祥吾の忠告を忘れてしまっていた。そのせいで、圭介は粘菌に囚《とら》われるところだった。林を憎悪することから生じた心の亀裂をぐっと開かれて。

息を弾ませてそれだけ言うと、祥吾は先に行った夏樹の後を追っていった。亜美と高内昌之はスダジイの前で立ち止まり、ペットボトルの黒い染料を粘菌どもに浴びせ掛けている。大木の枝々が大きくしなり、痰状の塊が地面に向かっていくつも落ちてきた。けばけばしい色のそれは、大小の黒い固形物になって雨あられのように降り注いだ。地面に接するやいなや、それらは柔らかな溶岩のようにぽろりと剝離《はくり》して崩れ去った。

「お前ら――」

言葉は続かない。這っていった先の自分のリュックからペットボトルを取り出すと、膝をついたまま圭介もその作業に加わった。辺りを見回すと、後方で同じようにペットボトルを振り回している神田真也の姿が見えた。変形体は枯れ果て、そのまま凝固しては崩れていった。粘菌がそうやって朽ち果てていくたびに、周囲の森がザワザワと揺れた。最後のペットボトルの中身を振り撒いて、真也が圭介に駆け寄ってきた。見ると、亜美も昌之もスダジイから離れ、祥吾たちが走っていった方へ駆けだしていた。

真也が圭介に肩を貸して立ち上がらせた。

「お前ら、いったい――」

大きく広がったスダジイの空洞を横目で見ながら、圭介も足を引きずって歩きだした。

「先生、相変わらず山歩きへタクソやな。すぐに追いつけたわ」

真也と圭介が谷の反対側の斜面を登りきった時、谷底でスダジイが倒れる大きな音と地響きが伝わってきた。


斜面の上に出ると、そこで森が唐突に途切れているのがわかった。強い風が吹き上げてくる。谷からいくらもいかない先は崖になっているのだ。

「あそこ！」

真也が指差す方向を見て、圭介の全身は硬直した。足の痛みさえ遠のいた。崖の上に突き出すように張り出した大岩の上に、松岡と杏奈が立っていた。松岡は杏奈の両手を縛り上げた縄の先をしっかりと握って、じりじりと後退している。絶壁の方へ。追い詰めているのは祥吾と夏樹だが、それ以上は近づけず、一定の間隔を置いて立ちすくんでいる。そこへ亜美と昌之が合流するところだった。

「おい！　近づくな。下がれ！」

圭介の声が風で掻《か》き消される。松岡がこの尾峨の人々に対して持っている怨恨《えんこん》や反感、攻撃性、人生に対する挫折感、世の中全体を破滅させてやろうとする企みに至る黒い存念が、飢餓状態にあった不入森の粘菌を甦らせたに違いない。そして、さらに浅井の血を引く杏奈へ松岡の積怨《せきえん》をぶつけることで、粘菌はさらなる大量の餌——人の負のエネルギー——を得ようとした。松岡自身もまた、抑制されていた自分の望みに気がついた。彼の解き放たれた昏《くら》い想いが、今の彼を突き動かしている。しびれて感覚のなくなった右足を懸命に動かしながら、圭介は崖の突端にいる杏奈を見据えた。

彼女の目印である金色の髪——まぎれもなく、圭介の生徒がそこにいると教えている。圭介に肩を貸している真也がはっとしたように足を止めたのと、亜美が「杏ちゃん！」と叫んだのが同時だった。松岡からなるたけ体を離そうとしていた杏奈が逆に松岡に突進し、肩から彼に体当たりをしたのだ。ふいを衝かれた松岡は、うまい具合に縄から手を離した。

吉田杏奈——浅井茂壱の血を引く娘——は、自分から呪われた連鎖を断ち切ろうとしたのだ。松岡は、表情の残ったほうの顔をくしゃっと歪めて笑ったように見えた。が、おぞましく崩れた左側のせいで、その笑いは恐ろしく残忍に映る。

その一瞬の隙を衝いて、杏奈は松岡から逃れようとした。手前に立った亜美が彼女を迎え入れるように大きく腕を開いて一歩、二歩前に出た。が、杏奈は亜美の所へ駆け寄ることはできなかった。松岡が抜け目なく、さっと手を伸ばして杏奈のジャケットの裾《すそ》をわしづかみにしたのだ。そのまま、力まかせにぐいぐいと岩の端まで後退する。飛び降りるつもりなんだ！　杏奈を道連れにして！

亜美の喉から、言葉にならない叫びがほとばしった。

たたらを踏んで仰向《あおむ》いた杏奈が、泣き笑いのような表情を浮かべた。その刹那《せつな》、杏奈は自分の宿運を悟ったのだろうか。過去から伸びてきた長い長い因果の糸に今、自分が引きずり込まれているということを。

圭介は、真也を突き放すようにして駆けだした。だが、右の足は、痛みも感じない代わりに思いどおりに動いてもくれない。

もう間に合わない。

松岡は杏奈のジャケットの裾をつかんだまま、崖の突端にまで達した。そのまま空《くう》に身を躍《おど》らせる、と誰もが思ったその時、松岡が自分の手首に目をやった。杏奈のジャケットをしっかりと握りしめていたはずの手先が、みるみるうちに黒ずみ、粘性の糸を引きながら朽ちていく。杏奈という重みをいきなり失った松岡は、反動で後ろにのけぞった。手先から手首、肘までがゴムのように伸びきった挙句《あげく》に凝固して、風にさらわれていった。ひときわ強い風はそのまま松岡の体をも吹き飛ばし、彼は自分の身に何が起こっているのか理解できずにいるように、きょとんとした表情のまま崖の下に転落していった。

バランスを失って風にあおられた杏奈は、松岡の手から解放されたにもかかわらず、ほとんど同時に岩の先端で足を滑らせた。両手を縛った縄の先が放物線を描いて空を切るのが、スローモーションのように圭介の目に映る。頭から転落していく杏奈の体にタックルする祥吾の姿が見えたけれど、次の瞬間には二人とも姿が視界から消えた。

亜美が泣き叫んでいる。吹きすさぶ風がそれを掻き消す。

平家の亡者《もうじゃ》はさぞかし喜んでいることだろう。粘菌を通して大沢正のおぞましい遺志を完遂できたばかりでなく、これほどの生《い》け贄《にえ》を手に入れたのだから。勝鬨《かちどき》のような風は逆巻いて、背後の森を震わせた。

その場に膝からくずおれた圭介を、青ざめ、身を寄せ合った三人の男子が見下ろして立っていた。

どうしていたらよかったのか。どうしていたら杏奈を救い、祥吾を巻き込むような事態に至らずにすんだのか。自分に這い寄ってきた粘菌に気づいた時に、何か行動を起こすべきだったのではないか。子供たちに三番の歌詞を見せず、うつぶし色の染料も作らなければよかったのか。

いやそれとも——自分が教師にならなかったらよかったのか。

白くなるほど唇を噛みしめた夏樹が崖の方へ一歩踏み出した。兄弟同然に仲のよかった従兄弟の運命を確かめようと決心したのだ。圭介は慌ててそれを押し留《とど》めた。これは自分の役目なのだ。そして右足を引きずって崖に近づいた。

「手を離しなよ！　このエロガキ！」

その時、大岩の向こう側から叫び声が聞こえた。圭介がはっとする間に、夏樹と昌之と真也が駆け寄った。強風に持っていかれるのを恐れて、三人は這いつくばって崖の下を覗き込んだ。圭介もそれに倣《なら》う。

大岩の向こう側に裂け目が出来ていて、そこから小ぶりのクロマツが一本生《は》えていた。その枝に杏奈の縛られた両手が引っ掛かっていた。クロマツが生長するにつれて広がったらしい岩の裂け目に小柄な祥吾が体を半分割り込ませ、クロマツの下で宙ぶらりんになっている杏奈のトレーナーの裾を必死でつかんでいるのだった。トレーナーはまくれ上がって、杏奈の腹部は剝き出しになっている。

「何やってんだよ！　そんなとこつかむんじゃねえよ、バカ！」

杏奈は、足をバタバタさせながら毒づき続ける。その足の下が気の遠くなるほどの絶壁になっていることに気づいていないのだろうか。

圭介と男子生徒たちは力を合わせて、まず祥吾を引っ張り上げた。祥吾が握りしめたままのトレーナーに引きずられ、杏奈の体も持ち上がった。半分脱げかけたジャケット、縄や腕、どこともかまわず手を伸ばし、皆で杏奈を崖の上に引き上げる。岩の上に横たわった杏奈の体をズルズルと引きずって、もう風にも粘菌にもさらわれない安全圏にまで持ってきた。ゴツゴツした岩から離れ、森のはずれの土の上まで来て、ようやく皆は手を離し、安堵の息を吐いた。圭介はストンとその場に腰を落としてしまった。未だに指先の震えが止まらない。

「杏ちゃん」

亜美が杏奈の上に覆いかぶさって泣いている。杏奈はぼうっとして灰色の空を見上げていた。杏奈の顔は切り傷、擦り傷だらけで血が滲み、自慢の金髪にも泥や枯れ葉が絡み付ていた。亜美がしゃくり上げながら、まくれ上がったトレーナーをそっと下げてやった。裏返しになったジャケットにも手をやった亜美が、

「先生」

と杏奈のジャケットの裏を指差す。ジャケットの裾には、松岡の指の形に黒い塊がくっついていた。あの時、杏奈を道連れにしようとして彼はここをつかんだのだ。その部分の裏側に、黒褐色に染められた布で継ぎが当てられていた。

「これ、五倍子で染めた布じゃないか……」

圭介は手を伸ばした。うつぶし色に染められた古い布は、柔らかな手触りだ。ジャケットもろともこれに手を触れた松岡の中の粘菌は、染料を掛けられたのと同じ反応を起こして朽ちてしまったのだ。杏奈の命を救ったのは、このうつぶし色の布だった。

宙をさ迷っていた杏奈の視線が圭介の上で止まった。

「先生、あたし――」

圭介もまっすぐに杏奈の目を覗き込んだ。

「――死にたくなかった。生きたかった」

「そうか」

一瞬、杏奈の内側から感情の波が押し寄せてくるのがわかった。だが、彼女は泣きはしなかった。

「誰も来てくれないと思ったよ。あたしなんか死んだってさ……」

圭介が口を開く前に、祥吾がぽつりと言った。

「バカ言うなや」

夏樹が後を続けた。

「ほうや、『たぐひなき友情』やんけ」

5

圭介は鏡の前で何度もネクタイを結び直した。普段はTシャツの上にジャージの上下を着ているので、ネクタイを結ぶことはまれなのだ。鴨居《かもい》には先日、卒業式の時に着た礼服が掛かっている。

もう一度ネクタイを解《ほど》いて、初めからやり直した。時間はまだたっぷりある。開け放った窓からは、春の野山のふっくらとしたまろやかな空気が流れ込んでくる。そのうち森の中では、林床を彩《いろど》るカタクリやアマナ、ヒメニラ、アズマイチゲなど、スプリングエフエメラルと呼ばれる早春季の小さな花々が咲き乱れるに違いない。四季は巡り、時は流れ、子供たちは成長する。この確かな事実が圭介を幸福な気分にさせた。一点で留まっているものなど、ただ一つとしてこの世にはないのだ。

今日はとうとう廃校式だ。尾峨中学校が六十余年の歴史に幕を下ろす時がやって来た。

圭介はふと手を止めて、森の中の音に耳を傾けた。聞こえるのは、葉ずれの音と鳥の囀《さえず》りだけ。圭介はほっと肩の力を抜くと、またネクタイに取りかかった。

去年の冬の初め、ハガレ谷から杏奈を連れ戻した時のことを思い浮かべる。男子生徒たちに交互に背負われて山を下りた杏奈は、タキエの顔を見るなり大泣きに泣いた。そんなふうに感情を露《あら》わにする杏奈を見るのは初めてだった。まるで幼児に戻ってしまったようだった。あのヤヤコのように。泣きじゃくる杏奈を前にしても、タキエは苦虫を嚙み潰したような、いつもの表情は崩さなかった。涙と泥とでどろどろになった杏奈の顔を割烹着《かっぽうぎ》の裾で拭いてやったのが、彼女の精一杯の愛情表現だった。あの黒い水を杏奈のために夢中で作ったのが自分だとは、おくびにも出さなかった。

斧で切り裂かれた圭介の足の傷は、病院で何針か縫わなければならなかった。

あの日遅くに、山狩り部隊はハガレ谷の近くの崖下のガレ場で松岡隆夫の死体を見つけた。頭部の損壊が激しく、顔の見分けも難しい状態だった。全身の骨が折れて奇妙にねじくれた死体――それにひどく萎縮していたという。まるで八十過ぎの老人のように。

松岡の妻は逃げるように尾岨を去っていった。大阪にいる息子夫婦の許《もと》に身を寄せたらしい。きれいにリフォームされていた彼らの家は、買い手もなく打ち捨てられた。

右足の傷が癒《い》えてから、圭介は哲弘と何度かハガレ谷へ行った。横浜の中国雑貨の店から取り寄せた五倍子でまた新たにうつぶしの染料を大量に作り、あの谷に何度も撒いた。粘菌の気配は微塵《みじん》も感じられなかったが、もう二度とあれが人の世に浮かび上がらないよう、徹底的に叩いておきたかった。哲弘は一言も口を挟むことなく、圭介の言いなりに何度も黒い水をハガレ谷まで運び、撒くという作業を手伝ってくれた。

ブナ林に挟まれた笹原で休憩している時、哲弘がしみじみと言った。

「なあ、先生。わし、あれからずっと考えとったんやけど」

圭介は富久江が持たせてくれたお握りにかぶりついていた。圭介の旺盛な食欲を、哲弘は見つめていた。

「あの五倍子のこと、枡見先生に教えたんは浅井忠明さんじゃなかったんかなあ」

「え?」

哲弘は水筒から注いだ熱い茶を一口飲んだ。

「ここの粘菌が恐ろしい変異を遂げて、人にとり憑くことを、不入森で暮らしとった山の民は知っとったんじゃないかと思うてなあ」

圭介は、お握りを持った手を下ろして哲弘の言葉に耳を傾けた。

「八百年前に平家の落人を手に掛けたんは、山の民の祖先やったんやないかとわしは思うとる。それだけ粗暴で野蛮なところもあったのが、いつからかあんなに穏和で円満な人らになってしもたんじゃなかろうかと」

「あ」

「人を傷つけるな、人を恨んだり憎んだりするな、ていう不文法な。あれは不入森の中で生き抜くためのあの人らの知恵じゃったんじゃないやろか」

「そういう感情に押し流されると、粘菌に狙われるから――?」

「そうや。あの人らは粘菌とは認識しとらんかったかもわからんけどな。森の精霊とか、ものの怪《け》とか、そういう不確かなもんやったかもしれん。じゃけん、粘菌は山の民にはとり憑くことができんかったのや。もしかしたら、五倍子がその奇妙な霊を退けるということが、代々口づてに伝えられとったんかもしれん」

ミヤコザサが風に吹かれてザワザワと鳴った。大ぶりの笹の葉の上には昨晩の雪が薄くのっていて、それが風に吹き飛ばされていく。手の中のお握りが冷えていったが、圭介はそのままの姿勢で哲弘の顔をじっと見ていた。

「浅井茂壱さんが大沢という凶悪犯を殺してしもうた時――」

　哲弘は表情を崩さず、穏やかに言った。

「あの人は不文法が示す禁を破ってしもたんやな。人を傷つけてしもたわけやから。そやから、もう森の中では暮らせんと思うて里へ出てきたんと違うやろか」

　茂壱が銃の引き金を引いた時、自分で望んでのことではないとはいえ、一瞬でも憎悪と殺戮《さつりく》への激情に身をまかせてしまったと自覚したのだろう。そうやって醜い感情に一度溺《おぼ》れてしまった者には、そこから溢れ出る負のエネルギーを求めて異界から何かがやって来る。そして人間性を失ってしまうということを、山の民である浅井茂壱は知っていたのだ。

　だから――森を捨てた。

　その子である忠明は、枡見の粘菌の研究に付き合ううち、枡見が立てた粘菌に対する仮説を聞いてひらめくものがあったのだろう。父をはじめとして山の仲間たちが恐れていた荒ぶる心、醜怪な心にとり憑くものとは、森に巣食う原生生物であったのだと。そして、それから身を守るために自分たちが用いていたものにも思い至った……。進化し、増殖し続ける恐ろしい粘菌が、人に寄生して森の外にまでその勢力を広げることを熊楠は手紙の中で憂えていた。そうならなかったのは、山の民が五倍子と不文法をうまく活用して、粘菌と森の中で共存していたからではないだろうか。粘菌は山の民によって、菌核としてあの奇形木の森の底に封じ込められていたのかもしれない。

「まあ、これはわしの推測にすぎんのやけどな。今となっては確かめようがないわ」

そう言って哲弘は笑い、立ち上がって尻をはたいた。

二人は笹原を越えて奇形木の森に入っていった。

哲弘は、この山や森の有り様《よう》を知り尽くしており、なにより圭介を信頼してくれていた。だが、自分の言うことを信用して行動を共にしてくれる哲弘と接すれば接するほど、圭介はこの地の粘菌が獲得した恐ろしい特質を他の人々は信じてはくれないだろうという気になった。肝心の粘菌は崩れ去り、土と同化してしまった。証明し得るものはもう何もない。圭介は静謐《せいひつ》な気持ちで奴らの最期を見届け、この一連の出来事を世に問うことを諦めた。

結局この事件は、除《の》け者にされたと邪推した松岡が自暴自棄になり、偶然でくわした杏奈を連れ去って殺害しようとしたものという解釈で落ち着いた。あの粘菌が人の負のエネルギーに食らいつき、その食作用《ファゴサイトーシス》の産物として、人の心の奥底の暗然とした部分をえぐり出すということには誰も気づかない。そしてそれがもたらした危機を、尾峨中校歌の作詞、作曲者である枡見源一郎と三好アツが救ったことも。山を知り尽くした漂泊の民や南方熊楠が力を貸したことも。

ほんのわずかな人物を除いては。

そしてまた、この山里は静寂と平和に包まれた。

だが――と圭介は思う。果たしてそうだろうか。粘菌は、ただ退いただけではないのか。森の奥深くの土の中でそっと息をひそめて、また条件が揃うのを待っているのではないか。生と死、自己と非自己の境界のない粘菌には、時間や空間の概念はない。無境界の個体は土の中で無限に広がっているのかもしれない。太古の時代から生き続けてきた粘菌という生物は、菌核での冬眠状態と少ない餌を得ての増殖期とを繰り返すうちに個体としての死は曖昧《あいまい》になり、自ずとある使命を含有するようになった。人の心が醜く歪み、負の方向に向かうのを待ち受け、感応し、それを吸い尽くしてさらに繁殖するという……。

自分の家族や許婚を殺した大沢正の生まれ育った高知県の山村にも、平家の落人伝説が残っていた。県境などおかまいなしに、粘菌は土の中を行き来していたのかもしれない。もしかしたら大沢の狂気も、平家の怨念に触れて感化された粘菌からもたらされたものだったのかもしれないが、今となってはもう知りようがない。森の時間が悠然と流れるように、粘菌にとっては、人の歴史など夢幻のようなものなのだろう。

人の生み出す強烈な負の思い――それは、幸福で満たされている時には決して発することのない強いエネルギーを持っている。そして、人間が個体としての終焉《しゅうえん》を迎えても、その黒い存念は生き続ける。飢えた粘菌は這いずりながらそれらを舐め取る。そして次の捕食活動へ向けての学習をする。人がこの世に残していった狂気や憎悪は、栄養となって奴らを肥え太らせるのだ。

またいつかどこか、森のそばで、そんな想いにむしばまれた弱い人間が現われた時、同じことが繰り返されるのかもしれない。大叔母の言葉は今も時折暗闇から浮かび上がり、圭介に警告するのだ。

——気をおつけな、圭ちゃん。人は死んでも念は残るのじゃぞな。

しかし——。

それに打ち勝つのも人間なのではないだろうか。その思いを託して作られたあの校歌がある限り。今日、廃校式で配られる『廃校誌』には、尾峨中学校の校歌が三番まできちんと印刷されているし、その校歌が刻まれた立派な石碑も校庭に建てられた。それに何より六人の生徒たち。あの子らの心の中にしっかりと刻み付けられたことは、決して消えはしないだろう。遠い未来にそういうことが繰り返されることがあったとしても、あの逞《たくま》しい子供たちはきっと思い出してくれるに違いない。六十年前に、枡見源一郎とハガレ谷に立った新制中学の生徒たちのように。

礼服の上着を身に着けて、圭介は表に出た。そして朝の空気を思い切り胸に吸い込んだ。中学校への道をゆっくりと辿りながら、卒業したばかりの三年生の顔を一人一人思い浮かべる。どの子も印象深い。一年前、三年の担任になった時、受け持つ子供たちのことを思い、自分の自信のなさを嘆いたものだったが、今はそんなことはない。生徒たち一人一人が未知の領域に足を踏み入れること、そこで何かをつかみ取ること、まっすぐに生きることを欲している。そのことが彼らを輝かせ、圭介にも力を与えてくれる。

圭介はこの四月から、松山の県立中高一貫校で教壇に立つことが決まっていた。きっとそこで出会う生徒たちも個性を際立たせていることだろう。

中学校の門と、その奥の校舎が見えてきた。

吉田杏奈は同級生たちと同じS市の高校に進学する。もうしばらくは祖母タキエとこの地で暮らし、自分の人生を見直すことにしたらしい。東京生まれで東京育ちの杏奈は、森の中で生きた山の民の末裔《まつえい》だった。森という魂のふるさとの近くで暮らすことは正しいことのように思われた。

杏奈はあの時、「生きたかった」と言った。

自分の命の重さを知った者は、他人の命の重さもわかる。ただ血がつながっているというだけではない肉親、ただ近くにいるだけではない友人というものが、杏奈にはよくわかっただろう。遠く離れた地で命の最後の火を燃やしていた三好アツ先生が、ヤヤコとなって伝えたかったのは、もしかしたらそういうことだったのかもしれない。

あの子の髪の色は、やはり目印だったのだ。

遥《はる》か遠くからでも見える印——暗い森の中で光り輝いて、圭介の悪夢を打ち砕いてくれた時のように。

一方、山本祥吾は一人、級友たちと離れて松山の県立高校の理数科を受験した。ついに彼は、父や母に対して自分の希望や将来の夢をはっきりと口にしたのだ。そしてその合格通知が届いた時、祥吾は圭介に「生命の研究がしたい」と言った。何億年もかけて進化してきた人間が、なぜ森の中に潜んでいる下等な単細胞生物にとり憑かれるのだろう。生命を維持し繁殖する欲求は、なぜこんなにも凄まじいのだろう。なぜ人間はこんなにも弱いのだろう。

なぜ、なぜ、なぜの大洪水が祥吾を変え、彼の未来を切り開こうとしている。

そして、祥吾のそんなひたむきさが杏奈の頑《かたく》なな心を開かせた。

座敷でお手玉をする少女ヤヤコが、二人を結びつけたのだ。けれどもこうやって、この子らはそれぞれの運命の指し示す方向に従って、やがては分かれた道を歩みだす。それでも彼らの根っこはここの森の中にある。それだけが確かなら、何も心配しなくていいだろう。校舎の上に鮮やかな緑を繁らせる木々を見上げながら、圭介はゆっくりと坂道を下っていった。

まだ早い時間なので誰もいないだろうと思っていたのに、校門のすぐ内側に建つ校歌の石碑のそばに江角校長が一人佇《たたず》んでいるのが見えた。江角は手を伸ばして、三番の歌詞の部分にそっと指を触れている。近づいてくる圭介に気づいた江角は、穏やかな笑みを浮かべた。二人は並んで立ち、石に刻まれた校歌の歌詞に見入った。

伊予の高嶺《たかね》を　吹きわたる
自由の風に　久遠《くおん》の光
早船川は　淀むことなし
励みつとめよ　朝夕に
ああ　我ら打ちたてん　暁《あけ》の旗
輝ける伝統　尾峨中学校

山紫水明　尾根はるか
真理の扉　開かむとする
若き力が　ここに集《つど》いて
世界の使命　果たさんと
ああ　我ら眉上げて見はるかす
限りなき理想　尾峨中学校

重なる緑　山深く
森の霊気に　包まれしとき

五倍子染むる　うつぶしの色
地に撒くときぞ　ゆるぎなき
ああ我ら踏み鳴らす　その大地
たぐひなき友情　尾峨中学校

「金沢先生」

「はい」

「あんたが尾峨中に赴任してきたことには、大きな意味があったんやなあ。いや、先生が教師になったことに、と言うべきか」

そう言われて、圭介は思わず言葉を詰まらせた。三好アツ先生のところから三番の歌詞を見つけてきたことは江角に報告したが、ハガレ谷での顚末《てんまつ》は話していない。けれども、江角は何もかもわかっているのではないかと思われた。その江角も三月末には定年退職を迎える。

「おお」

江角は圭介の背後を見やって感嘆の声を上げた。杏奈が制服姿で坂道を上がってきていた。

「おはようございます」

た。

「おはよう」

江角と圭介の視線は、杏奈の頭に釘付けになった。見事なほどの金髪は染め直されていた。

「ほう」

金髪を初めて見た時と同じように江角は言った。

「もう目印は必要のうなったんか」

杏奈は何も言わず、照れたようにかすかに笑った。そしてそっと髪に手をやった。いきなり真っ黒に戻すのがためらわれたのか、それとも金髪だった色がうまく黒に戻らなかったのか、杏奈の髪の色はやや濃いめの栗色だった。きっと杏奈は、ヤヤコが自分の家に現われた理由を理解し、彼女のメッセージをしっかりと受け止めたのだ、と圭介は思った。

「杏ちゃん！」

後ろから、亜美を先頭に他の三年生がやって来た。皆の目を引いたのは、やはり杏奈の髪の色だった。

「いい色やね」

亜美は言った。

「うつぶし色や」

そうして杏奈の髪の毛を撫でた。

廃校式には歴代の校長、教職員、元町長、あらゆる年代の卒業生、保護者、尾峨地区の住民が出席した。来賓席は、在校生よりはるかに多い出席者でひしめき合っていた。山田哲弘夫婦に父親の安雄、石本治平や山本秀三ら、かつての中学生たちの顔も見える。

「起立！」

後藤教頭の号令に全員が立ち上がった。圭介は緊張した面持《おもも》ちの十八人の生徒の顔を見渡した。どの子も顔を紅潮させ、今から歌う校歌に備えている。舞台の脇には三番までの歌詞が、模造紙に筆書きされて貼り出されている。舞台上では得永が、ピアノの鍵盤の上に手を置いて構えている。後ろの席でも老若男女《ろうにゃくなんにょ》が歌詞を見つめて胸を張っていた。その中に、圭介は枡見源一郎と三好アツを見たような気がした。

教頭の声が響いた。

「校歌斉唱！」

エピローグ

遼平《りようへい》はゆっくりと山道を登っていた。

屏風《びようぶ》を広げたような形に連なる石鎚連峰が間近に見えていた。

稜線の上から石鎚側を見下ろすと、そこはブナ、ミズメ、ウラジロガシがもくもくと葉を繁らせた深い森になっているのがわかった。夢中で登っているうちに、モミやツガの林を通り過ぎたのだった。

この辺から森に入ってみよう。

遼平は登山道から逸《そ》れて、苔《こけ》に覆《おお》われた林床《りんしよう》に足を踏み入れた。頭の上から、チョリチョリチョリと機械がきしむようなメボソムシクイの声が降ってくるが、遼平の耳には入らなかった。脇目も振らず、ただ奥へ奥へと歩を進める。学生時代に高知県出身の友人に誘われて、二度ほど石鎚に登ったことがあった。その時に、ここの森が思いのほか広くて深いことに驚いたのだった。

「そうだろ?」

友人は自慢そうに言った。

「ここらは通称不入森《いらずのもり》というらしいよ。どうしてそんな名前になったかは知らないけどね。とにかく迷い込んだら出られなくなるんだ。青木ヶ原《あおきがはら》の樹海みたいに有名じゃないし、だいいちこの高さだろ？　そっと入り込んだら誰にもわからない。捜索もされずに放っておかれるんだ。もし自殺したいと思ったら青木ヶ原より適しているかもな」

そう続けて笑ったものだ。

あれから七年。まさか本当に俺が自殺する場所にここを選ぶとは、あいつも夢にも思わないだろうな。遼平はうつむき加減で小さく笑った。

大学を卒業して入社した土地調査の会社は四年半で潰《つぶ》れてしまった。それを機に知人と二人で不動産会社を興したのだが、これもすぐに行き詰った。何とか存続させたくて金策のため走り回ったのだが、うまくいかなかった。そのうえ、遼平がほんの少しだけこしらえてきた当座の運転資金とともに、共同経営者が消えたのだ。万事休す。遼平名義の大きな額の借金だけが残った。妻は一人娘を連れて去っていった。今は日雇い仕事だけを頼りにネットカフェを渡り歩く生活だ。

だがもう疲れてしまった。

苔がずるりと剝がれて足を滑らせた。遼平は、つと立ち止まって周囲を見回した。ものの思いにふけりながら歩いていたので、いつの間にか様相の違う森の中に入り込んでしまっていた。さっきまで春らしい生命《いのち》の息吹《いぶき》がむんむんする森の中を歩いていたと思っていたのに、ここはしんと静まり返っている。

それに——。

蠟細工《ろうざいく》で出来たように奇妙に身をくねらせ、枝を張った老木がどこまでも続いている。足元を漂い始めた乳白色の夕霧が、いっそう不気味さを募らせる。

まあ、どうでもいいや。どうせ死ぬんだから。

遼平はまたゆっくりと歩きだした。

しかしそう思うそばから、自分一人で死んでゆく理不尽さを思った。しだいに憤怒《ふんぬ》の念が湧いてきた。

離婚した妻は今度、元の同級生と再婚すると聞いた。たった一人の俺の血を分けた娘が別の男を父と呼ぶわけだ。妻はものの見事に夫の首をすげ替えたのだ。俺が死んでもあいつは痛くも痒《かゆ》くもないに違いない。

夕霧が濃くなると同時に、甘いような鼻をつまみたくなるような何とも形容しがたい匂いを感じた。それでも遼平は、怒りにまかせて歩を進めた。細い朽《く》ち木が足の下でバキンと折れる。

何で俺が命を断たねばならないんだ？

悪いのはあいつらなのに。

たぷん　とぷとぷ
水の音——いや、何か粘っこいものが沸き上がってくるような音だ。

両親だってしまいには俺を見放した。確かに親父の退職金まで俺が会社に注ぎ込んでしまったのは悪かったが、「それも投資だ」と言ったのは親父のほうだ。家を抵当に入れて金を借りてくれと頼んだのに、どうしても首を縦に振らなかった。

ますます匂いは強くなる。何かの動物の死骸でもあるのだろうか。

どうせ死ぬなら——。

遼平はふと足を止めた。

どうせ死ぬんだったら、あいつらを道連れにしてやってもいいではないか。名案を思いついたように、遼平はにやりとほくそ笑んだ。

いや、あいつらだけじゃない。今、この瞬間、楽しそうに笑い声を上げている奴ら。

じゅる……

遼平ははっとして辺りを見回した。根回りがとてつもなく大きい倒木が横たわっている。その上を越えて、霧がこちら側に流れてきていた。

たぷん　じゅる……

何かが肩に落ちてきて、そのしぶきが遼平の頬《ほお》に飛び散った。

遼平はその粘液をゆっくりと指ですくった。

それは常闇《とこやみ》から浮かび上がった。
茫洋《ぼうよう》たる海の中をたゆたうように空《うつ》ろな仮眠はとぎれ、つながり、また続く。
小さな萌《きざ》しがそれを揺り動かす。
まぼろしの世界の中のたったひとつの生々しいもの——飢餓。
それは飢えていた。

参考文献

『愛媛の校歌』　土井中照　アトラス出版
『柳田国男・南方熊楠往復書簡集』　飯倉照平編　平凡社
『南方熊楠文集』　岩村忍編　平凡社
『南方熊楠・土宜法竜往復書簡』　飯倉照平　長谷川興蔵編　八坂書房
『南方熊楠随筆集』　益田勝実編　筑摩書房
『南方熊楠書簡抄―宮武省三宛―』　笠井清編　吉川弘文館
『幻の漂泊民・サンカ』　沖浦和光　文藝春秋
『粘菌―驚くべき生命力の謎―』　松本淳　伊沢正名　誠文堂新光社
『森の魔術師たち　変形菌の華麗な世界』　萩原博光　伊沢正名　朝日新聞社
『細胞性粘菌のサバイバル』　漆原秀子　サイエンス社
『アメーバ―生命の原形を探る―』　太田次郎　日本放送出版協会
『胎児の世界　人類の生命記憶』　三木成夫　中央公論社
『虫こぶ入門』　薄葉重　八坂書房
『ボクは炭焼き職人になった』　原伸介　新風舎
『津山三十人殺し』　筑波昭　新潮社

『ブナ林からの贈りもの』　熊谷榧　世界文化社
『石鎚山系自然観察入門』　森川國康　愛媛文化振興財団
『愛媛県の山村』　篠原重則　愛媛文化双書刊行会
『百姓になりたい！』　今関知良　飛鳥新書
『週末の手植え稲つくり』　横田不二子　農山漁村文化協会
『日本列島なぞふしぎ旅』　山本鉱太郎　新人物往来社

本作品はフィクションであり、実在の個人・団体などとは一切関係がありません

日本音楽著作権協会(出)許諾第1201823-201号

(この作品『入らずの森』は平成二十一年三月、
小社から四六判で刊行されたものです)

入らずの森

一〇〇字書評

切・り・取・り・線

購買動機（新聞、雑誌名を記入するか、あるいは○をつけてください）	
□（　　　　　　　　　　　　）の広告を見て	
□（　　　　　　　　　　　　）の書評を見て	
□ 知人のすすめで	□ タイトルに惹かれて
□ カバーが良かったから	□ 内容が面白そうだから
□ 好きな作家だから	□ 好きな分野の本だから

・最近、最も感銘を受けた作品名をお書き下さい

・あなたのお好きな作家名をお書き下さい

・その他、ご要望がありましたらお書き下さい

住所	〒				
氏名		職業		年齢	
Eメール	※携帯には配信できません	新刊情報等のメール配信を 希望する・しない			

この本の感想を、編集部までお寄せいただけたらありがたく存じます。今後の企画の参考にさせていただきます。Eメールでも結構です。

いただいた「一〇〇字書評」は、新聞・雑誌等に紹介させていただくことがあります。その場合はお礼として特製図書カードを差し上げます。

前ページの原稿用紙に書評をお書きの上、切り取り、左記までお送り下さい。宛先の住所は不要です。

なお、ご記入いただいたお名前、ご住所等は、書評紹介の事前了解、謝礼のお届けのためだけに利用し、そのほかの目的のために利用することはありません。

〒一〇一-八七〇一
祥伝社文庫編集長　坂口芳和
電話　〇三（三二六五）二〇八〇

祥伝社ホームページの「ブックレビュー」からも、書き込めます。
http://www.shodensha.co.jp/bookreview/

祥伝社文庫

入《い》らずの森《もり》

平成24年 3 月20日　初版第1刷発行
平成29年 1 月25日　　　第7刷発行

著　者　宇佐美《うさみ》まこと
発行者　辻　浩明
発行所　祥伝社《しょうでんしゃ》
東京都千代田区神田神保町 3-3
〒101-8701
電話　03（3265）2081（販売部）
電話　03（3265）2080（編集部）
電話　03（3265）3622（業務部）
http://www.shodensha.co.jp/

印刷所　萩原印刷
製本所　ナショナル製本
カバーフォーマットデザイン　芥　陽子

Printed in Japan ©2012, Makoto Usami ISBN978-4-396-33743-8 C0193